Nicola Yoon, geboren 1972, ist auf Jamaica und in New York City aufgewachsen. Mittlerweile lebt sie mit ihrem Mann und der gemeinsamen Tochter in Los Angeles. Ihr literarisches Debüt »Du neben mir und zwischen uns die ganze Welt« wurde verfilmt und für den Deutschen Jugendliteraturpreis nominiert.

Nicola Yoon

THE SUN IS ALSO A STAR

Ein einziger Tag für die Liebe

Aus dem Amerikanischen
von Susanne Klein

Oetinger Taschenbuch

MIX
Papier aus verantwortungsvollen Quellen
FSC® C083411
FSC
www.fsc.org

1. Auflage 2019

Poppenbütteler Chaussee 53, 22397 Hamburg
April 2019

Originaltitel: The Sun is also a Star
Published by arrangement with Rights People, London
Aus dem Amerikanischen von Susanne Klein

Druck: CPI books GmbH, Birkstraße 10,
25917 Leck, Deutschland
ISBN 978-3-8415-0634-4

www.oetinger-taschenbuch.de

Für meine Mutter und meinen Vater,
die mir alles über Träume und wie man sie einfängt
beigebracht haben.

Prolog

CARL SAGAN HAT GESAGT: *Wenn wir uns in den Kopf setzen sollten, einen Apfelkuchen von Grund auf selbst zu machen, müssen wir erst das Universum erfinden.* Mit »von Grund auf« meint er: »aus gar nichts«. Er meint, von einem Zeitpunkt aus betrachtet, an dem die Welt noch nicht einmal existierte.

Wenn du also einen Apfelkuchen aus absolut gar nichts machen willst, musst du beim Urknall anfangen und bei Universen, die sich ausdehnen, bei Neutronen, Ionen, Atomen, Schwarzen Löchern, Sonnen, Monden, Gezeiten, bei der Milchstraße, der Erde, der Evolution, bei Dinosauriern, Massenaussterben, Schnabeltieren, *Homo erectus*, dem Cro-Magnon-Menschen und so weiter.

Du musst ganz am Anfang anfangen. Du musst das Feuer erfinden. Du brauchst Wasser und fruchtbare Erde und Pflanzensamen. Du brauchst Kühe und Menschen, die sie melken, und wieder andere Menschen, die die Milch zu Butter schlagen. Du brauchst Getreide und Zuckerrohr und Apfelbäume. Du brauchst Chemie und Biologie. Für einen richtig guten Apfelkuchen brauchst du die Künste. Für einen Apfelkuchen, der Generationen überdauern soll, brauchst du die Druckerpresse und die industrielle Revolution und vielleicht sogar ein Gedicht.

Um etwas so Simples wie einen Apfelkuchen selbst zu machen, musst du die ganze Welt erschaffen.

Daniel

New Yorker Teenager akzeptiert seine Bestimmung – willigt ein, Arzt zu werden – Klischee

Es ist Charlies Schuld, dass mein Sommer (und jetzt auch der Herbst) eine absurde Schlagzeile nach der anderen hervorgebracht hat. Charles Jae Won Bae, alias Charlie, mein älterer Bruder, erstgeborener Sohn eines erstgeborenen Sohnes, hat meine Eltern (und alle ihre Freunde und die gesamte klatschsüchtige koreanische Gemeinde von Flushing, New York) mit seinem Rauswurf aus Harvard überrascht (»Beste Uni«, sagte meine Mutter, als er die Zusage bekam). Jetzt hat man ihn aus *Beste Uni* geworfen und schon den ganzen Sommer lang runzelt meine Mom die Stirn und kann es nicht ganz glauben und kann es nicht ganz verstehen.

»Warum deine Noten so schlecht? Sie werfen dich raus? Warum sie werfen dich raus? Warum dich nicht bleiben lassen und mehr lernen lassen?«

Mein Dad sagt: »Ist kein Rauswurf. Ist Aufforderung zur Exmatrikulation. Ist nicht Gleiche wie Rauswurf.«

»Ist doch nur vorübergehend«, mault Charlie. »Nur für zwei Semester.«

Angesichts dieses heillosen elterlichen Trommelfeuers aus Verwirrung, Scham und Enttäuschung habe ich fast Mitleid mit Charlie. Fast.

Natasha

MEINE MOM SAGT, ES WIRD ZEIT, dass ich aufgebe, und dass das, was ich vorhabe, zwecklos sei. Sie ist aufgebracht, deshalb ist ihr Akzent stärker als sonst, und jede Feststellung wird zu einer Frage.

»Meins du nich, es wird Zeit, dass du aufgibs, Tasha? Meins du nich, es is zwecklos, was du da vorhas?« Das *zweck* in zwecklos klingt wie *sweg* und sie dehnt die Silbe eine Idee zu lang.

Mein Dad sagt gar nichts. Er ist stumm vor Zorn oder Hilflosigkeit. Ich weiß nie genau, was von beidem es ist. Er schaut so finster drein, dass man sich sein Gesicht nur schwer mit einem anderen Ausdruck vorstellen kann. Vor ein paar Monaten hätte es mich noch traurig gemacht, ihn so zu sehen, aber jetzt ist es mir eigentlich egal. Er ist schuld, dass wir in diesem Schlamassel stecken.

Peter, mein neunjähriger Bruder, ist der Einzige von uns, der sich über diese Wendung des Schicksals freut. Gerade packt er seinen Koffer und hört dabei *No Woman, No Cry* von Bob Marley. »So alte Musik passt perfekt zum Packen«, behauptet er.

Obwohl Peter hier in Amerika geboren wurde, sagt er, dass er gerne auf Jamaika leben will. Er ist schon immer ziemlich schüchtern gewesen und hat nur schwer Freunde gefunden. Wahrscheinlich stellt er sich Jamaika wie das Paradies vor und denkt, dass die Dinge für ihn dort irgendwie besser laufen werden.

Wir sind alle vier im Wohnzimmer unserer Zweizimmerwohnung. Das Wohnzimmer ist gleichzeitig auch das Schlafzimmer von Peter und mir. Es gibt zwei kleine Bettsofas, die wir am Abend ausziehen, und in der Mitte des Raums einen leuchtend blauen Vorhang, damit wir etwas Privatsphäre haben. Im Moment ist der Vorhang zur Seite gezogen, sodass man unsere beiden Zimmerhälften sehen kann.

Es ist leicht zu erraten, wer von uns gehen und wer bleiben möchte. Meine Zimmerhälfte wirkt noch immer bewohnt. Meine Bücher stehen in meinem kleinen IKEA-Regal. Das Lieblingsfoto von mir und meiner besten Freundin Bev thront noch immer auf meinem Schreibtisch. Auf dem Foto tragen wir Schutzbrillen und machen im Physiklabor einen sexy Schmollmund in die Kamera. Die Schutzbrillen waren meine Idee. Der sexy Schmollmund Bevs. Ich habe noch kein einziges Kleidungsstück aus meiner Kommode geräumt. Ich habe noch nicht mal meine NASA-Sternenkarte von der Wand genommen. Sie ist riesig – eigentlich sind es acht Poster, die ich zusammengeklebt habe – und zeigt alle wichtigen Sterne, Sternbilder und den Teil der Milchstraße, der in der nördlichen Hemisphäre zu sehen ist. Es gibt sogar eine Anleitung, wie man den Polarstern am Himmel findet und sich mithilfe der Sterne orientieren kann, falls man sich mal verirrt. Die Posterrollen, die ich zum Verpacken gekauft habe, lehnen ungeöffnet an der Wand. Auf Peters Zimmerseite sind so gut wie alle Ablageflächen leer geräumt und die meisten seiner Habseligkeiten bereits in Kisten und Koffern verstaut.

Natürlich hat meine Mom recht – was ich vorhabe, ist zwecklos. Trotzdem schnappe ich mir meinen Kopfhörer, mein Physikbuch und ein paar Comics. Falls ich lange warten muss, kann ich vielleicht meine Hausaufgaben fertig machen und lesen.

Peter schüttelt den Kopf über mich. »Warum nimmst du das mit?«, fragt er und meint damit das Physikbuch. »Wir ziehen weg, Tasha. Um *Haus*aufgaben zu machen, braucht man ein *Zuhause*.«

Peter hat gerade den Sarkasmus entdeckt und jetzt wendet er ihn bei jeder Gelegenheit an.

Ich mache mir nicht die Mühe, zu antworten, sondern setze nur den Kopfhörer auf und gehe zur Tür. »Bin bald wieder da«, sage ich zu Mom. Sie schnalzt verärgert mit der Zunge und dreht sich weg. Ich rufe mir in Erinnerung, dass sie nicht auf mich wütend ist. »Du bis nich die, auf die ich wütend bin, Tasha,« ist ein Satz, den sie in letzter Zeit häufig sagt. Ich will zur USCIS fahren, der amerikanischen Einwanderungsbehörde im Zentrum von Manhattan, um rauszukriegen, ob mir dort jemand helfen kann. Wir leben illegal in den USA, und heute Abend werden wir abgeschoben.

Es ist meine letzte Chance, um jemanden – oder das Schicksal – davon zu überzeugen, mir dabei zu helfen, einen Weg zu finden, in Amerika bleiben zu können.

Um eins klarzustellen: Ich glaube nicht an Schicksal. Aber ich bin verzweifelt.

Daniel

GRÜNDE, WARUM ICH Charles Jae Won Bae, alias Charlie, für ein Arschloch halte (in keiner besonderen Reihenfolge):

1. Vor seinem unglaublichen und spektakulären (und absolut erfreulichen) Versagen in Harvard ist er in allem unerträglich gut gewesen. Niemand sollte in allem gut sein. In Mathe und Englisch und Biologie und Chemie und Geschichte und Sport. Es gehört sich nicht, in allem gut zu sein. Höchstens in drei oder vier Fächern. Selbst das strapaziert die Grenzen des guten Geschmacks ziemlich.
2. Er ist ein »echter Kerl«, was bedeutet, dass er sehr oft ein Arschloch ist. Meistens. Andauernd.
3. Er ist groß und hat gemeißelte, markante und alle sonstigen Liebesroman-Adjektive für Wangenknochen. Mädchen (alle Mädchen, nicht nur koreanische Bibelschülerinnen) sagen, er hätte Kusslippen.
4. All das wäre in Ordnung – klar, sicher etwas zu viel von allem und ganz bestimmt eine Spur zu viele positive Eigenschaften, um sie einem einzigen Menschen zuteilwerden zu lassen –, wenn er dabei wenigstens nett wäre. Aber

das ist er nicht. Charles Jae Won Bae ist kein netter Mensch. Er ist selbstgefällig, und, was das Schlimmste ist, er ist ein Fiesling. Er ist ein Arschloch. Ein unverbesserliches Arschloch.

5. Er mag mich nicht, und das seit Jahren.

Natasha

ICH LEGE MEIN HANDY, den Kopfhörer und den Rucksack in die graue Kiste, bevor ich durch den Metallscanner gehe. Die Sicherheitsbeamtin – auf ihrem Namensschild steht Irene – hält meine Kiste auf dem Förderband fest, wie sie es bisher jedes Mal gemacht hat.

Ich blicke zu ihr auf, ohne zu lächeln.

Sie schaut in die Kiste, dreht mein Telefon um und starrt auf das Handycase, wie sie es jedes Mal tut. Auf dem Case ist das Cover von Nirvanas Album *Nevermind* zu sehen. Jedes Mal verweilen ihre Finger auf dem Baby, und jedes Mal gefällt es mir nicht, dass sie es berührt. Nirvanas Leadsänger war Kurt Cobain. Seine Stimme – das Kaputte darin, das ganz und gar nicht Perfekte, die Art, wie man alles darin fühlen kann, was er je gefühlt hat, wie sie sich dünn scheuert, bis man denkt, gleich wird sie brechen, und dann tut sie es doch nicht – ist das Einzige, was mich bei Verstand bleiben lässt, seitdem dieser Albtraum begonnen hat. Sein Kummer ist so viel bitterer als meiner.

Die Beamtin lässt sich viel Zeit, aber ich darf diesen Termin nicht verpassen. Ich überlege, ob ich was sagen soll, aber ich will sie nicht wütend machen. Vielleicht hasst sie ihren Job. Ich will ihr keinen Grund geben, mich noch länger aufzuhalten. Sie schaut mich an, scheint mich aber nicht zu erkennen, obwohl ich diese Woche jeden Tag hier gewesen bin. Für sie bin ich nur ein weiteres anonymes Gesicht, eine weitere *Bittstellerin*, ein weiterer Jemand, der irgendwas von Amerika will.

Irene

Eine Geschichte

NATASHA TÄUSCHT SICH komplett in Irene. Irene liebt ihren Job. Sie liebt ihn nicht nur – sie braucht ihn. Im Grunde ist er ihr einziger Kontakt zu anderen Menschen. Er ist das Einzige, was ihr Gefühl von vollkommener und verzweifelter Einsamkeit im Zaum hält. Jeder Kontakt mit den Kunden rettet ihr ein Stück weit das Leben. Zuerst nehmen sie kaum Notiz von ihr. Sie werfen ihre Gegenstände in die Kiste und behalten diese dann fest im Auge, während sie durch den Metallscanner gehen. Die meisten haben Angst, dass Irene ihr Bargeld einsteckt oder einen Stift oder ihre Schlüssel oder sonst irgendwas. Im Normalfall würden die Kunden Irene gar nicht beachten, aber sie sorgt dafür, dass sie es tun. Sie sind ihre einzige Verbindung zur Welt.

Deshalb hält sie jede Kiste mit einer ihrer behandschuhten Hände kurz fest. Gerade lange genug, dass der Kunde gezwungen ist, aufzuschauen, ihr in die Augen zu sehen und die Person, die vor ihm steht, tatsächlich wahrzunehmen. Die meisten murmeln ein zögerliches »Guten Morgen« und die Worte tropfen in das große Loch in Irenes Innerem. Andere fragen, wie es ihr geht, und das Loch füllt sich noch ein bisschen mehr.

Irene antwortet nie. Sie weiß nicht, wie. Stattdessen guckt sie wieder nach unten in die Kiste und untersucht jeden Gegenstand auf Hinweise, auf ein paar Informationen, die sie abspeichern und mit denen sie sich später befassen kann.

Mehr als alles andere wünscht sie sich, sie könnte ihre Handschuhe ausziehen und die Schlüssel, die Brieftaschen und die Münzen berühren. Sie wünscht sich, sie könnte ihre Fingerspitzen über die Oberflächen gleiten lassen, um sich die Strukturen einzuprägen und die Bestandteile des Lebens anderer Leute in sich einsickern zu lassen. Aber sie darf die Warteschlange nicht zu lange aufhalten. Schließlich schickt sie die Kiste und deren Besitzer weiter.

Der gestrige Abend war besonders schlimm für Irene. Das unfassbar hungrige Maul ihrer Einsamkeit wollte sie mit einem einzigen Happs verschlingen. Heute Morgen braucht sie den Kontakt, um am Leben zu bleiben. Sie zwingt sich, den Blick von einer der Kisten abzuwenden und sich dem nächsten Kunden zu widmen.

Es ist dasselbe Mädchen, das schon die ganze Woche über gekommen ist. Sie kann kaum älter als siebzehn sein. Wie alle anderen schaut auch das Mädchen nicht von der Kiste auf. Sie hält ihre Augen starr darauf gerichtet, als ob sie es kaum aushalten könnte, von ihrem knallpinken Kopfhörer und ihrem Handy getrennt zu sein. Irene hält die Kiste mit ihrer behandschuhten Hand fest, damit sie nicht aus ihrem Leben und auf das Fließband gleitet.

Das Mädchen sieht auf, und Irenes innere Leere füllt sich. Das Mädchen sieht so verzweifelt aus, wie Irene sich fühlt. Fast lächelt Irene sie an. In ihrem Kopf lächelt sie das Mädchen an.

Herzlich willkommen, schön, dich wiederzusehen!, sagt Irene, aber nur in ihrem Kopf.

Im wirklichen Leben hat sie den Blick schon gesenkt und studiert das Handycase. Das Bild darauf zeigt ein dickes weißes Baby, vollständig in klares blaues Wasser eingetaucht. Mit den von sich gestreckten Armen und Beinen sieht der nackte Junge so aus, als würde er eher fliegen als schwimmen. Mund und Augen sind offen. Vor ihm baumelt ein Dollarschein an einem Angelhaken. Das Bild ist etwas anstößig, und jedes Mal, wenn Irene es ansieht, merkt sie, wie sie extra tief Luft holt, als wäre sie es, die unter Wasser ist.

Sie will einen Grund finden, um das Handy zu konfiszieren, aber es gibt keinen.

Daniel

ICH WEISS NOCH GANZ GENAU, wann Charlie aufgehört hat, mich zu mögen. Es war der Sommer, in dem ich sechs und er acht wurde. Charlie fuhr auf seinem glänzenden, neuen Fahrrad (rot, 10 Gänge, großartig) mit seinen glänzenden, neuen Freunden (weiß, 10 Jahre alt, großartig) herum. Obwohl es im Laufe des Sommers jede Menge Anzeichen dafür gab, hatte ich nicht wirklich kapiert, dass ich zum *Nervigen Kleinen Bruder* degradiert worden war.

An dem Tag fuhren er und seine Freunde ohne mich davon. Ich folgte ihnen Häuserblock um Häuserblock und rief dabei »Charlie« – überzeugt, dass er nur vergessen hatte, mich mitzunehmen. Ich trat so schnell in die Pedale, dass ich müde wurde (Sechsjährige auf Fahrrädern werden nicht müde, also will das schon was heißen).

Warum habe ich nicht einfach aufgegeben? *Natürlich* hörte er mich rufen.

Schließlich hielt Charlie an und sprang vom Fahrrad. Statt den Ständer auszuklappen, warf er es auf den Boden und wartete darauf, dass ich sie einholte. Ich sah ihm an, dass er wütend war. Mit der Fußspitze kickte er Erde auf sein Fahrrad, damit es auch jeder mitbekam.

»*Hyung*«, fing ich an. Ich benutzte die koreanische Anrede, die jüngere Brüder für ihre älteren Brüder verwenden. Sobald ich es gesagt hatte, wusste ich, dass es ein großer Fehler gewesen war. Sein Gesicht wurde über und über rot – Wangen, Nase, die Ränder seiner Ohren – einfach alles. Er glühte quasi. Sein Blick huschte zur Seite, zu seinen neuen Freunden, die uns beobachteten, als wären wir im Fernsehen.

»Wie hat er dich gerade genannt?«, fragte der Kleinere.

»Ist das irgendein koreanischer Geheimcode?«, klinkte sich der Größere ein.

Charlie beachtete sie nicht. »Was willst du hier?«, brüllte er mich an. Er war dermaßen außer sich, dass sich seine Stimme fast überschlug.

Ich wusste nicht, was ich sagen sollte, aber er wollte ohnehin keine Antwort. Er wollte mich schlagen. Ich merkte es daran, wie er die Hände zu Fäusten ballte und wieder öffnete. Ich merkte, dass er abwog, wie viel Ärger er bekommen würde, wenn er mich hier im Park vor den Augen von zwei Jungs schlug, die er kaum kannte.

»Warum suchst du dir keine eigenen Freunde und hörst auf, mir wie ein Baby hinterherzurennen?«, sagte er stattdessen.

Er hätte mich lieber schlagen sollen.

Charlie schnappte sich sein Fahrrad und pumpte sich vor Wut dermaßen auf, dass ich dachte, er würde gleich platzen und ich müsste Mom beibringen, dass ihr älterer und besserer Sohn explodiert sei. »Mein Name ist Charles«, sagte er zu den beiden Jungs, und es klang wie eine Warnung, bloß kein weiteres Wort von sich zu geben. »Kommt ihr jetzt, oder was?« Er wartete nicht auf sie und blickte nicht über seine Schulter, um zu schauen, ob sie ihm hinterherfuhren. Sie folgten ihm – in den Park, in den Sommer, in die Highschool. Genau wie ihm später viele andere folgen würden. Irgendwie hatte ich meinen Bruder zu einem König gemacht.

Ich habe ihn nie wieder *Hyung* genannt.

Charles Jae Won Bae

Eine Zukunftsgeschichte

DANIEL TÄUSCHT SICH NICHT in Charles. Er ist ein Arschloch durch und durch. Manche Menschen entwachsen ihren schlechten Seiten, aber Charles nicht. Er wird hineinschlüpfen in diese Haut, die schon immer für ihn bereitlag, und er wird es sich darin gemütlich machen.

Aber vorher, bevor er Politiker wird und eine reiche Frau heiratet, bevor er seinen Namen in Charles Bay ändert, bevor er seine Frau und seine Wähler von vorne bis hinten betrügt, vor dem ganzen Geld, dem Erfolg und dem Immer-alles-kriegen-was-er-will, wird er etwas Gutes und Selbstloses für seinen Bruder tun. Es wird seine letzte gute und selbstlose Tat sein.

Familie

Eine Geschichte der Namensgebung

ALS MIN SOO SICH IN DAE HYUN verliebte, ahnte sie nicht, dass diese Liebe sie von Südkorea nach Amerika bringen würde. Aber Dae Hyun war sein Leben lang arm gewesen. Er hatte einen Cousin in Amerika, der sich in New York ein gutes Leben aufgebaut hatte. Der Cousin versprach, ihm zu helfen.

Für die meisten Einwanderer ist es ein Akt des Glaubens, in ein fremdes Land zu ziehen. Auch wenn man die Erzählungen über sichere Verhältnisse, Chancen und Wohlstand kennt, ist es dennoch ein großer Schritt, sich von der eigenen Sprache, den Menschen und dem Land zu lösen. Von der eigenen Geschichte. Was, wenn die Erzählungen nicht stimmen? Was, wenn man sich nicht anpassen kann? Was, wenn man in dem neuen Land nicht erwünscht ist?

Letztendlich stimmen nur einige der Erzählungen. Wie alle Einwanderer passten sich Min Soo und Dae Hyun so gut an, wie es ihnen möglich war. Sie mieden die Menschen und die Gegenden, die ihnen nicht freundlich erschienen. Dae Hyuns Cousin half ihnen tatsächlich, und sie fassten Fuß, ihr Glaube wurde belohnt.

Als Min Soo ein paar Jahre später feststellte, dass sie schwanger war, dachte sie als Erstes darüber nach, welchen Namen sie ihrem Kind geben würde. Sie hatte den Eindruck, dass Namen in Amerika keine Bedeutung hatten, jedenfalls nicht so wie in Korea. In Korea wird der Familienname zuerst genannt und er verkörpert die Geschichte sämtlicher Vorfahren. In Amerika wird der Familienname *Nachname* genannt. Dae Hyun meinte, das zeige, dass für die Amerikaner der Einzelne mehr zählt als die Familie.

Min Soo zerbrach sich den Kopf über die Auswahl des persönlichen Namens, den die Amerikaner *Vornamen* nennen. Sollte das Kind einen amerikanischen Namen bekommen, den die Lehrer und Mitschüler ohne Probleme aussprechen konnten? Sollten sie an der Tradition festhalten und zwei chinesische Schriftzeichen aussuchen, die einen zweisilbigen persönlichen Namen ergaben?

Namen haben große Macht. Sie sind ein Identitätsmerkmal und eine Art Landkarte, die einen in Raum und Zeit verortet. Sie können sogar ein Kompass sein. Am Ende entschied sich Min Soo für einen Kompromiss. Sie gab ihrem Sohn einen amerikanischen Vornamen, gefolgt von einem koreanischen Namen, gefolgt von dem Familiennamen. Sie nannte ihn Charles Jae Won Bae. Ihren zweiten Sohn nannte sie Daniel Jae Ho Bae.

Am Ende entschied sie sich für beides. Koreanisch und Amerikanisch. Amerikanisch und Koreanisch.

Damit sie wussten, woher sie kamen.

Damit sie wussten, was vor ihnen lag.

Natasha

ICH BIN ZU SPÄT. Ich betrete den Warteraum und gehe zu der Frau am Empfang. Sie schüttelt den Kopf über mich, als hätte sie das alles schon mal erlebt. Alle hier haben das alles schon mal erlebt, und es ist ihnen ganz egal, ob es für dich neu ist.

»Sie müssen die Hotline der Einwanderungsbehörde anrufen und einen neuen Termin vereinbaren.«

»Dafür habe ich keine Zeit«, sage ich. Ich erzähle ihr von Irene, der Sicherheitsbeamtin, und ihrem seltsamen Benehmen. Ich erzähle es leise und sachlich. Sie zuckt mit den Schultern und senkt den Blick. Ich bin entlassen. An jedem anderen Tag würde ich mich fügen, aber dafür habe ich jetzt keine Zeit.

»Bitte rufen Sie sie an. Rufen Sie Karen Whitney an. Sie hat gesagt, ich solle noch mal wiederkommen.«

»Ihr Termin war um acht. Jetzt ist es acht Uhr fünf. Ein anderer Kunde ist inzwischen bei ihr.«

»Bitte. Es ist nicht meine Schuld, dass ich zu spät bin. Ms Whitney hat mir gesagt …«

Ihre Miene verhärtet sich. Egal, was ich sage, es wird sie nicht umstimmen. »Ms Whitney ist bereits im Gespräch mit einem anderen Kunden.« Sie sagt es so, als wäre Englisch nicht meine Muttersprache.

»Rufen Sie sie an«, verlange ich. Meine Stimme ist laut und ich klinge hysterisch. Die übrigen Wartenden starren mich an, selbst die, die kein Englisch können. Verzweiflung ist in jeder Sprache zu verstehen.

Die Mitarbeiterin am Empfang nickt einem Sicherheitsbeamten zu, der neben der Tür steht. Doch bevor er bei mir ist, geht die Tür zu den Büros auf. Ein sehr großer, dünner Mann mit dunkelbrauner Haut winkt mir zu. Er gibt der Mitarbeiterin am Empfang ein Zeichen.

»Schon in Ordnung, Mary. Ich übernehme sie.«

Ich husche eilig durch die Tür, bevor er es sich anders überlegt. Er schaut mich nicht an, sondern dreht sich nur um und läuft eine Reihe von Gängen hinunter. Schweigend folge ich ihm, bis er vor Karen Whitneys Büro stehen bleibt.

»Warten Sie hier«, sagt er zu mir. Er ist nur ein paar Sekunden weg, und als er zurückkommt, hat er einen roten Ordner in der Hand – meine Akte.

Wir gehen einen anderen Gang hinunter, bis wir schließlich bei seinem Büro sind. »Mein Name ist Lester Barnes«, sagt er. »Nehmen Sie Platz.«

»Ich bin …«

Mit erhobener Hand bringt er mich zum Schweigen. »Alles, was ich wissen muss, steht hier drin.« Er hebt den Ordner an einer Ecke hoch und wedelt damit vor mir hin und her. »Tun Sie sich selbst einen Gefallen, und seien Sie still, während ich lese.«

Sein Schreibtisch ist sehr ordentlich, und man merkt, dass er sich viel darauf einbildet. Er besitzt zueinander passende silberfarbene Schreibtischutensilien – einen Stifthalter, Ablagekörbe für eingehende und ausgehende Post und sogar einen Visitenkartenhalter, auf den LRB graviert ist. Benutzt überhaupt noch jemand Visitenkarten? Ich beuge mich vor, nehme mir eine und stecke sie in die Tasche.

Der hohe Aktenschrank hinter ihm ist eine Landschaft aus farblich sortierten Aktenstapeln. Jede Akte enthält das Leben eines Menschen. Ist die Bedeutung der Ordnerfarben so offensichtlich, wie ich glaube? Mein Ordner ist Ablehnungs-Rot.

Nach ein paar Minuten schaut er mich an. »Warum sind Sie hier?«

»Karen – Ms Whitney – meinte, ich solle noch mal wiederkommen. Sie war nett zu mir. Sie meinte, es ließe sich da vielleicht was machen.«

»Karen ist neu hier.« Er sagt das, als ob er mir damit etwas erklären will. Aber ich habe keine Ahnung, was.

»Der letzte Einspruch Ihrer Familie wurde abgelehnt. Die Abschiebung ist beschlossen, Ms Kingsley. Sie und Ihre Familie müssen heute um 22.00 Uhr das Land verlassen.«

Er klappt den Ordner zu und schiebt mir eine Kleenexschachtel hin, als erwarte er Tränen. Aber ich bin keine, die schnell heult.

Ich habe nicht geheult, als mein Vater uns zum ersten Mal von dem Abschiebebescheid erzählt hat oder als sämtliche Einsprüche abgelehnt wurden.

Ich habe auch vergangenen Winter nicht geheult, als ich rausfand, dass mein Exfreund Rob mich betrog.

Ich habe noch nicht mal gestern geheult, als Bev und ich uns offiziell voneinander verabschiedet haben. Wir wussten seit Wochen, dass der Abschied bevorstand. Ich habe nicht geheult, aber trotzdem war es nicht leicht. Sie wäre heute bestimmt mitgekommen, aber sie ist mit ihrer Familie in Kalifornien und guckt sich Berkeley und ein paar andere Unis an.

»Vielleicht bist du ja noch da, wenn ich zurückkomme«, sagte sie nach unserer siebzehnten Umarmung. »Vielleicht klappt es ja doch noch.«

Bev ist schon immer eine unverbesserliche Optimistin gewesen, sogar angesichts der schlimmsten Probleme. Sie ist die Art Mensch, die Lotterielose kauft. Ich bin die Art Mensch, die Witze über Menschen reißt, die Lotterielose kaufen.

Also werde ich jetzt ganz bestimmt nicht anfangen zu heulen. Ich stehe auf, nehme meine Sachen und gehe Richtung Tür. Ich brauche all meine Kraft, um weiterhin eine zu sein, die nicht schnell heult. In Gedanken höre ich meine Mutter sagen:

Lass nich zu, dass dein Stolz dich besiegt, Tasha.

Ich drehe mich um. »Es gibt also wirklich nichts, was Sie tun könnten, um mir zu helfen? Ich muss tatsächlich das Land verlassen?«, sage ich mit so leiser Stimme, dass ich mich selbst kaum höre. Aber Mr Barnes hat keine Probleme, mich zu verstehen. Leisen, unglücklichen Stimmen zuzuhören, gehört zu seinem Job.

Er trommelt mit den Fingern auf den Aktenordner. »Dass Ihr Vater wegen Trunkenheit am Steuer verurteilt worden ist …«

»… ist sein Problem. Warum muss ich für seinen Fehler büßen?«

Mein Vater. Sein bislang einziger beruflicher Triumph hat dazu geführt, dass er wegen »Fahrens unter Alkoholeinfluss« verurteilt wurde, dass wir entdeckt wurden, dass ich den einzigen Ort verliere, der für mich ein Zuhause ist.

»Trotzdem, Sie sind illegal hier«, sagt er, aber seine Stimme klingt nicht mehr so hart wie eben.

Ich nicke, sage aber nichts, denn jetzt muss ich wirklich heulen. Ich setze meinen Kopfhörer auf und gehe zur Tür.

»Ich war schon mal in Ihrem Land. Ich war auf Jamaika«, sagt er. Bei der Erinnerung an die Reise lächelt er. »Hat mir sehr gefallen. Da ist alles *irie*. Es wird Ihnen bestimmt gut gehen dort.«

Psychiater raten dazu, Gefühle nicht zu unterdrücken, weil sie sich dann irgendwann mit Gewalt Bahn brechen. Damit liegen sie wohl nicht ganz falsch. Ich bin schon seit Monaten wütend. Es kommt mir vor, als sei ich schon immer wütend gewesen. Wütend auf meinen Vater. Wütend auf Rob, der erst vergangene Woche zu mir gesagt hat, wir sollten trotz allem Freunde bleiben. Mit *allem* meint er, dass er mich betrogen hat. Nicht mal Bev ist von meiner Wut verschont geblieben. Schon den ganzen Herbst über überlegt sie, an welcher Uni sie sich bewerben soll – was sie davon abhängig macht, wo ihr Freund Derrick sich bewirbt. Regelmäßig checkt sie die Zeitunterschiede zwischen den verschiedenen Unistädten. »Funktionieren Fernbeziehungen?«, fragt sie alle paar Tage. Als sie die Frage das letzte Mal gestellt hat, habe ich ihr gesagt, sie sollte vielleicht nicht ihre gesamte *Zukunft* auf ihre *derzeitige* Highschoolliebe ausrichten. Das kam nicht besonders gut bei ihr an. Bev denkt, dass sie und Derrick für immer zusammenbleiben. Ich glaube, es hält bis zum Highschool-Abschluss. Vielleicht noch den Sommer danach. Um es wieder geradezubiegen, musste ich wochenlang Bevs Physikhausaufgaben machen.

Und jetzt sagt mir ein Mann, der wahrscheinlich nicht länger als eine Woche auf Jamaika war, dass für mich dort alles *irie* sein wird.

Ich setze den Kopfhörer wieder ab. »Wo sind Sie denn gewesen?«, frage ich.

»Negril«, erwidert er. »Sehr netter Ort.«

»Haben Sie das Hotelgelände verlassen?«

»Ich wollte ja, aber meine …«

»Aber Ihre Frau wollte nicht, weil sie Angst hatte, stimmt's? Im Reiseführer stand, es sei das Beste, auf dem Hotelgelände zu bleiben.« Ich setze mich wieder.

Er legt das Kinn auf seine gefalteten Hände. Es ist das erste Mal in unserer Unterhaltung, dass er nicht die Richtung vorgibt.

»War sie um ihre Sicherheit besorgt?« Bei dem Wort *Sicherheit* male ich Gänsefüßchen in die Luft, als müsste man sich darum eigentlich keine Sorgen machen. »Oder vielleicht wollte sie sich auch nur nicht ihre Ferienlaune verderben, weil sie dann gesehen hätte, wie arm die Leute wirklich sind.« Meine unterdrückte Wut steigt aus meinem Bauch hoch in meine Kehle.

»Sie haben sich Bob Marley angehört, ein Barmann hat Ihnen was zu rauchen besorgt, und jemand hat Ihnen erklärt, was *irie* bedeutet. Und jetzt glauben Sie, Sie wüssten Bescheid. Sie haben eine Tiki-Bar, einen Strand und Ihr Hotelzimmer gesehen. Das ist kein Land. Das ist nur ein Ferienresort.«

Er hebt die Hände, als wollte er sich verteidigen, als wollte er die Worte wieder in mich hineinstopfen.

Ja, ich benehme mich furchtbar.

Ja, es ist mir egal.

»Erzählen Sie mir nicht, dass es mir dort gut gehen wird. Ich kenne das Land nicht. Ich lebe hier, seit ich acht bin. Ich habe keine Freunde auf Jamaika. Ich habe keinen jamaikanischen Akzent. Ich kenne meine Familie dort nicht – jedenfalls nicht so, wie man seine Familie kennen sollte. Das ist mein letztes Jahr auf der Highschool. Was ist mit meinem Abschluss, dem Ball und meinen Freunden?«

Ich möchte mir über die gleichen bescheuerten Sachen Gedanken machen wie sie. Ich hatte sogar schon angefangen, meine Unterlagen für eine Bewerbung am Brooklyn College zusammenzusuchen. Meine Mom hat zwei Jahre lang gespart, damit sie nach Florida fahren und mir eine »gute« Sozialversicherungskarte kaufen konnte. Eine »gute« Karte ist eine mit einer tatsächlich existierenden, gestohlenen Sozialversicherungsnummer statt mit einer erfundenen. Der Mann, der ihr die Karte verkauft hat, meinte, dass die billigeren gefakten Sozialversicherungskarten mit den gefälschten Nummern für Background-Checks und Uni-Bewerbungen nicht ausreichen würden. Mit dieser Karte kann ich finanzielle Unterstützung beantragen. Und wenn ich neben der finanziellen Unterstützung auch noch ein Stipendium bekomme, könnte ich mir vielleicht sogar die SUNY Binghamton oder andere Colleges in New York leisten.

»Was ist mit dem College?«, frage ich, und jetzt bin ich am Heulen. Ich kann die Tränen nicht mehr zurückhalten. Sie haben lange darauf gewartet, fließen zu dürfen.

Mr Barnes schiebt die Kleenexschachtel noch näher zu mir. Ich ziehe sechs oder sieben Kleenex heraus, schnäuze mich und nehme mir noch mal sechs oder sieben. Wieder packe ich meine

Sachen zusammen. »Haben Sie eine Ahnung, wie es ist, wenn man nirgends hingehört?« Auch diesmal sage ich es zu leise, um verstanden zu werden, und auch diesmal versteht er es.

Ich bin schon an der Tür und habe die Hand auf der Klinke, als er sagt: »Ms Kingsley. Warten Sie.«

Irie

Eine Geschichte der Wortbedeutungen

VIELLEICHT HAST DU das Wort *irie* schon mal gehört. Vielleicht warst du schon mal auf Jamaika und weißt, dass das Wort seine Wurzeln zum einen in der jamaikanischen Sprache hat, dem Patois. Oder du weißt, dass das Wort auch aus dem Rastafari-Glauben stammt. Der berühmte Reggaemusiker Bob Marley war ein Rastafari, und durch ihn verbreitete sich diese Glaubenslehre über die Grenzen Jamaikas hinaus. Wenn du das Wort schon mal gehört hast, hast du also vielleicht eine Ahnung von der Geschichte dieses Glaubens.

Vielleicht weißt du, dass Rastafari ein kleiner Ableger der drei großen abrahamitischen Weltreligionen ist: Christentum, Islam und Judentum. Du weißt, dass abrahamitische Religionen monotheistisch sind und jede auf ihre Weise auf den Stammvater Abraham zurückgeht. Vielleicht spürst du in dem Klang des Wortes das Jamaika der 1930er-Jahre, als Rastafari begründet wurde. Oder du hörst Nachklänge des spirituellen Führers Haile Selassie I. in ihm, der von 1930 bis 1974 Kaiser von Abessinien war.

In dem Klang des Wortes hörst du also seine ursprüngliche spirituelle Bedeutung: *Alles ist gut zwischen dir und deinem Gott und damit auch zwischen dir und der Welt. Irie* zu sein, heißt, an einem erhabenen und erfüllten spirituellen Ort zu sein. In dem Wort klingt die Erfindung von Glauben an sich.

Vielleicht sagt dir der Begriff *irie* aber auch nichts.

Du weißt nichts über Gott oder Spiritualität oder sprachliche Wurzeln. Du kennst nur die heutige umgangssprachliche Bedeutung. Wenn alles *irie* ist, ist einfach alles *okay*.

Wenn du ein Wort in einem Wörterbuch nachschlägst, sind manchmal einige Wortbedeutungen als veraltet gekennzeichnet. Natasha fragt sich oft, wie Sprache so unberechenbar sein kann. Ein Wort kann früher eine Sache bedeutet haben und heute eine ganz andere. Liegt das daran, dass Begriffe zu häufig verwendet oder vielleicht zu stark vereinfacht werden, also zum Beispiel daran, wie man den Touristen in den jamaikanischen Ferienresorts den Begriff *irie* erklärt?

Oder liegt es daran, dass Wörter manchmal zweckentfremdet werden, so wie Natashas Vater zum Beispiel *irie* in letzter Zeit gebraucht hat?

Vor dem Abschiebebescheid weigerte er sich, mit jamaikanischem Akzent zu reden oder jamaikanischen Slang zu verwenden. Jetzt, wo sie gezwungen werden, nach Jamaika zurückzukehren, hat er sich ein neues Vokabular angeeignet, wie ein Tourist, der vor dem Urlaub Redewendungen in einer fremden Sprache übt. »Alles *irie*, Mann«, antwortet er den Kassierern im Supermarkt auf die Standardfrage »Wie geht's?«. Er antwortet *»irie«* auf die gleiche Frage des Briefträgers, der die Post bringt. Sein Lächeln ist zu breit. Er schiebt seine Hände in die Taschen, streckt die Brust raus und tut so, als hätte ihn die Welt mit mehr Geschenken überhäuft, als er anstandshalber annehmen kann. Sein ganzes Gehabe ist so offensichtlich aufgesetzt, dass ihn garantiert alle durchschauen. Aber das tun sie nicht. Natashas Vater verschafft ihnen für einen Moment ein gutes Gefühl, als würde sein unübersehbar großes Glück auf sie abfärben.

Wörter sollten sich mehr wie Maßeinheiten verhalten, findet Natasha. Ein Meter ist ein Meter ist ein Meter. Sie sollten ihre Bedeutung nicht verändern dürfen. Wer legt denn überhaupt fest, ob sich die Bedeutung geändert hat und wann? Gibt es eine Übergangszeit, während der das Wort beides bedeutet? Oder eine Zeit, in der das Wort gar nichts bedeutet?

Wenn sie Amerika verlassen muss, werden sich all ihre Freundschaften mit der Zeit auflösen, sogar die zu Bev. Das ist Natasha vollkommen klar. Natürlich werden sie anfangs versuchen, in Kontakt zu bleiben, aber es wird nicht dasselbe sein, wie wenn man sich jeden Tag sieht. Sie werden nicht gemeinsam zum Abschlussball gehen. Nicht jubeln über Collegezusagen oder trauern über Absagen. Keine albernen Abschlussfeierfotos. Stattdessen wird die Zeit vergehen und die Entfernung jeden Tag größer werden. Bev wird in Amerika sein und amerikanische Dinge tun. Natasha wird auf Jamaika sein und sich wie eine Fremde in dem Land fühlen, in dem sie geboren wurde.

Wie lange wird es dauern, bis ihre Freunde sie vergessen haben? Wie lange, bis sie selbst mit jamaikanischem Akzent spricht? Wie lange, bis sie vergisst, dass sie jemals in Amerika gelebt hat?

Eines Tages wird *irie* seine Bedeutung nochmals verändern und nur noch eines von vielen Wörtern mit einer langen Liste von veralteten Definitionen sein. Irgendjemand wird dich mit perfektem amerikanischem Akzent fragen: »Ist alles *irie*?« Und du wirst antworten: »Alles *irie*«, und damit meinen, dass alles okay ist, aber du gerade wirklich keine Lust hast, darüber zu reden. Und keiner von euch beiden wird eine Ahnung haben von Abraham oder Rastafari oder Patois. Das Wort wird sich seiner Geschichte entledigt haben.

Daniel

New Yorker Teenager gerät in den Sog elterlicher Erwartungen und Enttäuschungen – Glaubt nicht an Rettung

Es hat auch was Gutes, wenn dein älterer Bruder ein hochbegabtes Arschloch ist: Es nimmt den Druck von dir. Charlie ist immer gut genug für zwei Söhne gewesen. Jetzt, wo er doch nicht mehr so perfekt ist, lastet der Druck auf mir.

Hier eine Unterhaltung, die ich ungefähr 1,3 Milliarden Mal (mehr oder weniger) geführt habe, seit er wieder zu Hause ist:

Mom: Deine Noten immer noch gut?

Ich: Jep.

Mom: Biologie?

Ich: Jep.

Mom: Was ist mit Mathe? Du magst Mathe nicht.

Ich: Ich weiß, dass ich Mathe nicht mag.

Mom: Aber Noten immer noch gut?

Ich: Immer noch eine Zwei.

Mom: Warum noch keine Eins? *Aigo.* Du musst langsam ernster nehmen. Du nicht mehr kleiner Junge.

Heute habe ich ein Aufnahmegespräch mit einem ehemaligen Yale-Absolventen wegen meiner Uni-Zulassung. Yale ist zwar nur »Zweitbeste Uni«, aber ausnahmsweise habe ich mal protestiert und mich geweigert, mich bei »Beste Uni« (Harvard) zu bewerben. Der Gedanke, auch dort wieder nur Charlies jüngerer Bruder zu sein, ist unerträglich. Außerdem würde Harvard mich vielleicht gar nicht nehmen, nun, da Charlie rausgeflogen ist.

Meine Mom und ich sind in der Küche. Wegen des Vorstellungsgesprächs dämpft sie gefrorene *Mandu* (Teigtaschen) als Leckerbissen für mich. Vorneweg esse ich Cap'n Crunch (die besten Frühstücksflocken aller Zeiten) und kritzle dabei in mein Moleskine-Notizbuch. Ich schreibe ein Gedicht über Liebeskummer, an dem ich schon ewig herumfeile (mehr oder weniger). Leider hatte ich noch nie Liebeskummer, deshalb ist es verdammt schwer.

Ich empfinde es als Luxus, am Küchentisch schreiben zu können. Wäre mein Vater hier, dürfte ich das nicht. Zwar sagt er nicht offen, dass ihm mein Faible fürs Gedichteschreiben nicht gefällt, aber es gefällt ihm definitiv nicht.

Meine Mom unterbricht mich beim Essen und Schreiben, um unser übliches Gespräch in etwas abgewandelter Form mit mir zu führen. Ich laviere mich so durch, gebe zwischen zwei Mundvoll Cap'n Crunch meine »Jeps« von mir, als sie plötzlich das Drehbuch ändert. Anstatt »Du nicht mehr kleiner Junge« sagt sie: »Werd bloß nicht wie dein Bruder.«

Um dem Satz besonderen Nachdruck zu verleihen, sagt sie ihn auf Koreanisch. Sei es aufgrund göttlicher Fügung oder Schicksal oder schierem Pech, betritt Charlie im selben Moment die Küche und hört ihre Worte. Ich lasse den Löffel sinken.

Für jemanden, der die Szene von außen betrachtet, sieht es so aus, als wäre alles bestens. Eine Mutter macht Frühstück für ihre beiden Söhne. Der Sohn am Tisch isst Frühstücksflocken (ohne Milch). Der andere Sohn betritt von der linken Seite die Bühne. Er will auch frühstücken.

Aber das ist nicht das, was wirklich geschieht. Mom schämt sich so sehr für ihre Worte, dass sie rot wird. Schwach, aber wahrnehmbar. Sie bietet Charlie ein paar *Mandu* an, obwohl er koreanisches Essen nicht ausstehen kann und sich seit der Junior-Highschool weigert, es zu essen.

Und Charlie? Er spielt Theater. Er tut so, als ob er kein Koreanisch versteht. Er tut so, als ob er Moms Teigtaschenangebot nicht gehört hätte. Er tut so, als wäre ich Luft.

Ich kaufe es ihm beinahe ab, bis ich auf seine Hände blicke. Sie sind zu Fäusten geballt und verraten, was wirklich in ihm vorgeht. Er hat Moms Worte gehört und verstanden. Selbst wenn sie ihn als *Vollspast* oder *animatronisches Arschloch mit Klöten dran* bezeichnet hätte, wäre das noch besser, als mir zu sagen, ich solle nicht werden wie er. Mein Leben lang ist es andersherum gewesen. *Warum kannst du nicht mehr wie dein Bruder sein?* Diese Umkehrung der Verhältnisse ist für keinen von uns beiden gut.

Charlie holt ein Glas aus dem Schrank und füllt es mit Wasser. Er trinkt Leitungswasser, um Mom zu ärgern. Sie öffnet den Mund, um ihr übliches »Nein. Trink Filter« herunterzuleiern, sagt dann aber doch nichts. Mit drei raschen Schlucken stürzt Charlie das Wasser hinunter und stellt das Glas dann ungewaschen zurück in den Schrank. Die Schranktür lässt er offen.

»*Amma*, lass ihn in Ruhe«, sage ich zu ihr, als er verschwunden ist. Ich bin wütend *auf* ihn und wütend *für* ihn. Meine Eltern kritteln unerbittlich an ihm herum. Ich kann mir lebhaft vorstellen, wie beschissen es für ihn sein muss, den ganzen Tag mit meinem Vater im Laden zu arbeiten. Ich wette, Dad beschimpft ihn pausenlos, während er gleichzeitig die Kunden anlächelt und Fragen über Extensions und Teebaumöle beantwortet oder wie man angegriffenes, kaputtes Haar behandelt (meinen Eltern gehört ein Afro-Beauty-Shop, in dem Pflegeprodukte für krauses schwarzes Haar angeboten werden, er heißt Black Hair Care).

Mom öffnet den Korb des Dampfgarers, um nach den *Mandu* zu sehen. Der Dampf lässt ihre Brille beschlagen. Als kleines Kind musste ich immer darüber lachen, also hat sie sich einen Spaß daraus gemacht, sie so stark wie möglich beschlagen zu lassen. Und dann tat sie so, als könnte sie mich nicht sehen. Jetzt nimmt sie die Brille einfach ab und wischt sie mit einem Küchenhandtuch trocken.

»Was passieren deinem Bruder? Warum er versagen? Er nie versagen.«

Ohne die Brille sieht sie jünger und hübscher aus. Ist es komisch, wenn man seine Mutter hübsch findet? Wahrscheinlich. Ich bin mir sicher, dass Charlie nie auf solche Gedanken kommt. Alle seine Freundinnen (alle sechs) waren sehr hübsche, leicht pummelige weiße Mädchen mit blonden Haaren und blauen Augen.

Nein, stimmt nicht. Da gab es ein Mädchen, Agatha. Sie war seine letzte Highschool-Freundin, bevor er auf die Uni wechselte.

Sie hatte grüne Augen.

Mom setzt ihre Brille wieder auf und wartet, als müsste ich eine Antwort für sie parat haben. Sie hasst es, nicht zu wissen, was als Nächstes geschieht. Ungewissheit ist ihr Feind. Was wahrscheinlich daran liegt, dass sie in Südkorea in großer Armut aufgewachsen ist.

»Er nie versagen. Etwas passieren.«

Und jetzt bin ich sogar noch wütender. Vielleicht ist gar nichts mit Charlie *passiert*. Vielleicht hat er versagt, weil er sein Studienfach ganz einfach nicht mochte. Vielleicht will er gar nicht Arzt werden. Vielleicht weiß er gar nicht, was er werden will. Vielleicht hat er sich einfach verändert.

Aber in unserer Familie ist es nicht erlaubt, sich zu verändern. Wir sind dazu bestimmt, Ärzte zu werden, und es gibt kein Entkommen.

»Ihr Jungs haben es zu leicht hier. Amerika machen euch weich.« Wenn ich bei jeder Wiederholung dieses Satzes eine neue Gehirnzelle bekäme, wäre ich ein gottverdammtes Genie.

»Wir sind hier geboren, Mom. Wir waren schon immer weich.«

Sie schnaubt verärgert. »Was sein mit Aufnahmegespräch? Du bereit?« Sie mustert mich und hat etwas zu mäkeln. »Du Haare schneiden vor Gespräch.« Seit Monaten liegt sie mir in den Ohren, ich soll meinen kurzen Pferdeschwanz abschneiden. Ich gebe einen Laut von mir, der Zustimmung oder Ablehnung ausdrücken könnte. Sie stellt einen Teller mit *Mandu* vor mich und ich esse sie schweigend auf.

Weil ich heute dieses wichtige Gespräch habe, erlauben mir meine Eltern, die Schule zu schwänzen. Es ist erst acht, aber ich werde auf keinen Fall noch länger zu Hause bleiben und weitere Unterhaltungen wie diese führen. Bevor ich entkommen kann, drückt Mom mir eine Geldtasche mit Einzahlungsbelegen in die Hand, die ich meinem Vater in den Laden bringen soll.

»*Appa* vergessen. Du ihm bringen.« Bestimmt wollte sie die Tasche eigentlich Charlie mitgeben, bevor er zum Laden aufbricht, aber wegen ihres Streits hat sie es vergessen.

Ich nehme die Geldtasche, schnappe mir mein Notizbuch und schleiche nach oben, um mich anzuziehen. Mein Zimmer liegt am Ende eines langen Flurs. Ich gehe an Charlies Zimmer vorbei (die Tür ist immer zu) und am Schlafzimmer meiner Eltern. Am Türrahmen lehnen ein paar nagelneue, noch verpackte Leinwände von meiner Mutter. Sie hat heute frei, und bestimmt freut sie sich schon darauf, den Tag für sich zu haben und ihn mit Malen zu verbringen. In letzter Zeit zeichnet sie Kakerlaken, Fliegen und Käfer. Ich habe mir einen Spaß daraus gemacht und gesagt, dass sie wohl in ihrer Widerliche-Insekten-Periode sei, aber eigentlich gefallen mir die Bilder noch besser als die aus ihrer Abstrakte-Orchideen-Periode vor ein paar Monaten. Ich mache einen kleinen Abstecher in das leere Zimmer, das sie als Atelier nutzt, um nachzusehen, ob sie an einem neuen Bild malt. Und tatsächlich gibt es da eins von einem riesigen Käfer. Die Leinwand ist gar nicht besonders groß, aber der Käfer nimmt den gesamten Platz ein. Die Bilder meiner Mutter sind schon immer sehr bunt und schön gewesen, aber in Verbindung mit ihrer detailgetreuen, fast anatomischen Darstellung der Insekten erzeugt die üppige Farbgebung etwas, was mehr als nur schön ist. Das Bild ist in dunklen, perlmuttartigen Grün-, Blau- und Schwarztönen gehalten. Der Panzer des Käfers schillert wie Öl im Wasser.

Vor drei Jahren überraschte mein Vater sie zu ihrem Geburtstag damit, dass er eine Teilzeitkraft für den Laden einstellte, damit sie nicht jeden Tag arbeiten muss. Außerdem kaufte er ein Anfängerset Ölfarben und ein paar Leinwände. Nie zuvor hatte ich sie wegen eines Geschenks weinen sehen. Seitdem malt sie ständig.

Als ich in meinem Zimmer bin, frage ich mich zum zehntausendsten Mal (mehr oder weniger), wie Moms Leben wohl verlaufen wäre, wenn sie Korea nie verlassen hätte. Was, wenn sie meinen Vater nie getroffen hätte? Wenn sie Charlie und mich nie bekommen hätte? Wäre sie dann heute eine Künstlerin?

Ich ziehe meinen neuen, maßgeschneiderten grauen Anzug mit der roten Krawatte an. *Zu grell*, fand Mom, als wir einkaufen waren. Anscheinend dürfen nur Bilder farbenfroh sein. Ich überzeugte sie, indem ich sagte, das Rot ließe mich selbstbewusst aussehen. Wenn ich mich im Spiegel so ansehe, muss ich sagen, dass dieser Anzug mich tatsächlich selbstbewusst und lässig-elegant (ja, lässig-elegant) aussehen lässt. Zu schade, dass ich ihn nur für dieses Gespräch anhaben werde und nicht zu einer Gelegenheit, die mir wirklich wichtig ist. Ich checke das Wetter auf meinem Smartphone und beschließe, dass ich keinen Mantel brauche. Es wird bis zu 19 Grad warm – ein perfekter Herbsttag.

Obwohl ich immer noch wütend darüber bin, wie sie Charlie behandelt hat, küsse ich Mom zum Abschied und verspreche, mir die Haare schneiden zu lassen. Dann verlasse ich das Haus. Am Nachmittag wird mein Leben auf den Zug aufspringen, der zur *Dr.-med.-Daniel-Jae-Ho-Bae*-Station fährt, doch bis dahin gehört der Tag mir. Ich werde tun, was immer das Leben mir vorgibt. Ich werde mich benehmen, als wäre ich in einem verdammten Bob-Dylan-Song, und mich mit dem Wind treiben lassen. Ich werde so tun, als läge meine Zukunft noch offen vor mir, als könnte noch alles geschehen.

Natasha

ALLES GESCHIEHT AUS einem bestimmten Grund, sagen die Leute oft. Meine Mom sagt es ständig. »Sachen passier'n aus 'nem bestimmten Grund, Tasha.« Meistens sagen die Leute das, wenn etwas schiefläuft, aber eben nicht *zu* schief. Ein Autounfall, den man knapp überlebt. Ein verstauchter Knöchel statt eines gebrochenen.

Bezeichnenderweise hat Mom es in Bezug auf unsere Abschiebung nicht gesagt. Welchen Grund könnte es für diesen Albtraum auch geben? Mein Dad, der daran schuld ist, sagt: »Gottes Wege sind manchmal unergründlich.« Ich würde ihm gern sagen, dass er vielleicht nicht alles Gott überlassen sollte und dass Hoffen gegen jede Vernunft keine Lebensstrategie ist. Aber das würde bedeuten, dass ich mit ihm reden müsste, und ich will nicht mit ihm reden.

Menschen sagen solche Sätze, um sich die Welt zu erklären. Insgeheim glaubt fast jeder, dass das Leben einen Sinn, eine gewisse *Berechenbarkeit* hat. Dass es gerecht ist. Von elementarer Anständigkeit. Gute Dinge widerfahren guten Menschen. Schlechte Dinge widerfahren nur schlechten Menschen.

Keiner will glauben, dass das Leben auf Zufällen basiert. Mein

Vater meint, er wüsste nicht, wo mein Zynismus herkäme, aber ich bin keine Zynikerin. Ich bin Realistin. Es ist besser, das Leben realistisch zu betrachten und nicht so, wie man es gerne hätte. Die Dinge passieren nicht aus einem bestimmten Grund. Sie passieren einfach.

Doch hier sind ein paar unbestreitbare Tatsachen: Wäre ich nicht zu spät zu meinem Termin gekommen, hätte ich Lester Barnes nicht kennengelernt. Und hätte er nicht das Wort *irie* gesagt, wäre ich nicht ausgerastet. Und wäre ich nicht ausgerastet, hielte ich jetzt nicht einen Zettel mit dem Namen eines Anwalts in der Hand, der als »der Problemlöser« bekannt ist.

Ich gehe am Sicherheitscheck vorbei Richtung Ausgang und habe das irrationale und für mich völlig untypische Verlangen, mich bei der Sicherheitsbeamtin – Irene – zu bedanken. Doch sie steht ein paar Meter von mir entfernt und ist damit beschäftigt, die Sachen von jemand anderem zu befummeln.

Ich sehe nach, ob ich neue Nachrichten habe. Obwohl es in Kalifornien erst halb sechs ist, hat Bev mir eine SMS mit einer Reihe Fragezeichen geschickt. Ich überlege, ob ich ihr von den neuesten Entwicklungen berichten soll, beschließe dann aber, dass es noch keine echte Entwicklung gibt.

Noch nichts Neues, schreibe ich zurück. Wieder habe ich den ziemlich eigennützigen Wunsch, dass ich sie jetzt gern bei mir hätte. Tatsächlich wünsche ich mir sogar, bei ihr in Kalifornien zu sein, mir Unis anzugucken und eine ganz normale Abschlussjahreserfahrung zu machen.

Ich schaue noch mal auf den Zettel. Jeremy Fitzgerald. Mr Barnes hat mir nicht erlaubt, von seinem Apparat aus einen Termin zu vereinbaren.

»Die Sache ist wirklich ziemlich aussichtslos«, hat er gesagt, bevor er mich fast eigenhändig zur Tür hinausgeschoben hat.

Tatsache ist: Man sollte nie auf eine aussichtslose Sache setzen. Besser, man wägt die jeweiligen Chancen genau ab und setzt dann auf das Wahrscheinliche. Aber wenn das Aussichtslose deine einzige Chance ist, dann musst du darauf setzen.

Irene

Eine Geschichte des Zögerns

IN IHRER MITTAGSPAUSE lädt Irene sich das Nirvana-Album herunter. Sie hört es drei Mal hintereinander. In Kurt Cobains Stimme hört sie dasselbe, was Natasha hört – einen perfekten und wunderschönen Schmerz. Seine Stimme ist von Einsamkeit und Sehnsucht so dünn gescheuert, dass sie eigentlich brechen müsste. Irene denkt, dass es besser wäre, wenn sie brechen würde. Besser, als mit dieser unerfüllbaren Sehnsucht leben zu müssen, besser als *das Leben* an sich.

Sie folgt Kurt Cobains Stimme weiter und weiter hinab an einen Ort, an dem es immer schwarz ist. Nachdem sie ihn gegoogelt hat, weiß sie, dass Kurt Cobains Geschichte kein Happy End hat.

Irene fasst einen Entschluss: Heute wird der letzte Tag in ihrem Leben sein.

Tatsächlich hat sie schon seit Jahren immer mal wieder darüber nachgedacht, sich umzubringen. In Cobains Text findet sie endlich die richtigen Worte dafür. Sie schreibt einen Abschiedsbrief, adressiert an niemanden: *»Oh well. Whatever. Nevermind.«*

Natasha

SOBALD ICH DAS GEBÄUDE verlassen habe, wähle ich die Nummer des Anwalts.

»Ich würde gern für heute einen Termin vereinbaren. Möglichst bald.«

Die Frau am anderen Ende klingt, als wäre sie auf einer Baustelle. Im Hintergrund höre ich Bohren und lautes Hämmern. Ich muss meinen Namen zwei Mal wiederholen.

»Und worum geht es?«, fragt sie.

Ich zögere. Wenn man illegal ist, wird man gut darin, Geheimnisse zu bewahren. Bevor das mit der Abschiebung passiert ist, war Bev die Einzige, die Bescheid wusste. Obwohl sie Geheimnisse eigentlich nicht gerade gut für sich behalten kann.

»Es rutscht mir einfach so raus«, sagt sie immer, als hätte sie keine Kontrolle über das, was aus ihrem Mund kommt.

Doch selbst Bev wusste, wie wichtig es war, dieses Geheimnis für sich zu behalten.

»Hallo, Ma'am? Können Sie mir sagen, worum es geht?«, will die Frau am anderen Ende noch einmal wissen.

Ich drücke das Telefon fest ans Ohr und bleibe mitten auf der

Treppe stehen. Um mich herum bewegt sich die Welt mit einer Geschwindigkeit, als würde man einen Film vorspulen. Dreimal so schnell und mit ruckartigen Bewegungen laufen Menschen die Treppe hinauf und hinunter. Über meinem Kopf rasen Wolken dahin. Die Sonne verändert ihre Position am Himmel.

»Ich bin illegal hier«, sage ich. Mein Herz rast, als würde ich seit sehr langer Zeit einen sehr langen Weg entlangrennen.

»Ich brauche mehr Informationen«, sagt sie.

Also erzähle ich ihr alles. Ich bin Jamaikanerin. Meine Eltern sind illegal in die USA eingereist, als ich acht war. Seitdem leben wir hier. Mein Vater ist wegen Trunkenheit am Steuer verurteilt worden. Wir werden abgeschoben. Und Lester Barnes ist der Meinung, dass Mr Fitzgerald uns vielleicht helfen könnte.

Sie gibt mir einen Termin um elf Uhr.

»Kann ich noch etwas für Sie tun?«, fragt sie.

»Nein«, erwidere ich. »Das reicht schon.«

Das Büro des Anwalts liegt nördlich von hier, in der Nähe vom Times Square. Ich schaue auf mein Telefon: 8 Uhr 35. Eine leichte Brise hebt den Saum meines Rocks und spielt mit meinen Haaren. Für Mitte November ist das Wetter erstaunlich mild. Vielleicht hätte ich meine Lederjacke gar nicht mitnehmen müssen. Ich wünsche mir einen nicht allzu eisigen Winter, dann fällt mir wieder ein, dass ich wahrscheinlich gar nicht hier sein werde, um ihn zu erleben. Wenn es in einer Stadt schneit und niemand ist da, um es zu spüren, ist es dann trotzdem kalt?

Ja. Die Antwort auf diese Frage lautet: ja.

Ich ziehe meine Jacke enger um mich. Noch immer fällt es mir schwer zu glauben, dass meine Zukunft anders verlaufen wird, als ich es geplant habe.

Noch zweieinhalb Stunden. Bis zu meiner Schule ist es zu Fuß nur eine Viertelstunde von hier. Ich überlege kurz, vorbeizugehen, damit ich sie mir ein letztes Mal anschauen kann. Es ist eine sehr anspruchsvolle, naturwissenschaftlich ausgerichtete Highschool, und ich habe mich ganz schön angestrengt, um dort angenommen zu werden. Ich kann nicht fassen, dass ich nach dem heutigen Tag nie mehr dort hingehen werde. Schließlich entscheide ich mich doch dagegen; zu viele Leute, denen ich begegnen könnte, und zu viele Fragen wie »Warum bist du heute nicht in der Schule?«, auf die ich nicht antworten will.

Stattdessen beschließe ich, die Zeit totzuschlagen, indem ich die drei Meilen bis zum Büro des Anwalts zu Fuß gehe. Mein Lieblingsplattenladen liegt auf dem Weg. Ich setze meinen Kopfhörer auf und scrolle zum *Temple of the Dog*-Album. Heute ist ein Neunzigerjahre-Grungerock-Tag, jede Menge Angst und laute Gitarre. Chris Cornells Stimme ertönt, und ich lasse zu, dass sie ein paar meiner Sorgen davonträgt.

Samuel Kingsley

Eine Geschichte der Reue, Teil 1

NATASHAS VATER SAMUEL zog ganze zwei Jahre vor dem Rest der Familie nach Amerika. Der Plan war, dass Samuel sich zunächst als Schauspieler am Broadway eine Existenz aufbauen sollte. Das würde leichter sein, wenn er sich dabei nicht um Frau und Kind kümmern musste. Ohne sie wäre er frei und könnte jederzeit auch kurzfristig zu Vorsprechen gehen. Er wäre frei, in der Schauspielerszene von New York Fuß zu fassen. Ursprünglich sollte er nur ein Jahr allein dort leben, aber es wurden zwei daraus. Es wären auch drei daraus geworden, aber Natashas Mutter konnte und wollte nicht mehr länger warten.

Sie war damals erst sechs, aber Natasha erinnert sich gut an die Telefongespräche nach Amerika. Sie erkannte sie immer daran, dass ihre Mutter all diese zusätzlichen Nummern wählen musste. Am Anfang waren die Anrufe schön. Ihr Vater klang wie ihr Dad. Er klang fröhlich.

Nach ungefähr einem Jahr veränderte sich seine Stimme. Er hatte einen komischen neuen Akzent, der eher wie ein Trillern war und schärfer klang als Patois. Er klang weniger fröhlich. Sie erinnert sich daran, wie sie den Gesprächen ihrer Eltern lauschte.

Ihren Vater am anderen Ende der Leitung konnte sie natürlich nicht verstehen, aber das musste sie auch nicht.

»Wie viel Zeit soll'n wir dir noch geben?«

»Aber Samuel? Wir sind keine Familie mehr, wenn du dort bist und wir hier.«

»Red mit deiner Tochter, Mann.«

Und dann, eines Tages, verließen sie Jamaika für immer. Natasha verabschiedete sich von ihren Freunden und ihren Verwandten in der festen Überzeugung, sie wiederzusehen, vielleicht an Weihnachten. Damals wusste sie nicht, was es bedeutet, irgendwo illegal zu leben. Dass es bedeutet, dass du nie wieder zurück nach Hause kannst. Dass dein Zuhause sich nicht mal mehr wie dein Zuhause anfühlt, sondern wie irgendein fremder Ort, von dem man in einem Buch liest. Natasha erinnert sich, wie sie am Tag ihrer Abreise im Flugzeug saß und sich Sorgen machte, wie sie es schaffen sollten, durch die Wolken hindurchzufliegen – bis ihr klar wurde, dass Wolken gar nicht wie Watte waren. Sie fragte sich, ob ihr Dad sie wiedererkennen würde und ob er sie und ihre Mutter noch lieb haben würde. Es war eine so lange Zeit gewesen.

Aber er erkannte sie wieder und er hatte sie noch lieb. Am Flughafen umarmte er sie beide ganz fest.

»Gott, hab ich euch vermisst, euch zwei«, sagte er und drückte sie noch fester. Er sah aus wie immer. Er hörte sich sogar an wie immer, sein Patois klang genau so, wie es immer geklungen hatte. Aber er roch anders, nach amerikanischer Seife und amerikanischen Kleidern und amerikanischem Essen. Natasha war es egal. Sie war so froh, ihn zu sehen. Sie konnte sich an alles gewöhnen.

In den zwei Jahren, die er allein in Amerika war, hatte Samuel bei einer alten Freundin seiner Mutter gewohnt. So musste er keinen Job annehmen, und seine Ersparnisse reichten für die wenigen Dinge, die er benötigte.

Doch nachdem sie nun alle in Amerika lebten, ging das nicht so weiter. Samuel fand Arbeit als Wachmann und schob Nachtschichten in einem der Bürogebäude an der Wall Street. Er mietete eine Zweizimmerwohnung für sie im Flatbush-Viertel in Brooklyn.

»Wir schaffen das schon«, sagte er zu Patricia. Er hatte die Nachtschichten übernommen, damit er tagsüber zu Vorsprechen gehen konnte.

Aber tagsüber war er müde.

Und es gab keine Rollen für ihn, und der Akzent blieb, sosehr er sich auch bemühte, ihn abzulegen. Dass Patricia und Natasha mit ihrem starken jamaikanischen Akzent mit ihm sprachen, machte es auch nicht gerade besser, obwohl er versuchte, ihnen die »ordentliche« amerikanische Aussprache beizubringen.

Und nur Absagen zu bekommen, war auch nicht leicht zu ertragen. Als Schauspieler musste man ein dickes Fell haben, doch Samuels Fell war nicht dick genug. Die Absagen waren wie Schmirgelpapier. Und sein Fell wurde mit jeder Absage dünner. Nach einer Weile war Samuel sich nicht mehr sicher, wer länger durchhalten würde: er selbst oder seine Träume.

Daniel

Schicksalsergebener Teenager nimmt die 7 Richtung Kindheitsende

Ja, ich kann ziemlich theatralisch sein, aber so empfinde ich es nun mal. Dieser Zug ist ein Scheißmagischer Zug, der mich im Eiltempo aus der Kindheit (Freude, Spontaneität, Spaß) ins Erwachsenenleben (Trübsal, Vorhersehbarkeit, totale Spaßlosigkeit) befördert. Wenn ich aussteige, habe ich einen Plan und geschmackvoll frisiertes (also kurzes) Haar. Ich werde nicht länger Gedichte lesen (oder schreiben) – nur Biografien über Sehr Wichtige Leute. Ich werde »Ansichten« zu ernsten Themen wie Immigration, der Rolle der katholischen Kirche in einer zunehmend säkularisierten Gesellschaft und das ziemlich bescheidene Abschneiden professioneller Footballteams haben.

Der Zug hält an und die Hälfte der Leute steigt aus. Ich setze mich auf meinen Lieblingsplatz – den Doppelsitz in der Ecke neben der Fahrerkabine. Ich breite mich aus und besetze beide Plätze.

Ja, das ist mies. Aber ich habe einen guten Grund für dieses Verhalten. Es hat mit einem Mann mit einer schweinemäßig großen Schlange um den Hals zu tun, der sich um ein Uhr morgens (ich hätte längst zu Hause sein müssen) in einer völlig leeren Bahn direkt neben mich setzte, obwohl es tausend (mehr oder weniger) andere freie Plätze gab.

Ich hole mein Notizbuch aus der Innentasche meines Jacketts. Die Fahrt bis zu meinem Lieblingsfriseur auf der 34th Street in Manhattan dauert eine Stunde und das Gedicht schreibt sich nicht von selbst. Fünfzig Minuten (und drei ziemlich armselige Zeilen) später sind wir nur noch ein paar Haltestellen von meinem Ziel entfernt. Die Türen des Magischen Zuges schließen sich. Wir fahren ein paar Meter in den Tunnel hinein, dann kommt der Zug zum Stillstand. Flackernd gehen die Lampen aus. War ja klar. Fünf Minuten lang sitzen wir einfach so da, bis der Zugführer zu dem Schluss kommt, dass eine Durchsage vielleicht nicht schlecht wäre. Ich erwarte, dass er sagt, der Zug wird gleich weiterfahren oder so was in der Art, aber was er sagt, ist Folgendes:

»LAdys und GENtlemen. Bis gestern war ich genau wie Sie. Ich saß in einem Zug, der nach NIRgendwo fuhr – genau wie Sie.«

Verdammter Mist. Normalerweise sitzen die Freaks *im* Zug und *fahren* ihn nicht. Ein Fahrgast in meinem Abteil setzt sich aufrecht hin. *Was-zum-Teufel?*-Gedankenblasen schweben über unseren Köpfen.

»Aber dann ist mir etwas WIDerfahren. Ich hatte ein religiöses ERWeckungserlebnis.«

Ich kann nicht mal sagen, wo er herkommt (Irrenstadt, Einwohnerzahl: 1). Er betont die Anfänge der Wörter, und es hört sich an, als würde er die ganze Zeit lächeln, während er predigt.

»Gott PERsönlich ist vom HImmel herabgestiegen und hat mich errettet.«

Fassungslos schlagen sich die Leute vor die Stirn oder verdrehen die Augen.

»ER wird auch euch erretten, aber ihr müsst IHN in eure Herzen lassen. Lasst ihn ein, bevor ihr eure letzte HALtestelle erreicht.«

Jetzt stöhne ich auch, denn Wortspiele sind das Allerletzte. Ein Typ im Anzug brüllt, der Zugführer solle seine verdammte Klappe halten und weiterfahren. Eine Mutter hält ihrer kleinen Tochter die Ohren zu und schimpft, es gäbe keinen Grund, hier so herumzufluchen. Gut möglich, dass es in diesem Zug der Linie 7 bald zugeht wie in *Herr der Fliegen.*

Unser Prediger/Zugführer sagt nichts mehr und nach einer weiteren Minute Herumsitzen im Dunkeln fährt der Zug wieder los. Wir erreichen die Haltestelle Times Square, aber die Türen öffnen sich nicht sofort. Die Lautsprecher knistern.

»LAdys und GENtlemen. Dieser Zug ist ab sofort außer Betrieb. Tun Sie sich einen GEFallen. Steigen Sie aus. Sie werden Gott finden, wenn sie IHN suchen.«

Wir steigen alle aus und unsere Stimmung schwankt zwischen Ärger und Erleichterung.

Jeder hat ein Ziel. Gott zu suchen, steht nicht auf der Tagesordnung.

Natasha

MENSCHEN SIND KEINE vernunftbegabten Wesen. Anstatt uns von der Logik leiten zu lassen, steuern uns Gefühle. Die Welt wäre ein glücklicherer Ort, wenn das Gegenteil der Fall wäre. Zum Beispiel habe ich wegen eines einzigen Telefonanrufs angefangen, auf ein Wunder zu hoffen.

Dabei glaube ich nicht mal an Gott.

Der Zugführer

Eine evangelikale Geschichte

DIE SCHEIDUNG WAR FÜR DEN ZUGFÜHRER nicht leicht gewesen.

Eines Tages verkündete seine Frau, dass sie schlicht und einfach aufgehört hätte, ihn zu lieben. Sie konnte es nicht erklären. Sie hatte keine Affäre. Es gab keinen anderen, mit dem sie zusammen sein wollte. Aber die Liebe, die sie einst empfunden hatte, war verschwunden.

Man kann wohl sagen, dass der Zugführer in den vier Jahren seit seiner Scheidung vom Glauben abgefallen ist. Er erinnert sich an das Versprechen, das er und seine Frau sich vor Gott und allen anderen gegeben haben. Wenn der Mensch, der dich für immer lieben soll, plötzlich damit aufhört, woran soll man dann noch glauben?

Haltlos und verunsichert zieht er von Stadt zu Stadt, von Apartment zu Apartment, von Job zu Job. Es gibt fast nichts mehr, was ihn noch in der Welt verankert. Er kann kaum noch einschlafen. Das Einzige, was ihm dabei hilft, ist das Nachtprogramm im Fernsehen, der Ton auf stumm gestellt. Die endlose Aufeinanderfolge von Bildern bringt seine Gedanken zur Ruhe und lullt ihn in den Schlaf.

Eines Abends bleibt er bei seinem nächtlichen Ritual bei einer Sendung hängen, die er noch nie gesehen hat. Ein Mann steht an einem Rednerpult vor einer riesigen Zuhörerschaft. Hinter ihm ist ein gigantischer Bildschirm, auf den das Bild eben jenes Mannes projiziert wird. Er weint. Die Kamera schwenkt und zeigt ein ekstatisches Publikum. Einige haben Tränen in den Augen, aber der Zugführer kann erkennen, dass es keine Tränen der Trauer sind.

In dieser Nacht schläft er nicht. Er stellt den Ton wieder laut und bleibt wach, um sich die Sendung anzusehen.

Am nächsten Tag stellt er ein paar Nachforschungen an und stößt dabei auf die evangelikalen Christen. Die Recherche führt ihn auf einen Weg, von dem er nicht wusste, dass er ihn gehen muss. Um evangelikaler Christ zu werden, muss man vier entscheidende Voraussetzungen erfüllen:

Als Erstes muss man wiedergeboren werden. Dem Zugführer gefällt die Vorstellung, dass man ganz neu erschaffen werden kann, frei von Sünde und damit wert, geliebt und errettet zu werden. Außerdem muss man ohne Wenn und Aber an die Bibel glauben und daran, dass Christus gestorben ist, damit uns allen unsere Sünden vergeben werden. Und als Letztes muss man eine Art Missionar werden, der Gottes Wort verkündet und verbreitet.

Deswegen hält der Zugführer seine Ansprache über die Lautsprecher. Wie könnte er seinen Mitmenschen sein neu gefundenes Glück vorenthalten? Und Glück ist es wahrlich. Eine reine Form der Glückseligkeit ist es, die in der Gewissheit des Glaubens steckt. Die Gewissheit, dass dein Leben eine Bedeutung und einen Sinn hat. Dass, obwohl dein Leben auf Erden vielleicht schwer ist, die Zukunft einen besseren Ort für dich bereithält und Gott einen Plan hat, um dich dorthin zu führen.

Und dass all die Dinge, die dem Zugführer widerfahren sind, selbst die schlimmen, aus einem bestimmten Grund geschehen sind.

Daniel

WEIL ICH MICH an diesem letzten Tag meiner Kindheit vom Universum steuern lasse, mache ich mir nicht die Mühe, auf den nächsten Zug zur 34th Street zu warten. Der Zugführer hat gesagt, wir sollen nach Gott Ausschau halten. Vielleicht ist Er (oder Sie – aber wem wollen wir was vormachen? Gott ist definitiv ein Kerl. Wie sonst lassen sich Krieg, Pestilenz und Morgenlatte erklären?) ja gerade am Times Square und hofft darauf, entdeckt zu werden? Doch sobald ich die Station verlassen habe, fällt mir wieder mal auf, dass der Times Square eine Art Hölle ist (ein Feuerschlund aus flackernden Neonschildern, die Werbung für die sieben Todsünden machen). Gott würde hier nie abhängen.

Ich gehe die 7th Avenue Richtung Friseur hinunter und suche dabei nach irgendeinem Zeichen.

Auf der 37th Street entdecke ich eine Kirche. Ich steige die Treppe hoch und drücke die Klinke herunter, aber die Tür ist verschlossen. Gott schläft wohl noch. Ich schaue nach links und nach rechts. Immer noch kein Zeichen. Ich suche nach etwas »besonders« Hintersinnigem, zum Beispiel einem langhaarigen Mann, der Wasser in Wein verwandelt und ein Plakat hochhält, auf dem er sich selbst »Jesus Christus« nennt, »Unseren Herrn und Erlöser«.

Ich pfeife auf den Anzug und setze mich auf die Stufen der Kirche. Auf der anderen Straßenseite weichen die Leute einem Mädchen aus, das leicht hin und her schwankt. Sie ist schwarz, hat einen gigantischen Afro und einen fast genauso gigantischen pinkfarbenen Kopfhörer auf. Der Kopfhörer hat dicke Hörmuscheln, um jedes Geräusch auszublenden (und auch den Rest der Welt). Ihre Augen sind geschlossen und sie hat die Hand auf ihr Herz gelegt. Sie ist vollkommen selig.

Das Ganze dauert vielleicht fünf Sekunden, dann öffnet sie die Augen. Sie blickt sich um, zieht die Schultern hoch, als wäre es ihr peinlich, und eilt davon. Was immer sie da hört, es muss großartig sein, wenn es sie mitten auf einem Bürgersteig in New York dermaßen wegbeamen kann. So fühle ich mich nur, wenn ich Gedichte schreibe, aber das hat ja leider keine Zukunft.

Ich würde alles dafür geben, das Leben, das sich meine Eltern für mich wünschen, auch wirklich zu wollen. Alles wäre viel einfacher, wenn ich Lust hätte, Arzt zu werden. Arzt zu sein, sollte doch eins der Dinge sein, die man mit Lust und Hingabe tut. Ich meine, Leben zu retten und all das. Aber ich finde es nur langweilig.

Ich sehe dem Mädchen hinterher. Sie schiebt ihren Rucksack auf eine Schulter, und da sehe ich es: Hinten auf ihrer Lederjacke steht mit großen weißen Buchstaben DEUS EX MACHINA. *Der Gott aus der Maschine.* Wieder höre ich die Stimme des Zugführers und frage mich, ob das ein Zeichen ist.

Normalerweise bin ich kein Stalker und ich verfolge sie ja auch nicht so richtig. Ich lasse einen ziemlich unverdächtigen Abstand von etwa zehn Metern zwischen uns.

Sie betritt einen Laden namens Second Coming Records. *Wiederkehr-Schallplatten.* Ohne Scheiß. Jetzt ist mir klar, dass es definitiv ein Zeichen ist. Das mit dem Sich-treiben-Lassen am heutigen Tag ist mir ernst. Ich will wissen, wohin es mich führt.

Natasha

ICH VERZIEHE MICH in den Plattenladen und hoffe, damit den Blicken der Leute zu entkommen, die mich auf dem Gehweg haben rumhampeln sehen. Durch die Musik war ich total weggetreten. Es packt mich jedes Mal, wenn Chris Cornell *Hunger Strike* singt. Er singt den Refrain so, als wäre er schon seit Ewigkeiten hungrig.

Im Plattenladen ist das Licht gedimmt und die Luft riecht wie immer nach Staub und Zitronenduft. Allerdings haben sie die Platten seit meinem letzten Besuch etwas umsortiert. Bisher waren sie nach Jahrzehnten geordnet, jetzt nach musikalischen Genres. Jede Abteilung hat ihr eigenes genretypisches Poster: *Nevermind* von Nirvana für Grunge. *Blue Lines* von Massive Attack für Trip Hop. *Straight Outta Compton* von N. W. A. für Rap.

Ich könnte den ganzen Tag hier verbringen. Wenn heute nicht heute wäre, *würde* ich den ganzen Tag hier verbringen. Aber dafür habe ich weder die Zeit noch das Geld.

Ich will gerade zum Trip Hop rübergehen, als ich ein Pärchen bemerke, das in der Pop-Diva-Abteilung in der gegenüberliegenden Ecke des Ladens rumknutscht. Sie stehen neben einem Poster von *Like a Virgin* von Madonna und haben die Lippen so fest aufeinandergepresst, dass ich ihre Gesichter nicht genau erkennen kann. Aber das Profil des Jungen ist mir sehr vertraut. Es ist mein Exfreund Rob. Das Mädchen, mit dem er rumknutscht, ist Kelly, mit der er mich betrogen hat.

Dass ich ausgerechnet ihm und dann auch noch ausgerechnet heute begegnen muss! Warum ist er nicht in der Schule? Er weiß doch, dass das mein Laden ist. Er hört nicht mal gern Musik. In meinem Kopf höre ich die Stimme meiner Mutter: *Sachen passier'n aus 'nem bestimmten Grund, Tasha.* Zwar glaube ich nicht daran, trotzdem muss es eine vernünftige Erklärung für den albtraumhaften Verlauf dieses Tages geben. Ich wünschte mal wieder, dass Bev bei mir wäre. Wenn sie hier wäre, wäre ich gar nicht erst in den Plattenladen gegangen. »Voll öde und langweilig«, hätte sie gesagt. Stattdessen würden wir uns wahrscheinlich am Times Square die Touristen angucken und versuchen, anhand ihrer Klamotten zu erraten, wo sie herkommen. Deutsche zum Beispiel tragen oft kurze Hosen, egal, wie das Wetter ist.

Als wäre es nicht schon schlimm genug, mitansehen zu müssen, wie Rob und Kelly sich gegenseitig auffressen, kriege ich mit, wie sie die Hand ausstreckt, sich eine Platte schnappt, sie zwischen ihre beiden Körper schiebt und sie dann unter ihrer sehr voluminösen, zum Klauen perfekten Jacke verschwinden lässt.

Das gibt's doch nicht.

Ich würde mir lieber die Augen ausstechen, als ihnen noch länger zuzuschauen, trotzdem tue ich es. Ich kann einfach nicht glauben, was ich da sehe. Sie schlecken sich noch ein paar Sekunden lang ab, dann streckt Kelly wieder verstohlen die Hand aus.

»Oh Mann, sind die ekelhaft. Warum sind sie so ekelhaft?« Die

Worte kommen aus meinem Mund, ohne dass ich es will. Wie meine Mom neige ich dazu, meine Gedanken laut auszusprechen.

»Hat sie die etwa gerade geklaut?«, fragt eine ebenso ungläubige Stimme neben mir. Ich schaue rasch zur Seite, um nachzusehen, mit wem ich da spreche. Es ist ein asiatisch aussehender Junge in einem grauen Anzug und einer lächerlich grellen roten Krawatte.

Ich drehe mich wieder zu den beiden um. »Arbeitet hier denn keiner? Sieht denn niemand, was da abgeht?«, sage ich mehr zu mir als zu ihm.

»Sollten wir nicht vielleicht was sagen?«

»Zu ihnen?«, frage ich und deute auf die beiden diebischen Elstern.

»Vielleicht eher zu den Angestellten?«

Ich schüttle den Kopf, ohne ihn dabei anzusehen. »Ich kenne sie«, sage ich.

»Langfinger ist eine Freundin von dir?« Seine Stimme hat einen anklagenden Unterton.

»Sie ist die Freundin meines Freundes.«

Rote Krawatte dreht dem fortschreitenden Verbrechen den Rücken zu und wendet sich zu mir. »Wie funktioniert *das* denn?«, fragt er.

»Ich meine, *Ex*freund«, sage ich. »Er hat mich mit ihr betrogen.« Rob zu sehen, bringt mich mehr aus der Fassung, als ich wahrhaben will. Das ist die einzig mögliche Erklärung dafür, dass ich einem Fremden gegenüber freiwillig diese Information preisgebe.

Rote Krawatte verlagert seine Aufmerksamkeit wieder auf Rob und Kelly. »Tolles Paar: einer, der fremdgeht, und eine Diebin.«

Ich lache kurz auf.

»Wir sollten es jemandem sagen«, sagt er.

Ich schüttle den Kopf. »Auf keinen Fall. Mach du's.«

»Gemeinsam sind wir stark«, kontert er.

»Wenn ich was sage, dann sieht es so aus, als wäre ich eifersüchtig und wollte ihnen ans Bein pissen.«

»Bist du es denn?«

Wieder schaue ich ihn an. Sein Blick ist mitfühlend.

»Ziemlich persönliche Frage, oder, Rote Krawatte?«, frage ich.

Er zuckt mit den Schultern. »Passte gerade so gut«, sagt er.

»Quatsch«, antworte ich und drehe mich wieder um, um Rob und Kelly zu beobachten. Rob spürt meinen Blick und sieht mich an, bevor ich wegschauen kann.

»Ach du heilige Scheiße«, flüstere ich.

Rob schenkt mir sein typisches dämliches schiefes Grinsen und winkt mir zu. Am liebsten würde ich ihm den Stinkefinger zeigen. Wie konnte ich nur acht Monate und vier Tage mit ihm zusammen sein? Wie konnte ich mit diesem Kleinkriminellen Händchen halten und mich von ihm küssen lassen?

Ich drehe mich zu Rote Krawatte. »Kommt er her?«

»Jep.«

»Vielleicht sollten wir rumknutschen oder so was in der Art. Wie es Geheimagenten im Film machen«, schlage ich vor.

Rote Krawatte wird knallrot.

»War ein Witz«, sage ich lächelnd.

Er sagt nichts, nur seine Gesichtsfarbe wird noch dunkler. Sein Kopf beginnt zu glühen. Bevor sich Rote Krawatte wieder so weit im Griff hat, um mir zu antworten, ist Rob schon da.

»Hey«, sagt er. Er hat eine dieser tiefen, beruhigenden Baritonstimmen – eins der Dinge, die ich an ihm mochte. Außerdem sieht er wie der junge Bob Marley aus, nur weiß und ohne Dreadlocks.

»Warum klauen du und deine Freundin hier Schallplatten?«, mischt sich Rote Krawatte ein, bevor ich was zu Rob sagen kann.

Rob hebt die Hände und weicht einen Schritt zurück. »Mach mal halblang, Alter«, sagt er. »Und sprich leise.« Wieder erscheint das dämliche schiefe Grinsen auf seinem dämlichen Gesicht.

»Das hier ist ein unabhängiger Plattenladen, das heißt, es ist ein Familienunternehmen. Ihr beklaut echte Leute. Hast du eine Ahnung, wie schwer es für solche kleinen Läden ist, klarzukommen, wenn Leute wie ihr ihnen das Zeug stehlt?«

Rote Krawatte ist echt wütend, und Rob gelingt es sogar, ein wenig zerknirscht auszusehen.

»Guck jetzt nicht hin, aber ich glaub, sie haben gerade deine Freundin erwischt«, sage ich. Zwei Angestellte reden in wütendem Flüsterton auf Kelly ein und tippen ihr vorn auf die Jacke.

Endlich verschwindet das dämliche schiefe Grinsen von Robs dämlichem Gesicht. Anstatt Kelly zu Hilfe zu kommen, stopft er die Hände in die Hosentaschen und hastet im Laufschritt zur Ladentür hinaus. Kelly ruft ihm hinterher, als er abhaut, aber Rob bleibt nicht stehen. Einer der Angestellten droht ihr damit, die Polizei zu rufen. Sie fleht ihn an, es nicht zu tun, und zieht zwei Platten unter ihrer Jacke hervor. Sie hat einen guten Geschmack. Es sind Alben von Massive Attack und Portishead.

Der Angestellte reißt sie Kelly aus der Hand. »Wenn ich dich hier noch ein Mal sehe, rufe ich die Polizei.«

Sie rennt aus dem Laden und brüllt hinter Rob her.

»Das war echt lustig«, sagt Rote Krawatte, nachdem Kelly verschwunden ist. Er lächelt breit und schaut mich fröhlich an.

Auf einmal habe ich ein Déjà-vu. Ich bin schon mal hier gewesen. Diese strahlenden Augen und das Lächeln sind mir schon mal aufgefallen. Sogar diese Unterhaltung habe ich schon mal geführt.

Dann ist das Gefühl wieder weg.

Er streckt die Hand aus. »Daniel«, sagt er.

Seine Hand ist groß, warm und weich, und er hält meine Hand ein bisschen zu lange fest.

»Schön, dich kennenzulernen«, sage ich und ziehe sie zurück. Sein Lächeln ist wirklich sehr, sehr nett, aber ich habe keine Zeit für Jungs in Anzügen und mit nettem Lächeln. Ich setze den Kopfhörer wieder auf. Er wartet noch immer darauf, dass ich ihm meinen Namen verrate.

»Ich wünsche dir ein schönes Leben, Daniel«, sage ich und verlasse den Laden.

Daniel

Möchtegern-Casanova schüttelt hübschem Mädchen die Hand; bietet ihr Hypothek mit anständigem Zinssatz an

Ich schüttle ihr die Hand. Ich trage Anzug und Krawatte und schüttle ihr die Hand.

Was bin ich? Ein Banker?

Wer lernt ein hübsches Mädchen kennen und schüttelt ihr die Hand? Charlie hätte irgendwas Charmantes zu ihr gesagt. Sie würden in irgendeinem schummrigen, romantischen Laden gemütlich einen Kaffee trinken gehen. Und sie würde bereits von kleinen halb koreanischen, halb afroamerikanischen Babys träumen.

Natasha

DRAUSSEN AUF DER STRASSE ist es voller als vorhin. Eine Mischung aus Touristen, die sich zu weit vom Times Square entfernt haben, und New Yorkern auf dem Weg zur Arbeit, die sich wünschen, die Touristen würden einfach wieder zurück zum Times Square gehen. Ein Stückchen vor mir entdecke ich Rob und Kelly. Ich bleibe stehen und beobachte sie einen Moment lang. Sie weint, und zweifellos versucht er, sie davon zu überzeugen, dass er kein treuloser, unzuverlässiger Scheißkerl ist. Ich glaube, er wird es schaffen. Er kann sehr überzeugend sein und sie will sich gerne überzeugen lassen.

Er und ich saßen letztes Jahr in Physik nebeneinander. Er ist mir überhaupt erst aufgefallen, weil er mich beim Thema Isotope und Halbwertszeit um Nachhilfe gebeten hat. Ich bin eine ziemliche Streberin in Physik. Als er in der darauffolgenden Woche den Test bestanden hat, hat er mich ins Kino eingeladen.

Das ganze Pärchending war neu für mich, aber es gefiel mir. Es gefiel mir, mich in den Pausen mit ihm vor seinem Spind zu treffen und am Wochenende immer was vorzuhaben. Ich mochte meinen »Bin-in-einer-Beziehung«-Status und Doppeldates mit

Bev und Derrick. Und so ungern ich es heute auch zugebe: Ich *mochte* Rob. Und dann hat er mich betrogen. Ich erinnere mich noch immer daran, wie es sich anfühlt, verletzt und betrogen worden zu sein, und komischerweise auch an die Scham. Als wäre es meine Schuld, dass Rob fremdgegangen ist. Aber ich habe immer noch nicht verstanden, warum er mir was vorgemacht hat. Warum hat er nicht einfach Schluss gemacht und ist mit Kelly zusammengekommen?

Trotzdem hat es nicht allzu lange gedauert, über ihn hinwegzukommen. Und das ist das, was mich so misstrauisch macht: Wo sind all die Gefühle hin? Menschen suchen ihr Leben lang nach Liebe. Gedichte und Lieder und ganze Romane werden darüber geschrieben. Aber wie kann man einer Sache trauen, die genauso plötzlich enden kann, wie sie begonnen hat?

Halbwertszeit

Eine Geschichte des Zerfalls

DIE HALBWERTSZEIT EINER SUBSTANZ ist die Zeitspanne, innerhalb derer die Substanz die Hälfte ihres ursprünglichen Wertes verliert.

In der Atomphysik beschreibt sie die Zeitspanne, innerhalb derer instabile Atome zerfallen und dabei radioaktive Strahlung abgeben. In der Biologie ist es normalerweise die Zeitspanne, innerhalb derer der Körper die Hälfte einer Substanz (Wasser, Alkohol, Medikamente) abbaut. In der Chemie ist es die Zeitspanne, innerhalb derer die Hälfte der Reaktionspartner (zum Beispiel Wasserstoff und Sauerstoff) in das Produkt (Wasser) umgewandelt wird.

In der Liebe beschreibt sie die Zeitspanne, innerhalb derer die Liebenden nur noch die Hälfte dessen fühlen, was sie einmal gefühlt haben.

Wenn Natasha über Liebe nachdenkt, denkt sie Folgendes: Nichts währt ewig. Wie Wasserstoff-7 oder Lithium-5 oder Bor-7 hat die Liebe eine verschwindend geringe Halbwertszeit, die in nichts zerfällt. Und wenn sie weg ist, ist es, als hätte es sie nie gegeben.

Daniel

DAS MÄDCHEN OHNE NAMEN steht vor mir an einer Fußgängerampel. Ich schwöre, ich verfolge sie nicht. Sie geht nur dorthin, wo ich auch hinwill. Sie hat wieder ihren knallpinken Kopfhörer auf und wippt zu ihrer Musik. Ich kann ihr Gesicht nicht sehen, aber ich vermute, sie hat die Augen geschlossen. Sie verpasst eine Grünphase und jetzt stehe ich direkt hinter ihr. Wenn sie sich umdrehte, würde sie definitiv denken, dass ich sie stalke. Wieder wird es Grün und sie tritt auf die Straße.

Sie passt nicht gut genug auf, um mitzukriegen, dass ein Typ in einem weißen BMW gleich bei Rot über die Ampel fahren wird. Aber ich stehe dicht genug hinter ihr.

Ich reiße sie am Arm zurück. Unsere Füße verheddern sich. Wir stolpern übereinander und fallen rücklings auf den Gehweg. Sie landet halb auf mir. Ihr Handy hat nicht so viel Glück und knallt auf den Beton.

Ein paar Leute erkundigen sich, ob alles in Ordnung ist, aber die meisten weichen uns einfach aus, als wären wir nur eine weitere Hürde im Hindernisparcours von New York City.

Das Mädchen Ohne Namen schiebt sich von mir runter und

starrt auf ihr Telefon. Ein paar spinnennetzartige Risse ziehen sich über das Display.

»Was. Zum. Teufel?«, sagt sie, und es ist weniger eine Frage als vielmehr ein Protest.

»Alles okay mit dir?«

»Der Typ hätte mich fast umgebracht.«

Ich blicke hoch und sehe, dass der BMW an der nächsten Straßenecke rechts rangefahren ist. Ich würde gern hingehen und den Fahrer anschreien, aber ich will sie nicht allein lassen.

»Alles okay mit dir?«, frage ich noch mal.

»Weißt du, wie lange ich das Ding schon habe?« Zuerst denke ich, sie spricht von ihrem Handy, aber es ist der Kopfhörer, den sie an sich drückt. Irgendwie ist er bei unserem Sturz kaputtgegangen. Eins der Polster hängt nur noch an den Kabeln und das Gehäuse der Hörmuschel ist angeknackst.

Sie sieht aus, als würde sie gleich anfangen zu weinen.

»Ich kauf dir einen neuen.« Ich will um jeden Preis verhindern, dass sie weint, allerdings nicht, weil ich besonders edelmütig bin oder so. Wenn jemand weint, wirkt das ansteckend auf mich. Kennt ihr das, wenn jemand zu gähnen anfängt und alle anderen dann auch losgähnen? Oder wenn sich jemand übergibt und der Geruch einen selbst fast kotzen lässt? So geht es mir auch, nur dass es mir beim Weinen so geht. Und ich habe nicht die Absicht, vor dem hübschen Mädchen zu weinen, dessen Kopfhörer ich gerade kaputt gemacht habe.

Ein Teil von ihr würde mein Angebot gerne annehmen, aber ich weiß bereits, dass sie es ablehnen wird. Sie presst die Lippen aufeinander und schüttelt den Kopf.

»Das ist das Mindeste, was ich tun kann«, sage ich.

Endlich blickt sie mich an. »Du hast mir doch schon das Leben gerettet.«

»Du wärst ja nicht gestorben. Höchstens ein bisschen verstümmelt worden.«

Ich versuche, sie zum Lachen zu bringen, aber es klappt nicht. Ihre Augen füllen sich mit Tränen. »Ich hab heute einfach einen furchtbaren Tag«, sagt sie.

Ich blicke zur Seite, damit sie nicht sieht, wie mir selbst die Tränen in die Augen steigen.

Donald Christiansen

Eine Geschichte des Geldes

DONALD CHRISTIANSEN KANN den Wert von unschätzbaren Dingen schätzen. Er hat versicherungsmathematische Tabellen im Kopf. Er kennt den Wert eines Menschenlebens, das bei einem Flugzeugabsturz ausgelöscht wurde oder bei einem Autounfall oder bei einem Grubenunglück. Er weiß diese Dinge, weil er mal bei einer Versicherung gearbeitet hat. Es war sein Job, das Ungewollte und Unerwartete zu bepreisen.

Die Schadenersatzsumme für das unabsichtliche Überfahren eines siebzehnjährigen Mädchens, das ganz eindeutig nicht aufgepasst hat, ist signifikant niedriger als die für seine Tochter, die von einem SMS-schreibenden Autofahrer getötet wurde. Tatsächlich war sein erster Gedanke, als er die Todesnachricht erhielt, welche Summe die Versicherung des Fahrzeugführers würde zahlen müssen.

Er fährt an den Straßenrand, schaltet den Warnblinker ein und legt seinen Kopf auf das Lenkrad. Er fasst nach dem Flachmann in seiner Jackentasche. Kommen Menschen über diese Dinge hinweg? Er glaubt es nicht.

Zwei Jahre ist es her, aber die Trauer hat nicht nachgelassen, macht keinerlei Anstalten, nachzulassen, bevor sie ihm nicht wirklich alles genommen hat. Sie hat ihm seine Ehefrau genommen, sein Lächeln, seine Fähigkeit, genug zu essen, genug zu schlafen und genug zu empfinden.

Sie hat ihm die Fähigkeit genommen, nüchtern zu bleiben.

Das ist der Grund, warum er soeben beinahe Natasha überfahren hat.

Donald weiß nicht, welche Botschaft ihm das Universum übermitteln wollte, als es ihm seine einzige Tochter nahm, aber eines hat er gelernt: Es ist unmöglich, eine angemessene Schadenersatzsumme für den Verlust von einfach ALLEM zu benennen. Und noch etwas hat er gelernt: Deine gesamte Zukunft kann in einem einzigen Augenblick zerstört werden.

Natasha

ROTE KRAWATTE WENDET den Blick ab. Ich habe den Eindruck, als würde er gleich losheulen, was ich überhaupt nicht verstehe. Er bietet an, mir einen neuen Kopfhörer zu kaufen. Selbst wenn ich ihn ließe, könnte ein neuer den alten nicht ersetzen.

Ich habe ihn kurz nach unserem Umzug nach Amerika bekommen. Als mein Vater ihn für mich gekauft hat, war er noch immer voller Hoffnung, hier alles erreichen zu können. Er versuchte noch immer, meine Mom davon zu überzeugen, dass sich der Abschied von unserer Heimat – unseren Freunden und unserer Familie – am Ende lohnen würde. Er würde das große Los ziehen. Er würde *den* amerikanischen Traum leben, von dem selbst die Amerikaner träumen.

Er hat mich (und später auch meinen Bruder) dazu benutzt, meine Mom zu überzeugen. Er kaufte uns Geschenke auf Pump – Sachen, die wir uns selbst auf Ratenzahlung kaum leisten konnten. Er war überzeugt, wenn wir glücklich wären, dann wäre der Umzug hierher vielleicht auch irgendwie die richtige Entscheidung gewesen.

Weshalb wir Geschenke bekamen, war mir vollkommen gleichgültig. Der viel zu teure Kopfhörer war mein absoluter Favorit. Mich interessierte nur, dass er meine Lieblingsfarbe hatte und erstklassige Klangqualität versprach. Der Kopfhörer war meine erste große Liebe. Er kennt all meine Geheimnisse. Er weiß, wie sehr ich meinen Dad früher angebetet habe. Er weiß, dass ich mich selbst hasse, weil ich ihn jetzt kein bisschen mehr anbete.

Es scheint Ewigkeiten her zu sein, dass mein Vater für mich der Mittelpunkt des Universums war. Er war ein exotischer Planet und ich war sein Lieblingssatellit. Aber er ist kein Planet, nur das erlöschende Licht eines toten Sterns.

Und ich bin kein Satellit. Ich bin Weltraumschrott, der so weit wie möglich von ihm wegsaust.

Daniel

ICH GLAUBE NICHT, dass ich schon jemals einen Menschen so wahrgenommen habe, wie ich sie wahrnehme. Das Sonnenlicht dringt durch ihr Haar und lässt es wie einen Heiligenschein aussehen. Auf ihrem Gesicht spiegeln sich tausend Gefühle. Ihre Augen sind schwarz, eingerahmt von langen Wimpern. Ich kann mir vorstellen, dass ich mich sehr lange darin verliere. Jetzt gerade ist ihr Blick düster, aber ich weiß ganz genau, wie er strahlend und lachend wirken würde. Ich frage mich, ob ich sie zum Lachen bringen kann. Ihre Haut hat einen warmen, schimmernden Braunton. Ihre Lippen sind rosig und voll und wahrscheinlich starre ich sie viel zu lange an. Zum Glück ist sie zu traurig, um zu bemerken, was ich für ein oberflächlicher (und notgeiler) Idiot bin. Sie blickt von ihrem kaputten Kopfhörer auf. Als sich unsere Blicke treffen, habe ich eine Art Déjà-vu. Aber anstatt etwas aus der Vergangenheit noch mal zu erleben, kommt es mir vor, als schaute ich in die Zukunft. Ich sehe uns beide als alte Menschen. Unsere Gesichter kann ich nicht erkennen. Ich weiß weder, wann das hier stattfindet, noch, wo wir sind. Aber ich habe ein seltsames und glückliches Gefühl, das ich nicht näher beschreiben kann. Als ob man jedes Wort in einem Liedtext auswendig kennt, ihn aber noch immer schön und überraschend findet.

Natasha

ICH STEHE AUF und klopfe mir den Staub ab. Dieser Tag kann einfach nicht noch schlimmer werden. Es muss doch irgendwann vorbei sein.

»Bist du mir gefolgt?«, frage ich ihn.

Ich bin stinkiger und gereizter, als ich sein sollte. Immerhin hat er mir gerade das Leben gerettet.

»Mann, ich wusste, dass du das denken würdest.«

»Dann hast du also ganz zufällig direkt hinter mir gestanden?« Ich fummle an meinem Kopfhörer herum und versuche, die Polster wieder an den Hörmuscheln zu befestigen, aber es hat keinen Zweck.

»Vielleicht sollte ich heute dein Leben retten«, sagt er.

Ich gehe nicht darauf ein.

»Okay, danke für deine Hilfe«, sage ich und setze mich in Bewegung.

»Sag mir wenigstens deinen Namen«, stößt er hervor.

»Rote Krawatte …«

»Daniel.«

»Okay, Daniel. Danke, dass du mich gerettet hast.«

»Das ist aber ein langer Name.« Seine Augen ruhen immer noch auf mir. Er wird nicht aufgeben, bis ich es ihm sage.

»Natasha.«

Kurz denke ich, dass er mir noch mal die Hand schütteln will, aber stattdessen versenkt er sie in seinen Hosentaschen. »Hübscher Name.«

»Freut mich, dass er deine Zustimmung findet«, sage ich in meinem sarkastischsten Tonfall.

Er sagt nichts mehr, sondern schaut mich nur mit einem leichten Stirnrunzeln an, als grüble er über etwas nach.

Schließlich halte ich es nicht mehr aus. »Warum starrst du mich so an?«

Wieder wird er rot und jetzt starre ich ihn an. Ich merke, dass es Spaß machen könnte, ihn aufzuziehen, nur damit er rot wird. Ich betrachte seine scharf geschnittenen Gesichtszüge. Er sieht auf klassische Weise gut aus, sogar lässig-elegant. So, wie er in seinem Anzug dasteht, kann ich mir lebhaft vorstellen, wie er sich in einer romantischen alten Schwarz-Weiß-Komödie ein amüsantes Wortgefecht mit der weiblichen Heldin liefert. Seine tief liegenden Augen sind von einem klaren Braun. Irgendwie weiß ich, dass er häufig lächelt. Seine dicken schwarzen Haare sind zu einem Pferdeschwanz zusammengebunden.

Tatsache ist: Der Pferdeschwanz macht aus dem *gut aussehend* ein *ganz schön sexy*.

»Jetzt starrst *du* aber«, sagt er zu mir, und ich bin dran mit Rotwerden.

Ich räuspere mich. »Warum hast du einen Anzug an?«

»Ich habe nachher ein Vorstellungsgespräch. Willst du was essen?«

»Weswegen?«, frage ich.

»Yale. Gespräch mit einem ehemaligen Absolventen, um eine Empfehlung zu bekommen. Ich habe mich für das frühe Auswahlverfahren beworben.«

Ich schüttle den Kopf. »Nein, ich meinte, warum du was essen willst?«

»Weil ich Hunger hab?«, sagt er, als wüsste er es selbst nicht genau.

»Hmmm«, sage ich. »Ich nicht.«

»Dann vielleicht einen Kaffee? Oder Tee oder Limo oder gefiltertes Wasser?«

»Warum?«, frage ich, als ich merke, dass er nicht aufgeben wird.

Er zuckt mit den Schultern, aber sein Blick bleibt fest. »Warum nicht? Außerdem verdankst du mir sehr wahrscheinlich dein Leben, also schuldest du mir was.«

»Glaub mir«, sage ich zu ihm, »das Leben, das ich dir verdanke, würden die meisten nicht mal geschenkt haben wollen.«

Daniel

WIR GEHEN ZWEI HÄUSERBLOCKS nach Westen Richtung 9th Avenue und kommen an nicht weniger als drei Cafés vorbei. Zwei gehören zur selben weltweiten Kaffeehauskette. Ich entscheide mich für das kleine Café, weil wir unabhängigen Familienbetriebe zusammenhalten müssen.

Drinnen ist alles mit Mahagoni vertäfelt und voller dunkler Holzmöbel. Es riecht genau so, wie man es erwarten würde. Insgesamt alles ein bisschen übertrieben. Und mit »ein bisschen« meine ich, dass Ölgemälde einzelner Kaffeebohnen an den Wänden hängen. Wer konnte ahnen, dass Porträts von Kaffeebohnen »in« sind? Wer konnte ahnen, dass sie so trostlos aussehen?

Es ist ziemlich leer und die drei Baristas hinter dem Tresen wirken gelangweilt. Ich versuche, ihrem Leben ein bisschen Würze zu verleihen, indem ich einen übertrieben komplizierten Kaffee mit halber Espressomenge, Milchsorten mit verschiedenem Fettgehalt und Karamell- sowie Vanillesirup bestelle.

Sie sehen noch immer gelangweilt aus.

Natasha bestellt schwarzen Kaffee ohne Zucker. Es fällt mir schwer, ihre Persönlichkeit nicht aus ihrer Kaffeebestellung herauszulesen. Ich will gerade eine Bemerkung machen, doch dann wird mir klar, dass sie das für einen rassistischen Witz halten könnte. Und das wäre ein sehr mieser Beginn (auf einer Skala von *mies* bis *extrem mies*. Die gesamte Skala umfasst: *mies, ziemlich mies, echt mies, sehr mies* und *extrem mies*) einer Beziehung zwischen uns beiden.

Sie besteht darauf, zu bezahlen, und sagt, das sei das Mindeste. Mein Kaffee kostet 6,38 Dollar, und ich sage ihr, dass der Preis für eine Lebensrettung mindestens zwei komplizierte Heißgetränke beträgt. Sie lächelt nicht mal.

Ich suche einen Tisch ganz hinten im Café aus, so weit wie möglich von den gelangweilten Baristas entfernt. Sobald wir sitzen, holt sie ihr Handy raus und schaut auf die Uhr. Trotz des gesprungenen Displays funktioniert es noch. Sie fährt mit dem Finger über die Risse und seufzt.

»Musst du noch irgendwohin?«, frage ich.

»Ja«, sagt sie und schaltet das Handy aus.

Ich warte darauf, dass sie noch was sagt, doch da kommt nichts mehr. Ihre Miene fordert mich heraus, sie weiter auszufragen, aber ich habe mein Kontingent an Herausforderungen für heute schon komplett verbraucht (1 = dem hübschen Mädchen folgen, 2 = den Exfreund des hübschen Mädchens anschreien, 3 = dem hübschen Mädchen das Leben retten, 4 = das hübsche Mädchen auf einen Kaffee einladen).

Geschlagene dreiunddreißig Sekunden lang sitzen wir stumm am Tisch, was alles andere als angenehm ist. Ich verfalle in diesen superverlegenen Zustand, in den man verfällt, wenn man jemanden neu kennenlernt und unbedingt von ihm gemocht werden will.

Ich versuche, mich mit ihren Augen zu sehen. Lässt mich diese Geste wie ein Volltrottel wirken? Kriechen meine Augenbrauen über mein Gesicht? Ist das ein attraktives schiefes Grinsen, oder sehe ich aus, als hätte ich einen Schlaganfall?

Weil ich nervös bin, mache ich alles besonders übertrieben. Ich PUSTE auf meinen Kaffee, NIPPE daran, RÜHRE ihn um. Ich spiele die Rolle eines real existierenden männlichen Teenagers, der ein real existierendes Getränk namens Kaffee trinkt.

Ich puste zu stark auf meinen Becher und ein bisschen Schaum fliegt durch die Luft. Ich bin echt so was von cool. Ich würde total gern mit mir ausgehen (nicht wirklich). Ganz sicher bin ich mir nicht, aber es könnte sein, dass sie während des Schaumflugs ein klein wenig gelächelt hat.

»Freust du dich immer noch, dass du mir das Leben gerettet hast?«, fragt sie.

Ich nehme einen zu großen Schluck und verbrühe mir nicht nur die Zunge, sondern brenne eine ganze Schneise bis hinab in meine Kehle. Himmel noch mal. Vielleicht ist das ein Zeichen, dass ich ganz einfach aufgeben soll. Es ist mir eindeutig nicht bestimmt, dieses Mädchen zu beeindrucken.

»Sollte es mir leidtun?«, frage ich.

»Tja, ich bin nicht gerade nett zu dir.«

Sie ist ganz schön direkt, also beschließe ich, ebenfalls direkt zu sein. »Stimmt, aber ich besitze nun mal keine Zeitmaschine, um es ungeschehen zu machen«, sage ich todernst.

»Würdest du es denn?«, fragt sie und runzelt leicht die Stirn.

»Natürlich nicht«, entgegne ich. Wofür hält sie mich denn?

Sie entschuldigt sich und geht auf die Toilette. Damit ich nicht einfach nur wie ein Idiot rumsitze, wenn sie zurückkommt, hole ich mein Notizbuch hervor und feile weiter an meinem Gedicht. Als sie zurückkommt, schreibe ich noch immer.

»Oh nee«, stöhnt sie, als sie sich hinsetzt.

»Was ist?«, frage ich.

Sie deutet auf mein Notizbuch. »Du schreibst doch nicht etwa Gedichte?«

Ihre Augen lächeln, trotzdem klappe ich das Notizbuch rasch zu und verstaue es wieder in meinem Jackett.

Vielleicht war das alles keine so gute Idee. Was habe ich mir bloß bei diesem gegenläufigen Déjà-vu-Blödsinn gedacht? Damit schiebe ich meine Zukunft bloß auf die lange Bank. Ich werde ein hübsches koreanisch-amerikanisches Mädchen heiraten, wie meine Eltern es sich wünschen. Im Gegensatz zu Charlie habe ich nichts gegen koreanische Mädchen. Er meint, sie wären nicht sein Typ, aber ich verstehe das Konzept, einen *bestimmten Typ* zu haben, nicht so richtig. Mein Typ sind Mädchen. Alle Mädchen. Warum sollte ich die Auswahl freiwillig begrenzen?

Ich werde ein toller Arzt mit »großartigem Einfühlungsvermögen« sein.

Ich werde zu hundert Prozent glücklich sein.

Doch etwas an Natasha lässt mich glauben, mein Leben könnte einen außergewöhnlicheren Verlauf nehmen.

Trotzdem ist es besser, wenn sie gemein zu mir ist und wir beide unserer Wege gehen. Meine Eltern (hauptsächlich mein Dad) wären unter keinen Umständen damit einverstanden, dass ich mit einer Schwarzen zusammen bin.

Trotzdem starte ich noch einen letzten Versuch. »Wozu würdest *du* eine Zeitmaschine benutzen, wenn du eine hättest?«

Zum ersten Mal, seit wir uns hingesetzt haben, wirkt sie nicht gereizt oder gelangweilt. Sie runzelt die Stirn und beugt sich vor. »Kann man damit auch in die Vergangenheit reisen?«

»Na klar. Es ist doch eine Zeitmaschine«, erwidere ich.

Sie wirft mir einen Blick zu, der mir sagen soll, dass ich von den meisten Dingen keine Ahnung habe. »Zeitreisen in die Vergangenheit sind eine komplizierte Sache.«

»Nehmen wir an, wir hätten diese Schwierigkeiten überwunden, was würdest du tun?«

Sie stellt ihren Kaffee ab und verschränkt die Arme vor der Brust. Ihre Augen leuchten jetzt.

»Und das Großvater-Paradoxon lassen wir außer Acht?«, fragt sie.

»Ganz genau«, sage ich und tue so, als wüsste ich, wovon sie spricht, doch sie hat mich ertappt.

»Du kennst das Großvater-Paradoxon nicht?« Ihre Stimme klingt ungläubig, als wüsste ich nicht mal die grundlegendsten Dinge über die Welt (zum Beispiel, wie man Babys macht). Ist sie etwa ein Sci-Fi-Nerd?

»Nope. Keine Ahnung«, sage ich.

»Okay. Nehmen wir an, du hast einen bösen Großvater.«

»Er ist tot. Ich bin ihm nur ein Mal begegnet, in Korea. Er schien nett zu sein.«

»Bist du Koreaner?«, fragt sie.

»Koreanisch-amerikanisch. Ich bin hier geboren worden.«

»Ich bin Jamaikanerin«, sagt sie. »Ich wurde dort geboren.«

»Aber du hast gar keinen Akzent.«

»Ich lebe auch schon ziemlich lange hier.« Ihr Griff um den Kaffeebecher wird fester, und ich spüre, wie ihre Stimmung sich ändert.

»Erzähl mir was über dieses Paradoxon«, bitte ich sie, um sie abzulenken. Es funktioniert und sie wirkt wieder fröhlicher.

»Na schön. Nehmen wir mal an, dein Großvater lebte noch und wäre böse.«

»Am Leben und böse«, sage ich und nicke.

»Er ist richtig, richtig böse, deshalb erfindest du eine Zeitmaschine, um in die Vergangenheit zu reisen und ihn zu töten. Nehmen wir an, du tötest ihn, bevor er deine Großmutter kennenlernt. Das würde bedeuten, dass ein Elternteil von dir nie geboren worden wäre, sodass du selbst auch nie geboren worden wärst und daher nicht in die Vergangenheit reisen könntest, um ihn zu töten. Aber! Wenn du ihn tötest, *nachdem* er deine Großmutter kennengelernt hat, dann wirst du geboren und erfindest eine Zeitmaschine, um zurückzureisen und ihn zu töten. Und das würde dann in einer Endlosschleife immer so weitergehen.«

»Aha. Also ja, diese Sache lassen wir definitiv außer Acht.«

»Und das Nowikow-Selbstübereinstimmungsprinzip dann wohl auch, vermute ich?«

Ich fand sie schon vorher süß, aber jetzt finde ich sie noch süßer. Ihr Gesicht ist lebhaft, ihre Haare wippen und ihre Augen funkeln. Sie fuchtelt mit den Händen in der Luft herum, erzählt von Wissenschaftlern am MIT und der mutmaßlichen Raum-Zeit-Krümmung, um Paradoxa zu vermeiden.

»Theoretisch gesehen, wärst du also nicht in der Lage, deinen Großvater zu töten, weil die Pistole im entscheidenden Moment eine Ladehemmung hätte oder du einen Herzinfarkt bekämst …«

»Oder weil ein hübsches jamaikanisches Mädchen den Raum betritt und mich umhaut.«

»Genau. Etwas Seltsames und höchst Unwahrscheinliches würde passieren, damit das Unmögliche nicht geschehen kann.«

»Aha«, sage ich wieder.

»Es ist mehr als nur *aha*«, sagt sie lächelnd.

Es ist definitiv mehr als *aha*, aber mir fällt nichts Schlaues oder Witziges ein. Ich habe Schwierigkeiten, sie anzusehen und dabei zu denken.

Es gibt einen japanischen Ausdruck, den ich mag: *koi no yokan.* Er bedeutet nicht »Liebe auf den ersten Blick«, sondern eher »Liebe auf den zweiten Blick«. Du lernst jemanden kennen und hast das sichere Gefühl, dass du dich in ihn verlieben *wirst.* Vielleicht liebst du ihn nicht vom ersten Moment an, aber es ist unausweichlich, dass du ihn lieben wirst.

Sehr wahrscheinlich erlebe ich gerade genau das. Das kleine (aber möglicherweise unüberwindbare) Problem dabei ist, dass es Natasha ziemlich sicher nicht so geht.

Natasha

ICH VERRATE ROTE KRAWATTE NICHT die ganze Wahrheit über das, was ich mit einer Zeitmaschine tun würde. Ich würde in die Vergangenheit reisen und dafür sorgen, dass der großartigste Tag im Leben meines Vaters nie stattfindet. Es ist absolut egoistisch, aber ich würde es tun, damit *meine* Zukunft nicht ausradiert wird.

Stattdessen erkläre ich ihm die ganze Theorie. Als ich fertig bin, schaut er mich an, als ob er in mich verliebt ist. Er hat noch nie was vom Großvater-Paradoxon gehört und auch nicht vom Nowikow-Selbstübereinstimmungsprinzip, was mich überrascht. Ich bin wohl insgeheim davon ausgegangen, dass er ein Nerd ist, nur weil er Asiate ist – echt scheiße, denn ich selbst hasse es, wenn andere Leute denken, dass ich Rap mag und gut in Sport bin. Fürs Protokoll: Nur eins von beidem stimmt.

Abgesehen davon, dass ich heute abgeschoben werde, bin ich wirklich kein Mädchen, in das man sich verlieben sollte. Zum einen mag ich nichts, was vorübergehend und nicht messbar ist, und romantische Liebe ist beides: vorübergehend und nicht messbar.

Zum anderen gibt es da ein Geheimnis, das ich niemandem verrate: Ich bin mir nicht sicher, ob ich überhaupt dazu fähig bin.

Nicht mal vorübergehend. Als ich mit Rob zusammen war, habe ich nie das gefühlt, was man diversen Liebesliedern nach fühlen sollte. Ich habe mich weder vor Liebe verzehrt noch hat es mir den Boden unter den Füßen weggerissen. Ich brauchte Rob nicht wie die Luft zum Atmen. Ich mochte ihn wirklich. Ich habe ihn gerne angesehen. Ich habe ihn gerne geküsst. Aber mir war immer klar, dass ich auch ohne ihn weiterleben könnte.

»Rote Krawatte«, fange ich an.

»Daniel«, korrigiert er mich.

»Verlieb dich nicht in mich, Daniel.«

Er prustet seinen Kaffee über den Tisch. »Wer sagt, dass ich mich in dich verliebe?«

»Das kleine schwarze Notizbuch, in das du gekritzelt hast, und dein Gesicht. Dein großes, offenes Ich-kann-niemandem-was-vormachen-Gesicht verrät, dass es gerade passiert.«

Wieder wird er rot, weil Rotwerden anscheinend sein einziger Daseinszustand ist. »Und warum soll ich mich nicht in dich verlieben?«, fragt er.

»Weil ich mich nicht in dich verlieben werde.«

»Woher weißt du das?«

»Ich glaube nicht an Liebe.«

»Liebe ist keine Religion«, entgegnet er. »Sie existiert, ob du daran glaubst oder nicht.«

»Ach, wirklich? Kannst du das beweisen?«

»Liebeslieder. Gedichte. Die Institution der Ehe.«

»Jetzt komm schon. Das sind Worte auf Papier. Lässt sich Liebe wissenschaftlich belegen? Kann man sie beobachten, messen, damit herumexperimentieren und diese Experimente wiederholen? Kann man nicht. Kann man davon histologische Schnitte anfertigen, sie anfärben und unter dem Mikroskop betrachten? Kann man nicht. Kann man sie in einer Petrischale züchten oder ihre Gensequenz abbilden?«

»Kann man nicht«, sagt er und imitiert dabei meine Stimme. Dann lacht er.

Ich muss auch lachen. Manchmal nehme ich mich wirklich ein bisschen zu ernst.

Er nimmt einen Löffel voll Schaum von seinem Kaffee und schiebt ihn sich in den Mund. »Auch wenn du behauptest, es wären nur Worte auf Papier, musst du zugeben, dass all diese Leute *irgendwas* empfinden müssen.«

Ich nicke. »Etwas Vorübergehendes und nicht Messbares. Die Menschen wollen daran glauben. Ansonsten müssten sie ja der Tatsache ins Auge sehen, dass das Leben nichts weiter ist als eine zufällige Aneinanderreihung von guten und schlechten Dingen. Bis man eines Tages stirbt.«

»Kommst du denn gut damit klar, zu glauben, das Leben hätte keine Bedeutung?«

»Was bleibt mir anderes übrig? So ist es nun mal.«

Noch ein Löffel Schaum und noch mehr Gelächter. »Dann gibt es für dich also kein Schicksal, keine Bestimmung, kein Es-sollte-so-sein?«

»Ich bin doch nicht blöd«, sage ich und genieße unsere Unterhaltung definitiv mehr, als ich sollte.

Er lockert seine Krawatte und lässt sich in seinen Stuhl zurücksinken. Eine Haarsträhne rutscht aus seinem Pferdeschwanz und er streicht sie hinters Ohr. Anstatt von meinem Nihilismus abgestoßen zu sein, fühlt er sich offenbar mit jeder Minute wohler. Er wirkt fast fröhlich.

»Ich glaube, ich habe noch nie jemanden getroffen, der auf so charmante Weise verblendet ist«, sagt er, als wäre ich eine seltene Attraktion.

»Und das findest du reizvoll?«, frage ich.

»Ich finde es interessant«, antwortet er.

Ich blicke mich im Café um. Irgendwie hat es sich gefüllt, ohne dass ich es gemerkt habe. Die Leute stehen vor dem Tresen Schlange und warten auf ihre Bestellungen. Aus den Lautsprechern kommt *Yellow Ledbetter* von Pearl Jam – noch eine von meinen Lieblings-Grunge-Rockbands aus den Neunzigern. Ich kann nichts dagegen tun, ich muss meine Augen schließen und zuhören, wie Eddie Vedder mit Murmelstimme den Refrain singt.

Als ich die Augen öffne, schaut Daniel mich an und lehnt sich in seinem Stuhl nach vorne. »Was ist, wenn ich dir sage, dass ich dich mit wissenschaftlichen Methoden dazu bringen könnte, dich in mich zu verlieben?«

»Ich würde dich verspotten«, sage ich. »Und zwar sehr.«

Multiversum

Eine Geschichte der Quantenmechanik

EINE MÖGLICHE LÖSUNG für das Großvater-Paradoxon ist die Theorie des Multiversums, die auf Hugh Everett zurückgeht. Nach der Multiversums-Theorie existiert jede Version unserer Vergangenheit und unserer Zukunft, nur eben in anderen Universen.

In der Quantenmechanik teilt sich während eines Ereignisses das momentane Universum in unzählig viele Universen auf. Das bedeutet, dass es für jede Entscheidung, die man trifft, unzählig viele Universen gibt, in denen man eine andere Entscheidung getroffen hat. Die Theorie löst das Großvater-Paradoxon ganz einfach auf, indem sie voneinander unabhängige Universen geltend macht, in denen jeder mögliche Verlauf der Geschichte existiert und somit das Paradoxon umgangen wird.

Auf diese Weise können wir unzählig viele Leben leben.

Da gibt es zum Beispiel ein Universum, in dem Samuel Kingsley das Leben seiner Tochter nicht entgleisen lässt. Ein Universum, in dem er es entgleisen lässt, Natasha aber in der Lage ist, es wieder in die Spur zu bringen. Ein Universum, in dem er es entgleisen lässt und sie es nicht wieder in die Spur bringt. Natasha weiß nicht genau, in welchem Universum sie gerade lebt.

Daniel

New Yorker Teenager versucht, mithilfe der Wissenschaft das Mädchen rumzukriegen

Die Sache mit dem Verlieben unter Zuhilfenahme wissenschaftlicher Methoden ist kein Scherz. In der *New York Times* gab es sogar einen Artikel darüber.

Ein Wissenschaftler setzte zwei Leute in ein Labor und brachte sie dazu, sich gegenseitig eine Reihe persönlicher Fragen zu stellen. Außerdem mussten sie sich vier Minuten lang ohne zu sprechen in die Augen sehen. Ich bin mir ziemlich sicher, dass ich Natasha im Augenblick nicht dazu kriegen kann, mir länger in die Augen zu sehen. Um ehrlich zu sein, hatte ich beim Lesen nicht wirklich geglaubt, was da in dem Artikel stand. Man kann Menschen nicht einfach so dazu bringen, sich zu verlieben, oder? Liebe ist viel komplexer als das. Es geht nicht nur darum, sich ein paar Leute rauszupicken, die sich dann gegenseitig ein paar Fragen stellen, und schon funkt es zwischen ihnen. Der Mond und die Sterne sind auch beteiligt. Da bin ich mir sicher.

Trotzdem.

Dem Artikel zufolge war das Ergebnis des Experiments, dass

sich die beiden Testpersonen tatsächlich ineinander verliebten und heirateten. Ich weiß nicht, ob sie noch immer zusammen sind (irgendwie will ich es gar nicht wissen, denn wenn sie noch immer zusammen sind, ist die Liebe weniger geheimnisvoll, als ich glaube, und kann in einer Petrischale gezüchtet werden. Wenn sie sich getrennt haben, dann ist die Liebe so vergänglich, wie Natasha behauptet).

Ich hole mein Telefon raus und schaue mir die Studie an. Sechsunddreißig Fragen. Die meisten sind ganz schön dämlich, aber einige sind auch okay. Mir gefällt das mit dem Sich-in-die-Augen-Schauen.

Ich bin nicht über die Wissenschaft erhaben.

Natasha

ER ERZÄHLT MIR VON EINER STUDIE, die mit einem Labor, Fragen und Liebe zu tun hat. Ich bin skeptisch und sage das auch. Ein bisschen angefixt bin ich aber trotzdem, doch das sage ich nicht.

»Was sind die fünf entscheidenden Voraussetzungen, um sich zu verlieben?«, fragt er mich.

»Ich glaube nicht an die Liebe, weißt du noch?« Ich nehme meinen Löffel und rühre meinen Kaffee um, obwohl es nichts zu rühren gibt.

»Und wovon handeln dann die ganzen Liebeslieder?«

»Ist doch leicht«, sage ich. »Von Lust.«

»Und die Ehe?«

»Tja, die Lust vergeht, und dann muss man Kinder großziehen und Rechnungen bezahlen. Irgendwann wird die Beziehung zu einer Freundschaft mit einem wechselseitigen Interesse zum Wohle der Gesellschaft und der nachfolgenden Generation.« Als ich geendet habe, verstummt auch die Musik. Einen Moment lang hören wir nur die Geräusche klirrender Gläser und das Aufschäumen von Milch.

»Aha«, sagt er nachdenklich.

»Das sagst du ganz schön oft«, sage ich.

»Da bin ich absolut anderer Meinung.« Er macht sich einen neuen Pferdeschwanz, ohne dass ihm die Haare dabei ins Gesicht fallen.

Tatsache ist: Ich will sehen, wie ihm die Haare ins Gesicht fallen.

Je länger ich mich mit ihm unterhalte, desto süßer finde ich ihn. Ich mag sogar seine Ernsthaftigkeit, obwohl ich Ernsthaftigkeit normalerweise hasse. Kann sein, dass mir der sexy Pferdeschwanz das Gehirn vernebelt. Es sind nur Haare, sage ich mir. Sie sind dazu da, den Kopf warm zu halten und ihn gegen UV-Strahlen zu schützen. Daran ist grundsätzlich erst mal gar nichts sexy.

»Worüber reden wir noch mal?«, fragt er.

Ich sage im selben Moment *Wissenschaft*, in dem er *Liebe* sagt, und wir müssen beide lachen.

»Was sind die Grundvoraussetzungen?«, will er noch mal von mir wissen.

»Wechselseitiges Interesse und sozioökonomische Kompatibilität.«

»Hast du überhaupt eine Seele?«

»So was wie eine Seele gibt es nicht«, erwidere ich.

Er lacht, als hätte ich einen Witz gemacht. »Na schön«, sagt er, als er merkt, dass es keiner war. »*Meine* Grundvoraussetzungen sind Freundschaft, Vertrautheit, gleiche moralische Werte, körperliche Anziehungskraft und der X-Faktor.«

»Was ist denn der X-Faktor?«

»Keine Sorge«, antwortete er, »den haben wir bereits.«

»Gut zu wissen«, sage ich lachend. »Ich werde mich trotzdem nicht in dich verlieben.«

»Gib mir den heutigen Tag.« Auf einmal ist er ernst.

»Das ist kein Wettbewerb, Daniel.«

Er schaut mich einfach nur mit diesen strahlenden braunen Augen an und wartet auf eine Antwort.

»Du kriegst eine Stunde«, sage ich.

Er runzelt die Stirn. »Nur eine Stunde? Und was passiert dann? Verwandelst du dich dann in einen Kürbis?«

»Dann habe ich einen Termin und anschließend muss ich nach Hause.«

»Was für einen Termin?«, fragt er.

Anstatt zu antworten, schaue ich mich wieder im Café um. Die Musik hat etwas Einlullendes. Ein Barista leiert eine Reihe von Bestellungen herunter. Jemand lacht. Ein anderer stolpert.

Wieder rühre ich unnötigerweise in meinem Kaffee herum. »Das sage ich dir nicht«, sage ich.

»Okay«, sagt er unbeeindruckt.

Er weiß, was er will, und das bin ich. Ich habe den Eindruck, dass er willensstark und geduldig sein kann. Ich bewundere ihn beinahe dafür. Aber er weiß nicht, was ich weiß. Ab morgen werde ich in einem anderen Land leben. Ab morgen werde ich nicht mehr hier sein.

Daniel

ICH ZEIGE IHR DIE STUDIE auf meinem Handy, und wir diskutieren, welche Fragen wir nehmen sollen. Für alle sechsunddreißig bleibt uns definitiv nicht genug Zeit. Sie will das mit den vier Minuten seelenvollen Anschauens weglassen, aber damit kommt sie nicht durch. Das Anschauen ist mein Ass im Ärmel. Alle meine Exfreundinnen (na schön, eine meiner Exfreundinnen – na schön, ich hatte überhaupt erst eine Freundin, jetzt Exfreundin) mochten meine Augen sehr. Grace (die oben erwähnte, allereinzigste Exfreundin) fand, dass sie wie Edelsteine aussehen, genauer gesagt, wie Rauchquarz (Schmuck selber zu machen, war ihr Hobby). Wir knutschten gerade in ihrem Zimmer, als sie es zum ersten Mal sagte, und sie hörte mittendrin auf, um mir einen Rauchquarz zu zeigen.

Wie dem auch sei: Meine Augen sehen wie Quarz aus (die rauchige Variante) und Mädchen (zumindest eins) stehen drauf.

Die Fragen sind in drei Kategorien unterteilt, die immer persönlicher werden. Natasha möchte sich gern an die am wenigsten persönlichen aus Kategorie 1 halten, aber dagegen protestiere ich ebenfalls.

Aus Kategorie 1 (nicht sehr persönlich) wählen wir aus:

Nummer 1: Mit wem würdest du gern zu Abend essen, wenn du jeden x-beliebigen Menschen auf der Welt einladen könntest?

Nummer 2: Wärst du gern berühmt? Wofür?

Nummer 7: Hast du eine Vorahnung, wie du sterben wirst?

Aus Kategorie 2 (mäßig persönlich):

Nummer 17: Was ist deine schönste Erinnerung?

Nummer 24: Was für eine Beziehung hast du zu deiner Mutter?

Nummer 25: Mache drei wahre »Wir«-Aussagen. Zum Beispiel: »Wir befinden uns beide in diesem Raum und fühlen uns …«

Aus Kategorie 3 (sehr persönlich):

Nummer 29: Erzähl deinem Testpartner von einem peinlichen Moment in deinem Leben.

Nummer 34: Dein Haus mit all deinen Besitztümern darin geht in Flammen auf. Nachdem du deine Liebsten und deine Haustiere gerettet hast, bleibt dir gerade noch genug Zeit, um eine einzige Sache zu retten. Was wäre das? Und warum?

Nummer 35: Der Tod welches Familienmitglieds würde dich am meisten treffen? Warum?

Schließlich landen wir bei zehn Fragen, denn Natasha findet, dass wir bei Frage Nummer 24 auch über die Beziehung zu unseren Vätern reden sollten.

»Woran liegt es, dass man fast immer nur den Müttern vorwirft, sie würden die Kinder verkorksen? Väter können das auch sehr gut.« Sie sagt es so, als wüsste sie, wovon sie spricht.

Dann sieht sie wieder auf die Uhr ihres Telefons. »Ich muss los«, sagt sie, schiebt den Stuhl zurück und steht zu schnell auf. Der Tisch wackelt und sie verschüttet etwas von ihrem Kaffee.

»Mist. Mist«, flucht sie. Sie reagiert ziemlich heftig. Ich würde wirklich gern mehr über ihren Termin und ihren Vater erfahren, aber ich bin schlau genug, sie jetzt nicht danach zu fragen.

Ich stehe auf, schnappe mir ein paar Servietten und wische den verschütteten Kaffee weg.

Sie sieht mich mit einer Mischung aus Dankbarkeit und Verzweiflung an.

»Komm, wir gehen«, sage ich.

»Ja, okay. Danke«, sagt sie.

Ich beobachte, wie sie die Schlange kaffeedurstiger Menschen umkurvt, um nach draußen zu gelangen. Wahrscheinlich sollte ich ihr nicht auf die Beine glotzen, aber sie sind einfach fantastisch (die drittfantastischsten Beine, die ich je gesehen habe). Ich möchte sie fast genauso gerne berühren, wie ich mich weiter mit ihr unterhalten möchte (vielleicht sogar noch ein bisschen mehr), aber ich kann mir keine Situation vorstellen, in der sie mir das erlauben würde.

Entweder versucht, sie mich abzuschütteln, oder wir nehmen an einem Geher-Wettkampf teil, von dem ich nichts weiß. Sie flitzt zwischen einer Gruppe langsamer Fußgänger hindurch und geht außen an einem eingerüsteten Abschnitt des Gehsteigs entlang, damit sie wegen der anderen Passanten nicht ihr Tempo drosseln muss.

Vielleicht sollte ich aufgeben. Keine Ahnung, warum ich es

nicht schon längst getan habe. Das Universum versucht ganz eindeutig, mich vor mir selbst zu schützen. Ich wette, wenn ich nach Zeichen Ausschau hielte, dass sich unsere Wege trennen sollten, dann würde ich welche finden.

»Wo wollen wir denn hin?«, frage ich, als wir an einer Ampel stehen bleiben. Der Haarschnitt, den ich mir eigentlich machen lassen wollte, muss warten. Ich bin mir ziemlich sicher, dass Menschen mit langen Haaren auch studieren dürfen.

»*Ich* bin unterwegs nach Uptown zu meinem Termin und *du* trottest mir hinterher.«

»Stimmt, das tue ich«, sage ich und gehe nicht auf ihre alles-andere-als-subtile Betonung ein.

Wir überqueren die Straße und laufen dann für ein paar Minuten schweigend nebeneinanderher. Der Vormittag geht seinen gewohnten Gang. Ein paar Geschäfte haben ihre Türen geöffnet. Es ist zu kalt für die Klimaanlage, aber zu warm für geschlossene Türen. Bestimmt hat mein Dad in unserem Laden auch die Türen aufgemacht.

Wir kommen an dem außergewöhnlich hell erleuchteten und extrem vollgestopften Schaufenster eines Elektrogeschäfts vorbei. Jedes Objekt im Schaufenster ist mit einem roten Ausverkaufs-Sticker versehen. Es gibt Hunderte solcher Läden in der Stadt. Ich begreife nicht, wie sie sich über Wasser halten können.

»Wer kauft hier überhaupt ein?«, frage ich mich laut.

»Leute, die gern feilschen«, erwidert sie.

Ein paar Häuserblocks danach kommen wir an einem weiteren, absolut identischen Elektroladen vorbei und müssen beide lachen.

Ich ziehe mein Telefon aus der Tasche. »Also: bereit für die Fragen?«

»Du bist unerbittlich«, sagt sie, ohne mich anzusehen.

»Beharrlich«, korrigiere ich sie.

Sie wird langsamer und schaut mich an. »Glaubst du wirklich, dass wir uns ineinander verlieben werden, nur weil du mir tiefschürfende philosophische Fragen stellst?« Mit den Fingern setzt sie *ineinander verlieben*, *tiefschürfend*, und *philosophisch* in virtuelle Gänsefüßchen (oh, wie ich das hasse!).

»Betrachte es doch einfach als Experiment«, sage ich. »Was hattest du da vorhin über wissenschaftliche Methoden gesagt?«

Ich ernte ein schmales Lächeln.

»Wissenschaftler sollten keine Experimente an sich selbst durchführen«, gibt sie zurück.

»Nicht mal zum Wohle der Menschheit?«, frage ich. »Zur Förderung des menschlichen Wissens über die eigene Spezies?«

Das bringt mir ein richtiges Lachen ein.

Natasha

DIE WISSENSCHAFT GEGEN MICH zu verwenden, ist ganz schön clever.

Vier unbestreitbare Tatsachen: Er ist unglaublich albern. Und zu optimistisch. Und zu ernsthaft. Und ganz schön gut darin, mich zum Lachen zu bringen.

»Nummer 1 ist zu schwierig«, sagt er. »Lass uns mit Frage 2 anfangen: Wärst du gern berühmt, und wenn ja, wofür?«

»Du zuerst«, fordere ich ihn auf.

»Ich wäre gern ein berühmter Meisterdichter.«

War ja klar. Tatsache ist: Er ist ein hoffnungsloser Romantiker.

»Dann wärst du arm«, sage ich zu ihm.

»Arm an Geld, aber reich an Worten«, kontert er sofort.

»Ich kotz gleich hier auf den Bürgersteig«, sage ich ein klein wenig zu laut, und eine Frau in einem Hosenanzug macht einen großen Bogen um uns.

»Dann mach ich dich sauber«, sagt er.

Also wirklich, er ist entschieden zu ernsthaft. »Was tut ein Meisterdichter überhaupt?«, frage ich.

»Er gibt weise und poetische Ratschläge. Ich wäre derjenige, an den sich Weltenlenker mit kniffligen philosophischen Problemen wenden würden.«

»Die du löst, indem du ein Gedicht schreibst?« Die Skepsis in meiner Stimme ist nicht zu überhören.

»Oder indem ich eins vortrage«, erwidert er mit noch unerschütterlicherer Ernsthaftigkeit.

Ich gebe Würgegeräusche von mir.

Er boxt mich leicht gegen die Schulter und stützt mich dann mit der Hand am Rücken ab. Mir gefällt das Gefühl seiner Hand auf meinem Rücken so sehr, dass ich ein bisschen schneller gehe, um es nicht länger spüren zu müssen.

»Du kannst so zynisch sein, wie du willst, aber so manches Leben kann durch Poesie gerettet werden«, sagt er.

Ich betrachte sein Gesicht und suche nach einem Zeichen, dass das als Witz gemeint ist. Aber nein – er denkt das wirklich. Was liebenswert ist. Aber auch dämlich. Aber hauptsächlich liebenswert.

»Und was ist mit dir? Welche Art von Berühmtheit wünschst du dir?«, fragt er.

Das ist leicht. »Ich wäre gern eine gütige Diktatorin.«

Er lacht. »Von irgendeinem speziellen Land?«

»Von der ganzen Welt«, entgegne ich und er lacht noch mehr.

»Alle Diktatoren halten sich für gütig. Selbst die mit den Macheten in der Hand.«

»Ich bin mir ziemlich sicher, dass solche Leute wissen, was für habgierige, blutrünstige Mistkerle sie sind.«

»Aber du wärst nicht so?«, fragt er.

»Nope. Ich wäre die Güte in Person. Ich würde entscheiden, was gut für alle wäre, und das würde ich dann tun.«

»Und was ist, wenn das, was für den einen gut ist, für den anderen nicht gut ist?«

Ich zucke mit den Schultern. »Man kann es nicht jedem recht machen. Als mein Meisterdichter könntest du die Zu-kurz-Gekommenen mit einem guten Gedicht trösten.«

»Touché«, sagt er lächelnd. Wieder holt er sein Telefon raus und scrollt durch die Fragen. Ich schaue rasch auf mein eigenes Handy. Einen Moment lang wundere ich mich über den Sprung auf dem Display, bis mir mein Sturz wieder einfällt. Was für ein Tag. Ich denke an die Multiversums-Theorie, von der ich Daniel vorhin erzählt habe, und mache mir Gedanken über die Universen, in denen mein Telefon und mein Kopfhörer noch immer heil wären.

Es gibt ein Universum, in dem ich zu Hause geblieben wäre und gepackt hätte, wie meine Mom es wollte. Meinem Telefon und dem Kopfhörer geht es gut, aber ich treffe Daniel nicht.

Es gibt ein Universum, in dem ich zur Schule gegangen wäre und in aller Seelenruhe im Englischkurs gesessen hätte, anstatt fast von einem Auto überfahren zu werden. Und wieder kein Daniel.

In einem weiteren Daniel-losen Universum *gehe* ich zur Einwanderungsbehörde, aber ich treffe Daniel nicht im Plattenladen, es gibt kein Gespräch mit ihm, das mich aufhält, und ich verlasse das Geschäft etwas früher. Ich erreiche die Fußgängerampel, bevor der BMW-Fahrer auftaucht, und es gibt keinen Beinaheunfall. Auch dann bleiben mein Telefon und der Kopfhörer intakt.

Natürlich existieren zahllose solcher Universen, einschließlich eines Universums, in dem ich Daniel kennenlerne, er es aber nicht schafft, mich an der Fußgängerampel zu retten, und dann sind nicht nur mein Telefon und der Kopfhörer kaputt.

Ich seufze und sehe nach, wie weit es noch bis zum Büro des Rechtsanwalts ist. Noch zwölf Häuserblocks. Ich frage mich, wie teuer die Reparatur des Displays sein wird. Aber vielleicht muss ich es ja auch gar nicht reparieren lassen. Vielleicht muss ich mir in Jamaika sowieso ein neues Telefon besorgen.

Daniel unterbricht meine Gedanken, wofür ich ihm irgendwie dankbar bin. Ich will nicht daran denken, von hier fortzumüssen.

»Schön«, sagt er. »Dann kommt jetzt Nummer 7: Hast du eine Vorahnung, wie du sterben wirst?«

»Statistisch gesehen, ist es für eine schwarze Frau in den Vereinigten Staaten am wahrscheinlichsten, im Alter von 78 einem Herzleiden zu erliegen.«

Wieder kommen wir an eine Fußgängerampel, und er zieht mich ein Stück zurück, damit ich nicht direkt an der Bordsteinkante stehe. Seine Gesten und meine Reaktion wirken so vertraut, als hätten wir das schon viele Male zuvor so gemacht. Er kneift das Leder meiner Jacke am Ellbogen zusammen und zieht ganz leicht daran. Ich trete einen Schritt zurück und beuge mich seinem Beschützerinstinkt.

»Dann ist es also dein Herz, das dich erwischt?«, fragt er, und für einen Augenblick vergesse ich, dass wir über den Tod sprechen.

»Sehr wahrscheinlich«, sage ich. »Und was ist mit dir?«

»Ich werde ermordet. In einem Tankstellenshop oder in einem Spätkauf oder so was in der Art. Ein Typ mit einer Knarre verübt einen Raubüberfall. Ich versuche, den Helden zu spielen, doch dabei passiert mir was Dämliches. Zum Beispiel stoße ich eine Pyramide aus Coladosen um, und deshalb dreht der Typ durch, und aus einem ganz gewöhnlichen ›Hände-hoch-Überfall‹ wird ein Blutbad, das es bis in die Nachrichten schafft.«

»Dann stirbst du also als unfähiger Held?«, lache ich ihn aus.

»Entweder das, oder ich sterbe bei dem Versuch, einer zu sein«, antwortet er und wir lachen beide.

Wir überqueren die Straße. »Hier lang«, sage ich zu ihm, als er geradeaus anstatt rechts gehen will. »Wir müssen zur Achten.«

Er schwenkt herum und grinst mich an, als wäre unser Marsch durch die Stadt ein gewaltiges Abenteuer.

»Warte mal kurz«, sagt er und schlüpft aus seinem Jackett. Es kommt mir seltsam intim vor, ihm dabei zuzusehen, wie er es auszieht, deshalb beobachte ich die beiden sehr alten, sehr verschrobenen Typen, die sich ein paar Meter von uns entfernt um ein Taxi streiten. In unmittelbarer Nähe gibt es mindestens noch drei weitere freie Taxis.

Tatsache ist: Menschen verhalten sich nicht logisch.

»Passt das in deinen Rucksack?«, fragt er und hält mir das Jackett hin. Auch wenn er mich nicht bittet, es anzuziehen, als ob ich seine Freundin wäre oder so, kommt es mir trotzdem noch intimer vor, sein Jackett in meinem Rucksack zu tragen, als ihm dabei zuzusehen, wie er es auszieht.

»Bist du sicher?«, frage ich. »Es wird total zerknittern.«

»Macht nichts«, antwortet er. Er zieht mich ein Stück zur Seite, damit wir den anderen Fußgängern nicht den Weg versperren, und plötzlich stehen wir sehr dicht beieinander. Ich kann mich nicht erinnern, dass mir seine Schultern zuvor schon aufgefallen wären. Waren sie vor einer Sekunde auch schon so breit? Ich richte den Blick von seiner Brust auf sein Gesicht, aber das ist auch nicht besser für mein inneres Gleichgewicht. Im Sonnenlicht sind seine Augen sogar noch klarer und brauner. Irgendwie sind sie schön.

Ich setze meinen Rucksack ab und stelle ihn zwischen uns, damit er ein Stück zurückweichen muss.

Er faltet sein Jackett ordentlich zusammen und verstaut es darin.

Sein Hemd ist blütenweiß und ohne das Jackett sticht die rote Krawatte noch stärker hervor. Ich frage mich, wie er wohl mit normalen Klamotten aussieht und was er unter normalen Klamotten überhaupt versteht. Sehr wahrscheinlich Jeans und T-Shirt – die Uniform aller amerikanischen Jungs überall in Amerika.

Ist das bei jamaikanischen Jungs auch so?

Bei dem Gedanken werde ich traurig. Ich möchte nicht noch mal ganz von vorne anfangen. Es war schon schwer genug, als wir damals nach Amerika gezogen sind. Ich habe keine Lust, die Rituale und Gepflogenheiten einer neuen Highschool kennenzulernen. Neue Freunde. Neue Cliquen. Neue *In*-Klamotten. Neue coole Orte, an denen man abhängt.

Ich flitze um ihn herum und setze mich wieder in Bewegung. »Männer asiatisch-amerikanischer Abstammung sterben meistens an Krebs«, sage ich.

Er runzelt die Stirn und beschleunigt seine Schritte, um mich einzuholen. »Echt? Wie blöd. Welche Art von Krebs denn?«

»Weiß ich nicht genau.«

»Dann sollten wir es vielleicht herausfinden«, sagt er.

Er sagt *wir*, als läge eine gemeinsame Zukunft vor uns, in der uns unsere jeweilige Sterblichkeit etwas bedeutet.

»Glaubst du wirklich, dass du an einem Herzleiden stirbst?«, fragt er. »Nicht an etwas Spannenderem?«

»Wen interessiert eine spannende Todesursache? Tot ist tot.«

Er sieht mich nur an und wartet auf meine Antwort. »Na gut«, sage ich. »Ich fasse es nicht, dass ich dir das erzähle. Insgeheim glaube ich, dass ich ertrinken werde.«

»Also zum Beispiel bei dem Versuch, jemandem auf offener See das Leben zu retten, oder so?«

»Am tiefen Ende eines Hotel-Swimmingpools«, erwidere ich.

Er bleibt stehen und zieht mich wieder zur Seite. Ich habe noch nie einen rücksichtsvolleren Fußgänger erlebt. Die meisten Leute bleiben einfach mitten auf dem Gehsteig stehen. »Moment mal«, sagt er. »Du kannst nicht schwimmen?«

Ich ziehe den Kopf ein. »Nein.«

Er mustert mein Gesicht und lacht über mich, ohne wirklich zu lachen. »Aber du bist Jamaikanerin. Du bist mit Wasser um dich herum groß geworden.«

»Ungeachtet meiner Inselherkunft kann ich trotzdem nicht schwimmen.«

Ich sehe ihm an, dass er sich gerne über mich lustig machen würde, aber er beherrscht sich. »Ich bringe es dir bei«, sagt er.

»Wann?«

»Eines Tages. Bald. Konntest du schwimmen, als du noch auf Jamaika gelebt hast?«, fragt er.

»Ja, aber dann zogen wir hierher, und statt des Meeres gab es nur Schwimmbäder. Ich mag kein Chlor.«

»Du weißt, dass es mittlerweile Salzwasserschwimmbäder gibt?«

»Der Zug ist abgefahren«, sage ich.

»Wie heißt denn dein Zug?«, macht er sich jetzt doch über mich lustig. »*Mädchen-das-auf-einer-von-allen-Seiten-von-Wasser-*

umgebenen-Insel-aufgewachsen-ist-kann-nicht-schwimmen? Das wäre nämlich ein guter Name.«

Ich lache und boxe ihn leicht gegen die Schulter. Er packt meine Hand und hält meine Finger fest. Ich versuche, mir *nicht* zu wünschen, dass er sein Versprechen einlösen und mir das Schwimmen beibringen wird.

Daniel

ICH BIN EIN GELEHRTER, der *Das Buch Natasha* zusammenstellt. Das weiß ich bisher: Sie ist ein Wissenschaftsfreak. Sie ist wahrscheinlich schlauer als ich. Ihre Finger sind ein bisschen länger als meine und fühlen sich gut an in meiner Hand. Sie fährt voll auf ihre Musik ab. Sie macht sich Sorgen wegen etwas, was mit ihrem mysteriösen Termin zu tun hat.

»Erzähl mir noch mal, warum du einen Anzug anhast?«, fragt sie.

Ich stöhne lange und laut und mit viel Gefühl. »Lass uns lieber über Gott reden.«

»Ich darf auch Fragen stellen«, sagt sie.

Wir gehen hintereinander durch einen weiteren überdachten und komplett eingerüsteten Abschnitt des Bürgersteigs (dauernd befinden sich annähernd 99 (mehr oder weniger) Prozent von Manhattan im Bau).

»Ich habe mich in Yale beworben und habe nachher ein Gespräch mit einem Ehemaligen, der mich dann empfehlen soll.«

»Bist du nervös?«, fragt sie, als wir wieder nebeneinander gehen.

»Wäre ich, wenn es mich auch nur für fünf Cent interessieren würde.«

»Aber es interessiert dich nur für zwei Cent?«

»Vielleicht für einen halben«, sage ich lachend.

»Dann zwingen dich also deine Eltern dazu?«

Ein plötzliches Geschrei auf der Straße lenkt uns ab, aber es ist nur ein Taxifahrer, der einen anderen Taxifahrer anbrüllt.

»Meine Eltern sind koreanische Einwanderer der ersten Generation«, sage ich als Erklärung.

Sie wird langsamer und schaut mich an. »Ich habe keine Ahnung, was das bedeutet«, sagt sie.

Ich zucke mit den Schultern. »Es bedeutet, dass es keine Rolle spielt, was ich will. Ich werde in Yale studieren. Und dann werde ich Arzt.«

»Aber das willst du gar nicht?«

»Ich weiß nicht, was ich will«, sage ich.

Ihrer Miene nach zu urteilen, war das die schlimmste Antwort, die ich geben konnte. Sie wendet sich ab und läuft wieder schneller. »Tja, dann kannst du ja genauso gut Arzt werden.«

»Was habe ich denn gerade falsch gemacht?«, frage ich und haste ihr hinterher.

Sie winkt ab. »Es ist dein Leben.«

Ich habe das Gefühl, als wäre ich kurz davor, bei einem Test durchzufallen. »Was willst du denn später mal werden?«

»Datenanalystin«, antwortet sie, ohne zu zögern.

Ich will gerade den Mund öffnen, um sie zu fragen, was zur Hölle das für ein Beruf ist, als sie mich schon mit einem einstudierten Vortrag aufklärt. Ich bin offenbar nicht der Erste, der ihre Berufswahl mit einem »Was zur Hölle« kommentiert.

»Datenanalysten analysieren Daten, trennen das Wesentliche vom Unwesentlichen, entschlüsseln Muster, ziehen Rückschlüsse und sprechen auf Grundlage dieser Ergebnisse Handlungsempfehlungen aus.«

»Hat es mit Computern zu tun?«

»Ja, klar«, sagt sie. »Es gibt jede Menge Daten auf der Welt.«

»Mann, ist das pragmatisch. Hast du schon immer gewusst, was du werden willst?« Ich schaffe es kaum, nicht neidisch zu klingen.

Wieder bleibt sie stehen. Wenn das so weitergeht, kommen wir nie dorthin, wo sie hinwill. »Das ist keine Bestimmung oder so. *Ich* habe mich für diesen Berufsweg entschieden. Nicht umgekehrt. Ich bin nicht dazu verdammt, eine Datenanalystin zu werden. In unserer Schulbibliothek gibt es eine Abteilung mit Büchern zum Thema Beruf und Karriere. Ich habe ein bisschen recherchiert, in welchen Bereichen der Wissenschaft es Wachstumschancen gibt. Und: ta-daa! Mit Schicksal oder Bestimmung hat das nichts zu tun, nur mit vernünftiger Recherche.«

»Dann ist das also kein Beruf, den du unbedingt machen willst?«

Jetzt zuckt sie mit den Achseln und läuft weiter. »Er passt zu meiner Persönlichkeit«, antwortet sie.

»Willst du denn nicht etwas machen, was du wirklich mit Leidenschaft tust?«

»Warum?«, fragt sie zurück, als verstünde sie tatsächlich nicht, was daran reizvoll ist.

»Das Leben kann lang werden, wenn man etwas macht, was man nur so na ja findet«, sage ich nachdrücklich. Wir weichen einem Stand aus, an dem Brezeln und Hotdogs verkauft werden und vor dem sich bereits eine Schlange gebildet hat. Es riecht nach Sauerkraut und Senf (also himmlisch).

Sie rümpft die Nase. »Es wird noch länger, wenn man es damit verbringt, Träumen nachzujagen, die nie und nimmer wahr werden können.«

»Moment«, sage ich und lege ihr die Hand auf den Arm, damit sie ihr Tempo drosselt. »Wer sagt denn, dass sie nicht wahr werden?«

Sie wirft mir einen verächtlichen Seitenblick zu. »Ach, komm. Weißt du, wie viele Leute Schauspieler, Schriftsteller oder Rockstar werden wollen? Eine Menge. 99 Prozent von ihnen schaffen es nicht. 0,9 Prozent vom Rest verdienen kaum genug zum Leben. Nur die verbleibenden 0,1 Prozent kommen richtig groß raus. Alle anderen vergeuden bloß ihr Leben, indem sie versuchen, so zu sein wie diese 0,1 Prozent.«

»Bist du in Wahrheit vielleicht mein Vater?«, frage ich.

»Klinge ich wie ein fünfzig Jahre alter Koreaner?«

»Ja. Nur ohne Akzent.«

»Er will nur das Beste für dich. Wenn du erst mal ein zufriedener Arzt bist, der jede Menge Geld verdient, wirst du ihm noch dankbar sein, dass du kein Künstler geworden bist, der am Hungertuch nagt, seinen Brotjob hasst und sinnlos weiterhin davon träumt, groß rauszukommen.«

Ich frage mich, ob ihr klar ist, mit welcher Leidenschaft sie das Leidenschaftslose verteidigt.

Sie dreht sich um und sieht mich mit schmalen Augen an. »Bitte sag mir nicht, dass dir das mit dem Dichterkram ernst ist.«

»Gott bewahre«, sage ich mit gespielter Empörung.

Wir kommen an einem Mann vorbei, der ein Schild hochhält,

auf dem steht: »Brauche Hilfe. Habe eine Pechsträhne.« Ein besetztes Taxi hupt lange und laut wegen eines anderen Taxis, in dem auch Fahrgäste sitzen.

»Sollen wir wirklich schon im reifen Alter von siebzehn wissen, was wir für den Rest unseres Lebens machen wollen?«

»Willst du es etwa *nicht* wissen?«, fragt sie zurück. Sie ist definitiv kein Fan von Ungewissheit.

»Glaub nicht. Ich wünschte, ich könnte zehn Leben auf einmal leben.«

Wieder winkt sie ab. »Pah. Du willst dich nur nicht entscheiden.«

»Darum geht es nicht. Ich möchte nicht in einem Leben feststecken, das mir nichts bedeutet. Dieser Weg, der mir vorgezeichnet ist? Er geht immer so weiter. Yale. Medizinische Fakultät. Facharztausbildung. Heirat. Kinder. Rente. Altersheim. Bestattungsinstitut. Friedhof.«

Vielleicht liegt es an der Bedeutsamkeit des heutigen Tages oder vielleicht daran, dass ich sie getroffen habe, aber jetzt gerade ist es mir sehr wichtig, genau das auszusprechen, was ich meine.

»Wir haben große, schöne Gehirne. Wir erfinden Objekte, die fliegen können. Wir fliegen. Wir schreiben Gedichte. Mag sein, dass du Gedichte hasst, aber es ist schwer, die reine Schönheit von ›*Soll ich dich einem Sommertag vergleichen? Der du viel lieblicher und sanfter bist?*‹ zu leugnen. Wir können ein bedeutendes Leben führen. Wir können Geschichte schreiben. Warum soll man so abgeklärt sein? Warum soll man sich für das Pragmatische, das Nüchterne entscheiden? Wir sind dazu geboren, zu träumen und die Dinge zu tun, von denen wir träumen.«

Es kommt viel leidenschaftlicher heraus, als ich wollte, aber ich meine jedes Wort ernst.

Unsere Blicke treffen sich. Zwischen uns ist etwas, das eine Minute zuvor noch nicht da gewesen ist.

Ich warte darauf, dass sie irgendeine schnoddrige Bemerkung dazu macht, aber das tut sie nicht.

Das Universum verharrt und wartet auf uns.

Sie streckt die Finger aus und ist kurz davor, meine Hand zu ergreifen. Sie muss einfach nach meiner Hand fassen. Wir sind dazu bestimmt, zusammen durch diese Welt zu gehen. Ich sehe es in ihren Augen. Wir sind füreinander bestimmt. Ich bin mir dessen so sicher, wie ich mir über alles andere unsicher bin.

Aber sie greift nicht nach meiner Hand. Sie geht weiter.

Natasha

EINEN MOMENT LANG ist da etwas zwischen uns, was ich lieber nicht spüren möchte.

Wenn es heißt, das Herz will, was es will, dann ist vom poetischen Herzen die Rede – dem Herzen der Liebeslieder und inneren Monologe, dem Herzen, das so leicht brechen kann, als wäre es aus hauchdünnem Glas.

Es ist nicht vom echten Herzen die Rede, dem Herzen, das nur gesundes Essen und regelmäßige Gymnastik braucht.

Aber dem poetischen Herzen kann man nicht trauen. Es ist launisch und wird dich in die Irre führen. Es wird dir einreden, dass du nichts weiter als Liebe und Träume brauchst. Es wird dir nichts von Essen, Wasser, einem Dach über dem Kopf und Geld sagen. Es wird dir einreden, dass dieser Mensch, der da gerade vor dir steht und dir aus irgendeinem Grund gefällt, der Richtige ist. Und das ist Er auch. Oder Sie ist es auch. Der Richtige für diesen Moment – bis sein oder ihr Herz beschließt, sich an einen anderen oder an etwas anderes zu hängen.

Dem poetischen Herzen kann man in Bezug auf langfristige Entscheidungen nicht trauen.

Das alles ist mir klar. Es ist mir genauso klar wie die Tatsache, dass der Polarstern nicht wirklich der hellste Stern am Himmel ist – sondern erst an fünfzigster Stelle kommt.

Und trotzdem stehe ich hier mit Daniel, an meinem wahrscheinlich letzten Tag in Amerika. Mein launisches, nicht pragmatisches, nicht zukunftsorientiertes, unvernünftiges Herz will Daniel. Es ist ihm egal, dass er zu ernsthaft ist, dass er nicht weiß, was er will oder dass er davon träumt, Dichter zu werden – ein Beruf, der nur zu einem gebrochenen Herzen und ins Armenhaus führt.

Mir ist klar, dass es so was wie ein Füreinander-bestimmt-Sein nicht gibt, und trotzdem stehe ich hier und frage mich, ob ich mich vielleicht getäuscht habe.

Ich balle meine ausgestreckte Hand, die ihn berühren will, zur Faust und gehe weiter.

Liebe

Eine chemische Geschichte

NACH MEINUNG EINIGER Wissenschaftler gibt es drei Phasen der Liebe: Lust, Anziehung und Bindung. Und es hat sich gezeigt, dass alle drei Phasen von Botenstoffen – sogenannten Neurotransmittern – im Gehirn gesteuert werden.

Erwartungsgemäß wird die Lust von Testosteron und Östrogen bestimmt.

Die zweite Phase, die Anziehung, wird vor allem von Dopamin und Serotonin dominiert. Wenn Paare zum Beispiel angeben, in der Gegenwart des anderen unbeschreiblich glücklich zu sein, ist Dopamin, das Glückshormon, am Werk.

Kokain zu nehmen, ruft denselben Zustand von Euphorie hervor. Tatsächlich fällt es Wissenschaftlern, die die Gehirne von Frischverliebten und Kokainabhängigen untersuchen, sehr schwer, diese voneinander zu unterscheiden.

Das zweite Hormon, das während der Anziehungsphase eine Rolle spielt, ist Serotonin. Wenn Paare zugeben, dass sie nicht aufhören können, aneinander zu denken, liegt das daran, dass ihr Serotoninspiegel gesunken ist. Verliebte Menschen haben denselben niedrigen Serotoninspiegel wie Menschen mit Zwangsstörungen. Dass sie nicht aufhören können, aneinander zu denken, wird demnach von einem inneren Zwang ausgelöst.

Oxytocin und Vasopressin bestimmen die dritte Phase: die Bindung. Oxytocin wird beim Orgasmus ausgeschüttet und sorgt dafür, dass man sich der Person, mit der man Sex hat, enger verbunden fühlt. Der Hormonspiegel steigt auch während der Geburt an und unterstützt die Mutter-Kind-Bindung. Vasopressin wird postkoital ausgeschüttet.

Natasha kennt diese Fakten in- und auswendig. Sie zu kennen, hat ihr geholfen, über Robs Untreue hinwegzukommen. Sie weiß: Liebe ist eine Mischung aus Hormonen und Zufall.

Warum fühlt sich Daniel dann nach mehr an?

Daniel

ES GIBT ABSOLUT NICHTS, wozu ich weniger Lust habe, als zu diesem Gespräch zu gehen. Trotzdem. Es ist fast elf, und wenn ich noch da hinwill, muss ich jetzt los.

Seit Dem Moment eben gehen Natasha und ich schweigend nebeneinanderher. Ich wünschte, ich könnte es als angenehmes Schweigen bezeichnen, aber so ist es nicht. Ich würde gern mit ihr darüber reden – über Den Moment –, aber wer weiß, ob sie ihn überhaupt gespürt hat. Sie glaubt ganz bestimmt nicht an so was.

In Midtown Manhattan sieht es anders aus als dort, wo wir uns vorhin zum ersten Mal begegnet sind. Mehr Wolkenkratzer und weniger Souvenirläden. Und die Menschen sind auch anders. Es sind keine Touristen, die zum Vergnügen oder zum Shoppen unterwegs sind. Es gibt keine Begeisterung, kein Glotzen, kein Lächeln. Diese Menschen arbeiten in diesen Wolkenkratzern. Sehr wahrscheinlich findet mein Gespräch auch hier irgendwo in der Nähe statt.

Wir gehen und schweigen, bis wir zu einem monströsen Gebäude aus Beton und Glas kommen. Es verblüfft mich, dass Menschen ihre Tage in Gebäuden wie diesen verbringen und Dinge tun, die ihnen nicht gefallen, für Leute, die sie nicht mögen. Immerhin ist Arzt zu werden besser als das.

»Hier muss ich hin«, sagt sie.

»Ich kann draußen auf dich warten«, sage ich, als wäre ich jemand, der *nicht* in knapp einer Stunde eine Verabredung hat, die über seine Zukunft entscheidet.

»Daniel«, sagt sie mit dieser strengen Stimme, mit der sie zweifellos auch unsere zukünftigen Kinder zur Rede stellen wird (sie wird definitiv die Strengere sein). »Du hast ein Vorstellungsgespräch und ich habe dieses … diese Sache. Das hier ist der Punkt, an dem wir Auf Wiedersehen sagen.«

Sie hat recht. Mag sein, dass mir die Zukunft, die meine Eltern für mich geplant haben, nicht gefällt. Aber ich habe auch keine besseren Ideen. Wenn ich noch länger hier herumstehe, wird mein Zug aus der Spur springen.

Mir kommt in den Sinn, dass ich mir vielleicht genau das wünsche. Vielleicht sind all meine Gefühle für sie nur ein Vorwand, um den Zug entgleisen zu lassen. Dazu kommt noch, dass Natasha meine extreme Zuneigung zu ihr eindeutig nicht erwidert. Und Liebe ist ja keine Liebe, wenn sie nicht erwidert wird, oder?

Ich sollte gehen.

Ich gehe gleich.

Ich werde gleich verschwunden sein.

»Du hast recht«, sage ich.

Sie wirkt überrascht und vielleicht sogar ein klein wenig enttäuscht, aber was ändert das? Sie muss es auch wollen, aber sie will es ganz eindeutig nicht.

Natasha

ICH HABE NICHT DAMIT GERECHNET, dass er das sagt, und auch nicht damit, dass ich enttäuscht bin, aber so ist es. Warum denke ich über eine Romanze mit einem Jungen nach, den ich nie wiedersehen werde? In fünf Minuten wird sich meine Zukunft entscheiden.

Wir stehen so dicht vor den automatischen Schiebeglastüren des Gebäudes, dass die klimatisierte, kühle Luft von drinnen über meine Haut streicht, während die Leute rein- und rausgehen.

Er streckt die Hand aus, um meine zu schütteln, zieht sie dann aber rasch zurück. »Sorry«, sagt er und wird rot. Er verschränkt die Arme vor der Brust.

»Also, ich geh dann mal«, sage ich.

»Ja, mach das«, sagt er, aber keiner von uns bewegt sich.

Wir stehen da und schweigen ein paar Sekunden lang, bis mir einfällt, dass ich noch immer sein Jackett in meinem Rucksack habe. Ich hole es heraus und sehe zu, wie er wieder hineinschlüpft.

»In dem Anzug siehst du aus, als würdest du in diesem Gebäude arbeiten«, sage ich zu ihm.

Es ist als Kompliment gemeint, aber er fasst es nicht so auf.

Er zupft an seiner Krawatte und verzieht das Gesicht. »Vielleicht tue ich das ja irgendwann.«

»Das wird allmählich peinlich«, sage ich, nachdem wir uns weiterhin einfach schweigend anstarren.

»Sollen wir uns einfach umarmen?«

»Ich dachte, ihr Anzugträger gebt nur die Hand.« Ich versuche, es in ganz lockerem Ton zu sagen, aber meine Stimmbänder fühlen sich auf einmal belegt und komisch an.

Er lächelt und gibt sich keine Mühe, die Traurigkeit auf seinem Gesicht zu verbergen. Wieso macht es ihm überhaupt nichts aus, mir so offen seine Gefühle zu zeigen?

Ich muss den Blick abwenden. Ich will nicht, dass das geschieht, was da zwischen uns geschieht, aber es kommt mir vor, als wollte ich die Sonne am Aufgehen hindern.

Die Türen gehen auf und wieder streicht die kühle Luft über meine Haut. Mir ist gleichzeitig heiß und kalt. Ich breite meine Arme im selben Moment aus wie er. Wir versuchen, uns von derselben Seite aus zu umarmen, und stoßen mit der Brust gegeneinander. Wir lachen beschämt und lassen die Arme wieder fallen.

»Ich komme von rechts«, sagt er. »Und du von links.«

»Okay«, sage ich und bewege mich nach links. Er hält mich umschlungen, und weil wir ungefähr gleich groß sind, streife ich mit dem Gesicht seine Wange, die weich und glatt und warm ist. Ich lasse meinen Kopf auf seine Schulter sinken und mein Körper entspannt sich in seinen Armen. Für einen kurzen Augenblick lasse ich das Gefühl der Erschöpfung zu. Es ist anstrengend, sich an einen Ort zu klammern, der dich nicht haben will. Aber Daniel will mich. Ich spüre es an der Art, wie er mich im Arm hält.

Ich löse mich von ihm und sehe ihn dabei nicht an.

Er beschließt, das, was er sagen wollte, für sich zu behalten.

Ich hole mein Telefon heraus und schaue auf die Uhr.

»Du musst los«, sagt er, bevor ich es sagen kann.

Ich drehe mich um und betrete das kalte Gebäude.

Ich denke an ihn, als ich mich am Empfang eintrage. Ich denke an ihn, als ich die Eingangshalle durchquere. Ich denke an ihn im Aufzug und als ich den langen Flur entlanggehe und in jedem weiteren Moment – bis zu dem Augenblick, an dem ich damit aufhören muss, weil ich das Büro betrete.

Der Baustellenlärm, den ich vorhin durchs Telefon gehört habe, kommt tatsächlich von einer Baustelle, denn das Büro ist erst halb fertig. Die Wände sind nur zum Teil gestrichen und von der Decke hängen nackte Glühbirnen. Sägemehl und Farbkleckse bedecken den abgeklebten Fußboden. Hinter dem Schreibtisch sitzt eine Frau, deren Hände auf dem Telefon liegen, als wollte sie es zwingen, zu läuten. Trotz ihres leuchtend roten Lippenstifts und ihrer rougeroten Wangen ist sie sehr blass. Ihr Haar ist tiefschwarz und perfekt frisiert. Irgendwie wirkt sie unecht. Sie sieht aus, als spielte sie eine Rolle – als wäre sie Komparsin in einem altmodischen Disney-Cartoon oder in einem Film über die Fünfzigerjahre, in dem Sekretärinnen mitwirken. Ihr Schreibtisch ist ordentlich, die farblich sortierten Aktenstapel sind säuberlich übereinandergeschichtet. Auf einem Becher steht »Anwaltsgehilfen machen es billiger«.

Sie lächelt traurig und zittrig, als ich auf sie zugehe.

»Bin ich hier richtig?«, frage ich laut.

Sie sieht mich stumm an.

»Ist dies das Büro von Rechtsanwalt Fitzgerald?«, will ich wissen.

»Sie müssen Natasha sein«, sagt sie.

Und sie muss die Frau sein, mit der ich vorhin telefoniert habe. Ich trete vor den Schreibtisch.

»Ich habe schlechte Nachrichten«, sagt sie. Mein Magen krampft sich zusammen. Ich bin nicht bereit für das, was sie mir gleich sagen wird. Ist es schon vorbei, ehe es überhaupt angefangen hat? Ist mein Schicksal bereits besiegelt? Werde ich wirklich heute Abend abgeschoben?

Ein Mann in einem farbverschmierten Overall kommt herein und fängt an zu bohren. Ein anderer, den ich nicht sehen kann, beginnt zu hämmern. Sie hebt nicht die Stimme, um den Lärm zu übertönen. Ich trete noch näher an den Schreibtisch heran.

»Jeremy, ich meine Mr Fitzgerald, wurde vor einer Stunde von einem Auto angefahren. Er ist noch immer im Krankenhaus. Seine Frau meint, es ginge ihm gut, er hat nur ein paar Prellungen. Aber er kommt erst heute Nachmittag wieder ins Büro.«

Ihre Stimme klingt normal, aber ihr Blick sagt etwas ganz anderes. Sie zieht das Telefon näher zu sich heran und betrachtet es, anstatt mich anzusehen.

»Aber wir haben doch einen Termin.« Mein Gejammer ist herzlos, aber ich kann nicht dagegen an. »Ich brauche wirklich dringend seine Hilfe.«

Jetzt schaut sie mich mit großen, ungläubigen Augen an. »Haben Sie nicht gehört, was ich gerade gesagt habe? Er wurde von einem Auto angefahren. Er kann jetzt nicht hier sein.« Sie schiebt mir einen Packen Formulare zu und schaut mich nicht mehr an.

Ich brauche mindestens fünfzehn Minuten, um alles auszufüllen. Auf dem ersten Formular muss ich verschiedene Varianten der Frage beantworten, ob ich eine Kommunistin, eine Kriminelle oder eine Terroristin bin und ob ich dazu bereit wäre, die Vereinigten Staaten mit Waffengewalt zu verteidigen. Wäre ich nicht, aber ich kreuze trotzdem Ja an.

Auf einem anderen Formular wird nach Einzelheiten über den bisherigen Verlauf des Abschiebeverfahrens gefragt.

Das letzte Formular ist ein Mandantenfragebogen, in dem ich einen kompletten Rechenschaftsbericht von meiner Zeit in den USA abgeben soll. Ich habe keine Ahnung, was ich da hinschreiben muss. Ich habe keine Ahnung, was Mr Fitzgerald genau wissen will. Will er wissen, wie wir ins Land gekommen sind? Wie wir uns versteckt haben? Was für ein Gefühl ich jedes Mal habe, wenn ich meine geklaute Sozialversicherungsnummer auf einem Schulformular eintrage? Wie ich mir dabei jedes Mal meine Mom vorstelle, die den Bus nach Florida besteigt?

Will er wissen, wie es sich anfühlt, illegal zu sein? Oder dass ich dauernd darauf warte, dass jemand herausfindet, dass ich hier überhaupt nicht hingehöre?

Sehr wahrscheinlich nicht. Was er braucht, sind Fakten, keine gefühlsduseligen Gedanken, deshalb schreibe ich alle Fakten hin. Wir sind mit einem Touristenvisum nach Amerika gekommen. Und als wir wieder hätten ausreisen sollen, sind wir einfach geblieben. Seither haben wir das Land nicht mehr verlassen. Wir haben keine Verbrechen begangen – außer Dads Trunkenheit am Steuer.

Ich gebe ihr die Formulare zurück und sie blättert sofort zum Mandantenfragebogen. »Hier müssen Sie noch ausführlicher werden«, sagt sie.

»In welcher Hinsicht?«

»Was bedeutet Ihnen Amerika? Warum wollen Sie unbedingt hierbleiben? Was könnten Sie dazu beitragen, Amerika noch größer zu machen?«

»Ist das wirklich …«

»Uns hilft alles, was Jeremy verwenden kann, Sie als Menschen näher zu beschreiben«, sagt sie.

Wenn alle, die in Amerika geboren wurden, beweisen müssten, dass sie es wert sind, hier zu leben, wäre dieses Land deutlich leerer.

Sie sieht die beiden anderen Fragebögen durch, während ich schreibe, was für eine hart arbeitende, optimistische, patriotische Amerikanerin ich sein würde. Ich schreibe, dass ich Amerika als Heimat empfinde und dass meine Einbürgerung nur das legalisieren würde, was ich bereits fühle. Ich gehöre hierher. Kurz gesagt: Ich bin aufrichtiger, als meine Komfortzone es mir je zuvor erlaubt hat. Daniel wäre stolz auf mich.

Daniel.

Wahrscheinlich sitzt er jetzt in der U-Bahn und ist unterwegs zu seinem Gespräch. Wird er schließlich doch das Richtige tun und Arzt werden? Wird er irgendwann mal an mich denken und sich an das Mädchen erinnern, mit dem er an einem Herbstmorgen in New York zwei Stunden verbracht hat? Wird er sich fragen, was aus mir geworden ist? Vielleicht googelt er meinen Vornamen, kommt damit aber nicht sehr weit. Viel wahrscheinlicher ist jedoch, dass er mich schon heute Abend vergessen hat – genauso, wie ich ihn mit Sicherheit vergessen werde.

Während ich schreibe, klingelt das Telefon, und sie hebt ab, bevor es ein zweites Mal klingeln kann.

»Oh mein Gott, Jeremy. Geht es dir gut?«

Sie schließt die Augen, wiegt den Hörer mit beiden Händen und drückt ihn fest an Ohr und Mund. »Ich wäre gern gekommen, aber deine Frau meinte, ich sollte hier die Stellung halten.« Bei dem Wort »Frau« reißt sie die Augen auf.

»Geht es dir auch ganz sicher gut?«

Je länger sie lauscht, desto fröhlicher wird sie. Ihr Gesicht bekommt wieder Farbe und in ihren Augen glänzen Freudentränen. Sie ist so offensichtlich in ihn verliebt, dass ich mich nicht wundern würde, wenn Seifenblasen in Herzform durch den Raum schweben würden. Haben die beiden eine Affäre?

»Ich wäre gern gekommen«, flüstert sie noch einmal. Nach einer Reihe gemurmelter »Okays« hängt sie auf. »Es geht ihm gut«, strahlt sie. Ihr ganzer Körper glüht vor Erleichterung.

»Das ist ja wunderbar«, sage ich.

Sie nimmt mir den Mandantenfragebogen aus der Hand. Ich warte, während sie ihn durchliest.

»Möchten Sie noch eine gute Nachricht hören?«, fragt sie.

Natürlich will ich das. Ich nicke langsam.

»Ich habe schon viele Fälle wie diesen erlebt, und ich glaube, es wird klappen.«

Keine Ahnung, was ich gedacht habe, was sie sagen würde, aber ganz bestimmt nicht das.

»Glauben Sie wirklich, dass er mir helfen kann?« Ich höre die Hoffnung und die Skepsis in meiner Stimme.

»Jeremy verliert nie«, sagt sie so stolz, als lobe sie sich selbst.

Aber das kann natürlich nicht stimmen. Jeder verliert irgendwann mal irgendwas. Ich sollte sie darum bitten, etwas genauer zu werden und mir eine exakte Statistik gewonnener und verlorener

Fälle zu präsentieren, damit ich entscheiden kann, was ich jetzt fühlen soll.

»Es gibt Hoffnung«, sagt sie schlicht.

Obwohl ich Lyrik nicht ausstehen kann, fällt mir ein Gedicht ein, das wir in Englisch durchgenommen haben. *Hope is the thing with feathers.* Jetzt verstehe ich sehr konkret, was das bedeutet. Etwas will aus meiner Brust herausflattern, will vor Erleichterung singen, lachen und tanzen.

Ich danke ihr und verlasse rasch das Büro, bevor ich noch eine Frage stelle, die dieses Gefühl wieder verschwinden lässt. Normalerweise bin ich ein großer Fan der Wahrheit, selbst wenn sie bitter ist. Mit der Einstellung hat man es allerdings nicht gerade leicht. Manchmal schmerzt die Wahrheit mehr, als man erwarten würde.

Vor ein paar Wochen haben sich meine Eltern im Schlafzimmer hinter verschlossener Tür gestritten. Es war eine der seltenen Gelegenheiten, bei denen meine Mom meinen Dad ihre Wut unmittelbar spüren ließ. Peter ertappte mich dabei, wie ich an der Tür lauschte. Als sie fertig waren, fragte ich ihn, ob er wissen wolle, was ich gehört hatte, aber das wollte er nicht. Er meinte, er könne mir ansehen, dass es etwas Schlechtes sei, und dass er im Moment nichts Schlechtes in seinem Leben gebrauchen könne. Zuerst war ich sauer auf ihn, aber später dachte ich dann, dass er vielleicht recht hatte. Ich wünschte, ich könnte das, was ich belauscht habe, un-gehört machen.

Draußen auf dem Gang lehne ich meine Stirn gegen die Wand und gerate ins Zaudern. Ich überlege, zurückzugehen, um mehr Details aus ihr herauszuquetschen, entscheide mich aber dagegen.

Was soll das schon bringen? Genauso gut kann ich die verbindlichere Aussage des Anwalts abwarten. Außerdem habe ich es satt, mir Sorgen zu machen. Das, was sie gesagt hat, ist ganz klar keine Garantie. Aber zur Abwechslung muss ich mal was anderes als Resignation und Angst verspüren. Hoffnung kommt mir da wie ein guter Ersatz vor.

Ich überlege, meine Eltern anzurufen, um ihnen von der jüngsten Entwicklung zu berichten, aber dann tue ich auch das nicht. Es gibt ja keine wirklich neuen Informationen. Was könnte ich ihnen schon sagen? Ein Mann, den ich nicht näher kenne, hat mich zu einem anderen Mann geschickt, den ich auch nicht kenne. Seine Assistentin, die keine Anwältin ist und die ich ebenfalls nicht kenne, meint, dass vielleicht alles gut wird. Was nützt es, wenn wir uns alle vergeblich Hoffnungen machen?

Der Mensch, mit dem ich wirklich reden will, ist Daniel, aber er ist schon längst unterwegs zu seinem Gespräch.

Ich wünschte, ich wäre netter zu ihm gewesen.

Ich wünschte, ich hätte seine Nummer.

Was ist, wenn sich das mit der Abschiebung alles in Wohlgefallen auflöst? Wenn ich bleiben kann, wie soll ich ihn dann finden? Denn auch wenn ich mir noch so viel Mühe gegeben habe, so zu tun, als wäre da nichts zwischen uns, ist da etwas. Etwas Großes.

Hannah Winter

Eine märchenhafte Geschichte, Teil 1

FÜR HANNAH WAR IHR LEBEN immer wie ein Märchen, in dem sie nicht die Hauptrolle spielt. Sie ist weder die Prinzessin noch die gute Fee. Und auch nicht die böse Oberhexe oder deren magisches Tier. Hannah ist eine Randfigur, die zum ersten Mal auf Seite zwölf oder dreizehn auftaucht. Die Köchin vielleicht, die über Innereien, Hefeküchlein und Zuckerwerk herrscht. Oder die Magd, gutmütig und belanglos.

Erst seit sie Jeremy Fitzgerald kennengelernt hat und nun bei ihm arbeitet, kann sie sich vorstellen, dass sie auch mal die Hauptrolle spielen könnte. In ihm hat sie ihre Große Liebe gefunden. Ihren Märchenprinzen. Obwohl er verheiratet ist. Obwohl er zwei kleine Kinder hat.

Hannah hat nie daran geglaubt, dass er sich auch in sie verlieben könnte, bis zu dem Tag, an dem er genau das tat.

Dieser Tag ist heute.

Jeremy Fitzgerald

Eine märchenhafte Geschichte, Teil 1

JEREMY FITZGERALD ÜBERQUERTE gerade die Straße, als er von einem betrunkenen und völlig verzweifelten Mann – einem Versicherungsmathematiker – in einem weißen BMW mit gut dreißig Stundenkilometern angefahren wurde. Der Aufprall war nicht stark genug, ihn umzubringen, reichte aber aus, seinen eigenen Tod kurz vor Augen zu haben und über sein bisheriges Leben nachzudenken. Er reichte aus, sich einzugestehen, dass er in seine Sekretärin Hannah Winter verliebt ist, und das schon seit einer ganzen Weile.

Zu einem späteren Zeitpunkt des heutigen Tages wird er Hannah bei seiner Rückkehr ins Büro wortlos in die Arme nehmen. Er wird sie festhalten und sich – ganz kurz – die Zukunft vor Augen führen, die ihn die Liebe zu ihr kosten wird.

Daniel

New Yorker Teenager trifft schlechte Entscheidung

Meine Mutter, die Pazifistin, würde mich umbringen, wenn sie wüsste, was ich gerade getan habe. Ich habe mein Yale-Gespräch verschoben. Für ein Mädchen. Noch nicht mal für ein koreanisches Mädchen, sondern für ein schwarzes. Ein schwarzes Mädchen, das ich kaum kenne. Ein schwarzes Mädchen, das ich kaum kenne und das mich vielleicht nicht mal mag.

Die Frau am Telefon sagt, mein Timing wäre perfekt. Sie wollte mich selbst gerade anrufen, um das Gespräch zu verlegen. Der einzige Termin, den sie noch freihätte, wäre heute Abend um sechs. Also stehe ich jetzt in der Eingangshalle des Gebäudes, vor dem ich mich von Natasha verabschiedet habe, lese die Firmenschilder und halte nach ihr Ausschau. Die meisten Büros sind an Anwälte (Dr. jur., Ass. jur.) und Wirtschaftsprüfer (WP, vBP) vermietet. Noch nie habe ich so viele Titelabkürzungen gesehen. Daniel Jae Ho Bae, SK (Schwachkopf), Z. S. V. (Zum Scheitern Verurteilt).

Was für einen Termin kann sie hier haben? Entweder ist sie eine vermögende Erbin, die ihr Geld anlegen will, oder sie steckt in Schwierigkeiten und braucht einen Anwalt.

Auf der gegenüberliegenden Seite der Eingangshalle gehen die Fahrstuhltüren auf und sie tritt heraus.

Als ich mein Gespräch verschoben habe, hatte ich mich insgeheim gefragt, ob ich mich nicht total lächerlich mache. Ist ein Mädchen, das ich gerade erst kennengelernt habe, es wirklich wert, dass ich meine Zukunft aufs Spiel setze? Wahrscheinlich konnte mir dieser Gedanke nur durch den Kopf gehen, weil ich sie nicht vor Augen hatte, denn als ich sie jetzt vor mir sehe, weiß ich nicht mehr, warum ich überhaupt gezögert habe.

Natürlich ist sie es wert. Ohne dass ich erklären kann, warum.

Ja, sie ist hübsch. Die Kombination aus großem Wuschelkopf, strahlenden schwarzen Augen und vollen rosigen Lippen ist zweifellos süß. Außerdem hat sie die hübschesten Beine der Welt (nach sorgfältiger Prüfung habe ich sie (von Platz 3) auf Platz 1 gesetzt). Da bin ich ganz objektiv. Ja, ich finde sie definitiv anziehend, aber da ist auch noch etwas anderes, und das sage ich nicht nur, weil sie objektiv betrachtet die hübschesten Beine im ganzen Universum hat.

Ich beobachte, wie sie die Eingangshalle durchquert. Sie blickt sich um und sucht nach etwas oder jemandem. Als sie es nicht findet, sacken ihre Schultern buchstäblich nach unten. Sicher sucht sie nach mir, oder? Es sei denn, sie hat in den dreißig Minuten, in denen wir getrennt waren, noch eine potenzielle Liebe ihres Lebens kennengelernt.

Draußen dreht sie sich einmal langsam im Uhrzeigersinn um die eigene Achse und dann – noch langsamer – einmal andersherum. Nach wem sie auch Ausschau hält, die Person ist nicht da.

Natasha

ER IST NICHT IN DER EINGANGSHALLE und nicht draußen auf dem Vorplatz. Ich muss mir eingestehen, dass er nicht hier ist, ich es mir aber gewünscht habe. Mir ist flau im Magen, als hätte ich Hunger, aber Essen ist nicht das, was ich will.

Es ist wärmer geworden. Ich ziehe meine Jacke aus, hänge sie mir gefaltet über den Arm und überlege, was ich als Nächstes tun soll. Ich zögere, von hier wegzugehen, und ich zögere, mir einzugestehen, dass ich hier nicht weggehen will. Es ist nicht so, dass ich glaube, wir wären füreinander geschaffen oder etwas ähnlich Albernes. Aber es wäre schön gewesen, die nächsten paar Stunden mit ihm zu verbringen. Es wäre schön gewesen, mit ihm auszugehen. Ich hätte gern gewusst, ob er beim Küssen rot wird.

Das hier ist der Ort, an dem wir uns zuletzt gesehen haben. Wenn ich jetzt gehe, habe ich keine Chance, ihn noch mal wiederzutreffen. Ich frage mich, wie sein Vorstellungsgespräch laufen wird. Wird er das Richtige sagen oder lässt er seine Zweifel und existenziellen Ängste durchschimmern? Der Junge braucht einen Lebensberater.

Ich will gerade losgehen, als mich irgendwas dazu bringt, mich noch ein letztes Mal umzudrehen. Mir ist klar, dass man die Anwesenheit einer bestimmten Person nicht wirklich spüren kann. Sehr wahrscheinlich hat ihn mein Unterbewusstsein registriert, als ich durch die Eingangshalle gegangen bin. Wenn Dinge passieren, die man nicht versteht, benutzen die Leute gern schöne Worte dafür, doch meistens gibt es eine wissenschaftliche Erklärung. Man muss nur danach suchen.

Wie dem auch sei: Da steht er.

Er ist hier.

Daniel

SIE KOMMT AUF MICH ZU. Vor ein paar Stunden hätte ich noch gesagt, ihr Gesicht ist ausdruckslos, aber ich werde allmählich zum Natasha-Experten und merke, dass sie sich nur bemüht, so auszuschauen. Wenn ich raten müsste, würde ich sagen, sie freut sich, mich zu sehen.

»Was ist denn mit deinem Vorstellungsgespräch?«, fragt sie, sobald sie nah genug herangekommen ist.

Keine Umarmung. Kein: »Ich freu mich so, dich zu sehen.« Vielleicht bin ich doch kein so toller Natasha-Experte.

Soll ich mich an die Tatsachen oder die Wahrheit halten (seltsamerweise ist das nicht immer das Gleiche)? Tatsache ist, ich habe es verschoben. Die Wahrheit ist, ich habe es verschoben, damit ich mehr Zeit mit ihr verbringen kann. Ich entscheide mich für die Wahrheit:

»Ich habe es verschoben, damit ich mehr Zeit mit dir verbringen kann.«

»Spinnst du? Wir reden hier von deinem Leben.«

»Das ist nicht der Untergang des Abendlandes, Tash. Ich hab nur ein Vorstellungsgespräch verschoben.«

»Wer ist Tash?«, fragt sie, aber ihre Mundwinkel verziehen sich zu einem Lächeln.

»Und, wie ist es bei dir gelaufen?« Ich deute mit dem Kinn Richtung Fahrstühle. Ihr Lächeln verschwindet.

Kleine Erinnerung an mich: Thema nicht wieder ansprechen.

»Gut. Ich muss um halb vier noch mal wiederkommen.«

Ich schaue auf mein Telefon. 11 Uhr 35. »Sieht aus, als könnten wir noch mehr Zeit miteinander verbringen«, sage ich. Ich warte darauf, dass sie die Augen verdreht, aber das tut sie nicht. Ich verbuche das als kleinen Sieg.

Sie schaudert leicht und reibt über ihre Unterarme. Sie hat eine Gänsehaut und ich weiß jetzt noch was über sie: Ihr wird schnell kalt. Ich nehme ihre Jacke und halte sie ihr hin. Sie schlüpft erst mit dem einen, dann mit dem anderen Arm hinein und zieht die Schultern hoch, damit sie richtig sitzt. Ich helfe ihr mit dem Kragen.

Es ist nur eine kleine Geste. Ich lasse meine Hand kurz auf ihrem Nacken ruhen und sie lehnt sich ganz leicht dagegen. Ihre Haare kitzeln mich in der Nase. Es ist nur eine kleine Geste, aber es fühlt sich wie etwas an, das wir schon lange Zeit tun.

Sie dreht sich um, und ich muss die Hand wegnehmen, damit daraus keine intimere Berührung wird. Wo immer wir auch hinsteuern, wir sind noch nicht dort angekommen.

»Bist du sicher, dass du damit nicht doch was aufs Spiel …«, fängt sie an.

»Ist mir echt egal.«

»Das sollte es aber nicht.« Sie schaut mich mit unruhigem Blick an. »Du hast es also für mich getan?«

»Ja.«

»Was macht dich so sicher, dass ich es wert bin?«

»Instinkt«, erwidere ich. Keine Ahnung, was sie an sich hat, dass ich keine Angst vor der Wahrheit habe.

Sie reißt die Augen auf. »Du bist unmöglich«, sagt sie.

»Möglich wär's«, sage ich.

Sie lacht und ihre schwarzen Augen funkeln. »Und was machen wir jetzt?«, fragt sie.

Ich muss mir die Haare schneiden lassen und Dad die Geldtasche mit den Einzahlungsbelegen bringen. Keins von beidem will ich tun. Ich will lieber ein kuscheliges Plätzchen finden und es mir dort mit ihr gemütlich machen. Aber: Ich muss Dad die Geldtasche bringen. Ich frage sie, ob sie Lust auf einen Trip nach Harlem hat, und sie ist einverstanden.

Das ist echt das Allerletzte, was ich mit ihr machen sollte. Falls es eine noch schlechtere Idee gibt, dann wüsste ich nicht, welche. Mein Dad wird sie in die Flucht schlagen. Wenn sie ihn erst mal kennengelernt hat, wird sie glauben, dass ich in fünfzig Jahren genauso sein werde, und dann wird sie sich todsicher aus dem Staub machen. Denn das ist es, was ich an ihrer Stelle tun würde.

Mein Dad ist ein komischer Typ. Ich sage komisch, aber eigentlich meine ich, dass er total krass drauf ist. Er redet mit niemandem außer mit den Kunden. Auch nicht mit mir und Charlie. Es sei denn, Nörgeln gilt als Reden. Wenn Nörgeln gilt, dann hat er diesen Sommer und Herbst mehr mit Charlie geredet als in den vergangenen neunzehn Jahren. Vielleicht übertreibe ich, aber nur ein bisschen.

Ich weiß nicht, wie ich ihm oder Charlie Natashas Anwesenheit erklären soll. Charlie ist mir eigentlich egal, aber meinem Dad wird sie bestimmt auffallen. Er wird wissen, dass da was im Busch ist, genau wie er auch immer weiß, welcher Kunde was klauen wird oder wer für einen Schuldschein taugt und wer nicht.

Beim Abendessen wird er dann zu meiner Mom eine Bemerkung darüber auf Koreanisch machen. In demselben Tonfall, in dem er sich immer über Amerikaner beklagt. Ich will nicht, dass sich einer von ihnen jetzt schon einmischt. Wir sind noch nicht bereit für diese Art von Druck.

Natasha meint, dass alle Familien eine Macke hätten, und das stimmt. Wenn wir das hier erledigt haben, muss ich sie doch noch zu ihrer Familie befragen. Wir gehen runter in die U-Bahn.

»Mach dich auf was gefasst«, sage ich.

Natasha

HARLEM IST MIT DER U-BAHN nur fünfundzwanzig Minuten von Manhattan entfernt, aber es fühlt sich so an, als wären wir in ein anderes Land gefahren. Die Wolkenkratzer sind von kleinen, vollgestopften Läden mit leuchtenden Markisen ersetzt worden. Die Luft riecht klarer – weniger nach Stadt und mehr nach Wohnviertel. Fast alle, die auf der Straße unterwegs sind, sind schwarz.

Daniel schweigt, während wir über den Martin Luther King Boulevard zum Laden seiner Eltern gehen. Als wir an einem leeren Geschäft mit einem großen ZU-VERMIETEN-Schild und einem Pfandhaus mit grüner Markise vorbeikommen, wird er langsamer. Schließlich bleiben wir vor einem Afro-Beauty-Shop stehen.

Er heißt Black Hair Care. Ich war schon in vielen solcher Läden. »Geh zum Afroshop und hol mir Haarglätter«, sagt meine Mom ungefähr alle zwei Monate.

Das ist echt ein Phänomen. Jeder weiß, dass sämtliche Afroshops in New York von Koreanern geführt werden und dass das eine Riesenungerechtigkeit ist. Keine Ahnung, warum ich nicht schon darauf gekommen bin, als Daniel den Laden seiner Eltern erwähnt hat.

Man kann nicht hineinschauen, weil die Fenster mit alten, verblichenen Postern von lächelnden schwarzen Frauen in Hosenanzügen abgeklebt sind. Alle haben die gleichen, geglätteten Haare. Den Postern nach zu urteilen, dürfen offensichtlich nur Frauen mit bestimmten Frisuren an Vorstandssitzungen teilnehmen. Selbst meine Mom ist nicht frei von dieser Geisteshaltung. Als ich beschloss, einen Afro zu tragen, war sie nicht gerade glücklich darüber und meinte, es sähe nicht seriös aus. Aber ich mag meinen üppigen Afro. Meine Haare gefielen mir aber auch, als sie länger und glatter waren. Ich bin froh, die Wahl zu haben. Es liegt allein in meiner Hand.

Neben mir steht Daniel und zittert vor Nervosität. Ist er aufgeregt, weil ich gleich seinen Vater kennenlernen werde, oder liegt es an der Vetternwirtschaft, durch die seine Eltern in den Besitz dieses Ladens gekommen sind? Er wendet mir das Gesicht zu und zerrt an seiner Krawatte, als wäre sie ihm schon die ganze Zeit zu eng.

»Also, mein Dad ist wirklich …« Er bricht ab und fängt noch mal von vorne an. »Und mein Bruder ist auch echt …«

Er schaut überall hin, nur mich sieht er nicht an und seine Stimme klingt angestrengt. Vielleicht, weil er redet, ohne dabei Luft zu holen.

»Vielleicht wartest du am besten draußen«, sagt er endlich im ganzen Satz.

Erst denke ich mir gar nichts dabei. Ich stelle mir vor, dass jedem seine Familie peinlich ist. Meine Familie ist mir peinlich. Zumindest mein Vater. An Daniels Stelle würde ich es genauso machen. Mein untreuer Exfreund Rob hat meinen Dad nie kennengelernt. So war es viel einfacher. Ich musste mir nicht den übertrieben gefakten amerikanischen Akzent meines Dads anhören. Ich musste mir nicht antun, wie er das Gespräch auf sich lenkt, um über seine Zukunftspläne sprechen zu können und darüber, wie er eines Tages berühmt sein wird.

Wir stehen noch immer vor dem Laden, als zwei schwarze Mädchen lachend herauskommen. Eine weitere Frau, auch sie ist schwarz, geht hinein.

Und dann dämmert es mir, dass es vielleicht doch nicht seine Familie ist, die ihm peinlich ist. Vielleicht bin *ich* ihm peinlich? Oder vielleicht hat er Angst, seine Eltern könnten sich meinetwegen schämen? Keine Ahnung, warum ich nicht eher darauf gekommen bin.

In Wahrheit ist Amerika gar kein Schmelztiegel. Dieses Land ist wie einer dieser unterteilten Kantinenteller mit abgetrennten Bereichen für Sättigungsbeilage, Fleisch und Gemüse. Ich sehe ihn an, aber er blickt noch immer zur Seite. Auf einmal passiert etwas zwischen uns, womit ich nicht gerechnet habe.

Haare

Eine afroamerikanische Geschichte

BEI DEN AFRIKANISCHEN VÖLKERN des 15. Jahrhunderts waren Frisuren ein Identitätsmerkmal. Frisuren konnten alles Mögliche zum Ausdruck bringen, von Stammeszugehörigkeit über die Familiengeschichte bis zu Religion oder Sozialstatus. Aufwendige Frisuren symbolisierten Macht und Reichtum. Eine schlichtere Haartracht konnte ein Zeichen dafür sein, dass man in Trauer war. Darüber hinaus konnten Haare auch von spiritueller Bedeutung sein. Weil sie auf dem Kopf wachsen – dem obersten Teil des Körpers, der dem Himmel am nächsten ist –, glaubten viele Afrikaner, dass Geister über die Haare einen Zugang zu ihrer Seele hätten; dass sie über die Haare mit Gott in Verbindung stünden.

Das Aufkommen der Sklaverei machte diesem Glauben ein Ende. Auf den Sklavenschiffen wurden den gefangenen Menschen in einem barbarischen Akt der Entmenschlichung zwangsweise die Köpfe rasiert – ein Akt, der die Verbindung zwischen Haaren und kultureller Identität unwiederbringlich kappte.

Nach Abschaffung der Sklaverei wurde das Verhältnis der Afroamerikaner zu ihren Haaren kompliziert. Alles, was dem europäischen Schönheitsideal nahe kam, war »gutes« Haar. Gutes Haar war glatt und weich. Krauses, dickes Haar, wie es die meisten Afroamerikaner haben, war »schlecht«. Glattes Haar war schön. Extrem krause Haare waren hässlich. Die Afroamerikanerin Madam C. J. Walker wurde um 1900 durch Kosmetikprodukte zur Pflege schwarzer Haare zur ersten schwarzen Selfmade-Millionärin. Sie verbesserte vor allem das Design des »Hot Comb«, eine erste Variante des Glätteisens. In den 1960er-Jahren entwickelte George E. Johnson den »Relaxer«, ein chemisches Mittel, mit dem sich krauses Haar glätten ließ. Statistiken zufolge macht die Branche von Haarpflegeprodukten für krauses Haar jährlich mehr als eine Milliarde Dollar Umsatz.

Bis in die heutige Zeit wird das Thema Haare in der afroamerikanischen Gesellschaft sehr kontrovers diskutiert. Was bedeutet es, wenn jemand seine Haare glättet – oder eben nicht? Ist es eine Form von Selbstverachtung, wenn man es tut? Bedeutet es, dass man die eigenen Haare in ihrem natürlichen Zustand nicht schön findet? Und wenn man seine Haare lässt, wie sie sind – ist das dann ein politisches Statement: »Ich bin für *Black Power*«? Bei der Art und Weise, wie Afroamerikanerinnen ihre Haare tragen, geht es oft um viel mehr als um reine Eitelkeit. Es steckt mehr dahinter als die individuelle Vorstellung von Schönheit.

Dass Natasha einen Afro trägt, hat nichts mit dieser ganzen Historie zu tun. Sie trägt ihn trotz Patricia Kingsleys Ansicht, dass Frauen mit Afros nicht seriös aussehen. Diese Ansicht basiert auf Sorge – Sorge, dass ihre Tochter Schaden nehmen könnte in einer Gesellschaft, die dem Schwarzsein noch immer so oft mit Angst begegnet. Und noch etwas steckt dahinter: Natashas neue Frisur fühlt sich für Patricia wie eine Zurückweisung an. Patricia hat ihre Haare ihr ganzes Leben lang glatt getragen. Sie hat Natashas Haare geglättet, seit ihre Tochter zehn war. Wenn Patricia heute ihre Tochter anschaut, sieht sie nicht mehr viel von sich selbst in ihr, und das schmerzt sie. Aber natürlich machen das alle Teenager. Alle Teenager nabeln sich von ihren Eltern ab. Erwachsen werden heißt, den Eltern zu entwachsen.

Es hat drei Jahre gedauert, bis Natashas Haare wieder ihren natürlichen Zustand hatten. Sie wollte damit kein politisches Statement abgeben. Sie mochte ihre glatten Haare sogar. Und in Zukunft wird sie sie vielleicht auch wieder glatt tragen. Sie wollte einfach etwas Neues ausprobieren.

Und sie findet, dass es gut aussieht.

Daniel

New Yorker Teenager ist genauso ein Riesenarschloch wie sein Bruder

»Vielleicht wartest du am besten draußen«, habe ich gesagt, als ob ich mich für sie schämen würde. Als ob ich sie am liebsten verstecken würde. Ich bereue meine Worte sofort. Ich brauche keine Minute, um die verheerende Wirkung dieses Satzes zu begreifen. Nein. Nein. Nein. Diese Worte wirken unmittelbar und zerstören alles.

Und sobald sie mir entschlüpft sind, kann ich nicht fassen, dass ich sie gesagt habe. Steckt da echt nicht mehr in mir drin? Bin ich wirklich so ein Nichts?

Ich bin ein größeres Arschloch als Charlie.

Ich kann sie nicht ansehen. Ihr Blick ruht auf meinem Gesicht und ich kann sie nicht ansehen. Ich brauche diese Zeitmaschine. Ich will die letzte Minute ungeschehen machen.

Ich hab's total verkackt.

Wenn es ein *Daniel und Natasha* geben soll, dann ist die Auseinandersetzung mit dem Rassismus meines Vaters erst der Anfang. Aber sie und ich sind erst am Anfang und ich will mich jetzt nicht mit seinen Ansichten auseinandersetzen müssen. Ich will jetzt das Einfache und nicht das Richtige tun. Ich will mich verlieben, und zwar mit Haut und Haaren.

Ich will keine Hindernisse aus dem Weg räumen müssen. Niemand sollte beim Verlieben eins auf den Deckel kriegen. Ich will mich genauso verlieben wie alle anderen auch.

Natasha

ES MACHT MIR NICHTS AUS.

Es macht mir nichts aus, draußen zu warten. Ich verstehe es. Wirklich. Aber ein Teil von mir, der Teil, der nicht an Gott oder die wahre Liebe glaubt, wünscht sich sehnlichst einen Beweis von Daniel, dass ich falsch damit liege, nicht an diese Dinge zu glauben. Er soll sich für mich entscheiden. Obwohl es viel zu früh ist, was uns beide betrifft. Obwohl es nicht das ist, was ich tun würde. Er soll genauso anständig sein, wie es zunächst den Anschein hatte. Aber natürlich ist er das nicht. Niemand ist so. Deshalb lasse ich ihn ungeschoren davonkommen.

»Mach dir keinen Kopf«, sage ich. »Ich warte hier.«

Daniel

BEI DER GEBURT sollte man (von Gott oder kleinen Außerirdischen oder wem auch immer) mit einem Packen Freifahrtscheine in die Welt entlassen werden: mit einer Noch-Mal-Von-Vorne-, einer Ein-Andermal-, einer Das-Nehme-Ich-Zurück- und einer Du-Kommst-Aus-Dem-Gefängnis-Frei-Karte. Jetzt gerade würde ich gern meine Noch-Mal-Von-Vorne-Karte ziehen.

Ich schaue sie an und merke, dass sie ganz genau weiß, was in mir vorgeht. Sie wird es verstehen, wenn ich einfach reingehe, die Geldtasche abgebe und wieder rauskomme. Danach können wir unseren Weg fortsetzen und ich werde keine »Wer-war-dieses-Mädchen?-Gespräche« mit meinem Dad führen müssen. Ich werde mir keine »Einmal-schwarz-immer-schwarz-Sprüche« von Charlie anhören müssen. Dieser kleine Fehltritt wird nur ein winziger Aussetzer auf unserem Weg zu wahrer Größe, zu monumentaler Paarwerdung sein.

Aber ich kann es nicht. Ich kann sie nicht hier draußen stehen lassen. Einerseits, weil es nicht richtig wäre. Aber hauptsächlich, weil sie und ich nicht mehr wirklich am Anfang stehen.

»Kann ich noch mal von vorne anfangen?«, frage ich und setze meine Noch-Mal-Von-Vorne-Karte ein.

Sie lächelt so breit, dass ich weiß: Es lohnt sich, egal, was passiert.

Natasha

EINE GLOCKE LÄUTET, sobald wir den Laden betreten. Es sieht hier drin genauso aus wie in allen anderen Afroshops, in denen ich bisher gewesen bin. Der Laden ist klein und vollgestellt mit Metallregalen, auf denen dicht an dicht Plastikflaschen stehen, auf deren Etiketten die geheimen Inhaltsstoffe das Beste für deine Haare, deine Haut usw. versprechen.

Die Kasse ist direkt gegenüber vom Eingang und ich entdecke seinen Vater sofort. Und weiß auch gleich, woher Daniel sein gutes Aussehen hat. Natürlich ist sein Vater älter und wird schon kahl, aber er hat die gleichen markanten Wangenknochen und das vollkommen symmetrische Gesicht, das Daniel so attraktiv macht. Er ist damit beschäftigt, einen Kunden abzukassieren, und nimmt Daniel überhaupt nicht zur Kenntnis, obwohl ich mir sicher bin, dass er uns beide gesehen hat. Der Kunde ist ein Junge in meinem Alter, ein Schwarzer mit kurz geschnittenen violetten Haaren, drei Lippenringen, einem Nasenring, einem Augenbrauenring und zu vielen Ohrringen, um sie zählen zu können. Ich würde gerne sehen, was er gekauft hat, aber es steckt bereits in einer Tüte.

Daniel holt die Geldtasche aus seinem Jackett und geht zur Kasse. Sein Vater wirft ihm einen kurzen Blick zu. Ich bin mir nicht sicher, was er zu bedeuten hat, aber Daniel bleibt stehen und seufzt.

»Musst du vielleicht auf die Toilette?«, fragt er mich. »Hinten gibt es eine.«

Ich schüttel den Kopf. Er würgt die Geldtasche mit beiden Händen.

»Tja, das ist er. Das ist der Laden.«

»Willst du mich nicht rumführen?«, frage ich, um ihn abzulenken.

»Da gibt es nicht viel zu sehen. Drei Gänge mit Produkten für die Haare. Shampoo, Conditioner, Extensions, Färbemittel und jede Menge chemisches Zeug, von dem ich keine Ahnung habe. In Gang vier gibt es Make-up. Und in Gang fünf Sachen wie Bürsten und Kämme.«

Er schaut kurz hinüber zu seinem Vater, aber der ist noch immer beschäftigt.

»Brauchst du irgendwas?«, fragt er.

Ich berühre meine Haare. »Nein, ich …«

»Ich meine keinen Kosmetikkram. Wir haben hinten einen Kühlschrank mit Limo und so.«

»Gern«, sage ich. Es gefällt mir, hinter die Kulissen blicken zu dürfen.

Wir gehen durch den Gang mit den Haarfärbemitteln. Auf allen Verpackungen sind breit lächelnde Frauen mit perfekt gefärbten und frisierten Haaren abgebildet. In diesen Schachteln werden keine Farben, sondern Glücksgefühle verkauft.

Ich bleibe vor einer Reihe von Packungen leuchtend bunter

Haarfarben stehen und greife mir ein Haarfärbemittel für Pink. Ein sehr kleiner, geheimer und unpragmatischer Teil von mir hat sich schon immer pinkfarbene Haare gewünscht.

Daniel braucht ein paar Sekunden, bis er merkt, dass ich stehen geblieben bin.

»Pink?«, fragt er, als er die Schachtel in meiner Hand entdeckt.

Ich wedele damit vor seiner Nase herum. »Warum nicht?«

»Ist irgendwie nicht dein Stil.«

Damit hat er natürlich vollkommen recht, aber es gefällt mir nicht, dass er so denkt. Bin ich so vorhersehbar und langweilig? Mir fällt der Junge ein, den wir beim Betreten des Ladens gesehen haben. Ich wette, bei ihm weiß man nie, woran man ist.

»Da merkt man, dass du keine Ahnung hast«, sage ich und streiche über meine Haare. Sein Blick folgt meiner Handbewegung, und jetzt bin ich echt verlegen und hoffe, dass er keine dämlichen Fragen über meine Haare stellt oder fragt, ob er sie anfassen kann. Nicht, dass ich was dagegen hätte, wenn er sie anfasst. Eigentlich will ich es sogar, aber eben nicht aus reiner Neugier.

»Ich glaube, mit einem riesigen pinken Afro würdest du wunderschön aussehen«, sagt er.

Ernsthaftigkeit ist sexy und das bleibt meinem zynischen Herzen nicht verborgen.

»Ich würde mir nicht den ganzen Kopf pink färben. Eher nur die Spitzen.«

Er greift nach der Schachtel, sodass wir sie jetzt beide festhalten. Der Gang, in dem wir uns gegenüberstehen, ist eigentlich nur breit genug für einen.

»Es würde wie Erdbeerglasur aussehen«, sagt er. Mit der freien Hand zieht er eine Haarsträhne von mir durch die Finger, und ich merke, dass es mir nichts ausmacht. Nicht das Geringste.

»Sieh an. Mein. Kleiner. Bruder ist da«, sagt eine Stimme vom Ende des Gangs. Blitzschnell zieht Daniel seine Hand aus meinen Haaren. Wir lassen das Haarfärbemittel zur selben Zeit los und die Schachtel fällt zu Boden. Daniel beugt sich vor, um sie aufzuheben. Ich wende mich dem Störenfried zu.

Er ist größer und breiter als Daniel. In seinem Gesicht treten die vertrauten Wangenknochen noch stärker hervor. Er lehnt den Besen, den er in der Hand hält, gegen ein Regal und schlendert auf uns zu. Der Blick aus seinen großen dunklen Augen ist voller Neugier, aber es liegt auch eine Art boshafte Freude darin.

Ich bin mir nicht sicher, ob ich ihn mag.

Daniel richtet sich auf und gibt mir das Haarfärbemittel.

»Was gibt's, Charlie?«, fragt er.

»Nix. Gibt's. Kleiner Bruder«, antwortet Charlie. Ich habe den Eindruck, dass er diesen Spruch schon tausendmal gebracht hat. Er schaut mich dabei an und sein Lächeln ist eher ein höhnisches Grinsen.

»Wer. Ist. Das?«, fragt er und sieht dabei noch immer ausschließlich mich an.

Neben mir holt Daniel tief Luft und will gerade antworten, aber ich komme ihm zuvor.

»Ich bin Natasha.« Charlie starrt mich an, als warte er auf mehr. »Eine Freundin von deinem Bruder«, fahre ich fort.

»Ach, ich dachte, er hätte vielleicht eine Ladendiebin geschnappt.« Der Ausdruck in seinem Gesicht ist die Karikatur einer Unschuldsmiene. »In einem Laden wie diesem gibt es eine Menge davon.« Sein Blick ist spöttisch und gemein. »Dafür hast du doch sicher Verständnis.«

Nein, ich mag ihn definitiv nicht.

»Verdammt noch mal, Charlie«, sagt Daniel. Er macht einen Schritt auf seinen Bruder zu, aber ich greife nach seiner Hand. Er bleibt stehen, verschränkt seine Finger mit meinen und drückt sie.

Charlie zieht eine Riesenshow ab, als er erst auf unsere Hände und dann wieder in unsere Gesichter schaut.

»Ist es das, was ich glaube? Ist es Liiiiiieeeebe? Kleiner. Bruder?« Er klatscht laut in die Hände, lacht und macht zwei kleine Tanzschritte.

»Wie. Geil. Ist. Das. Denn?! Du weißt, was das bedeutet, oder? Damit bin ich voll aus der Schusslinie. Wenn die Alten das rauskriegen, bin ich wieder der brave Strebersohn. Scheiß auf den Uni-Rausschmiss.«

Er lacht jetzt frei heraus und reibt die Handflächen aneinander wie ein Schurke, der seine Pläne für die Übernahme der Weltherrschaft preisgibt.

»Wow, du bist ja vielleicht ein Arschloch«, sage ich, bevor ich mich bremsen kann.

Er lächelt, als hätte ich ihm ein Kompliment gemacht. Aber es hält nicht lange an.

Er blickt wieder auf unsere Hände, dann sieht er Daniel an. »Du bist ja voll der Rebell«, sagt er »Was willst du denn damit bezwecken?«

Ich drücke Daniels Hand noch fester und ziehe sie näher an meinen Körper. Ich will Charlie zeigen, wie unrecht er hat. »Erledige deinen Kram und dann lass uns verschwinden«, sage ich zu Daniel.

Daniel nickt, wir drehen uns um – und laufen seinem Vater direkt in die Arme. Ich ziehe meine Hand im selben Moment zurück wie Daniel, aber es ist zu spät. Sein Vater hat es bereits gesehen.

Daniel

Megaschwanzlutscher verkleidet sich als Student – macht keinem was vor

Charlie ist ein Megaschwanzlutscher, den ich am liebsten in die Luft sprengen würde. Ich will ihm seine selbstzufriedene Fresse polieren. Das ist kein neues Gefühl für mich, denn das will ich, seit ich zehn bin, aber diesmal ist er endgültig zu weit gegangen. Ich stelle mir vor, wie gut es sich anfühlen wird, mir an seinem Gesicht die Fingerknöchel zu brechen, aber ich konzentriere mich auch auf das Gefühl von Natashas Hand in meiner.

Wir müssen hier raus, bevor meine Familie mein Leben zerstört, das gerade erst beginnt.

»Was tust du da?«, fragt mein Vater auf Koreanisch.

Ich beschließe, die Frage, die er mir eigentlich stellt, zu ignorieren. Stattdessen halte ich ihm die Geldtasche hin.

»Mom meinte, ich soll dir die bringen.« Ich sage es auf Englisch, damit Natasha nicht denkt, dass wir über sie reden.

Charlie schlängelt sich zu mir durch. »Soll ich für deine Freundin übersetzen?«, fragt er.

Er betont das Wort »Freundin«. Es ist Charlies einziger Daseinszweck, sich wie ein Schwanzlutscher aufzuführen.

Mein Dad wirft ihm einen strengen Blick zu. »Ich dachte, du kannst kein Koreanisch«, sagt er zu Charlie.

Charlie zuckt mit den Schultern. »Ich komm schon klar.« Nicht mal die Missbilligung meines Dads kann ihn davon abhalten, sich auf meine Kosten zu amüsieren.

»Haben sie dich deshalb von Harvard suspendiert? Weil du nur *klarkommst*?« Dad sagt es auf Koreanisch, denn das Letzte, was er tun würde, ist in Anwesenheit einer *miguk saram* – einer Amerikanerin – schmutzige Wäsche zu waschen.

Charlie kümmert das nicht, und er übersetzt es trotzdem, aber er lächelt dabei nicht mehr so breit. »Keine Sorge«, sagt er zu Natasha. »Er redet nicht über dich. Noch nicht. Er sagt nur, dass ich ein Idiot bin.«

Die Miene meines Dads ist jetzt vollkommen ausdruckslos, daher weiß ich, dass er echt wütend ist. Charlie hat ihn in die Enge getrieben. Er wird alles übersetzen, was Dad sagt, doch das lässt Dads Anstandsgefühl nicht zu. Also verwandelt er sich in den devoten Ladenbesitzer, wie ich ihn schon tausendmal bei Tausenden von Kunden erlebt habe.

»Möchten Sie was haben, bevor Sie gehen?«, fragt er Natasha. Er verschränkt die Hände, verbeugt sich leicht und lächelt sein bestes Kundenbedienungslächeln.

»Nein, danke, Mr …?« Sie spricht nicht weiter, denn sie kennt meinen Nachnamen nicht.

Mein Dad sagt ihn ihr nicht.

»Doch, doch. Sie Freundin von Daniel. Nehmen Sie, was Sie wollen.« Das Verhängnis nimmt weiter seinen Lauf, und ich weiß nicht, wie ich es stoppen soll. Dad klopft sich auf seine Taschen, bis er seine Brille findet, dann mustert er die Flaschen in den Regalen.

»Falscher Gang«, murmelt er. »Kommen Sie mit.«

Wenn wir jetzt einfach mitgehen, ist es vielleicht schnell vorbei. Charlie lacht, während Natasha und ich meinem Vater hilflos folgen.

Einen Gang weiter findet mein Dad, wonach er sucht. »Hier. Glättungsmittel für Ihre Haare.« Er nimmt eine große schwarzweiße Tube aus dem Regal und gibt sie Natasha.

»Haarglätter«, sagt er wieder. »Macht Haare nicht so groß.«

Wie konnte ich nur in diese Familie hineingeboren werden und wie kann ich ihr entkommen?

Von Charlie kommt ein langes, lautes Lachen.

Ich will gerade sagen, dass sie nichts braucht, doch da mischt sich Natasha schon ein. »Danke, Mr …«

»Bae«, sage ich, denn sie sollte meinen Nachnamen kennen.

»Mr Bae. Ich brauche keinen …«

»Haare zu groß«, sagt Dad wieder.

»Ich mag es groß«, antwortet sie.

»Dann solltest du dir lieber einen anderen Freund suchen«, sagt Charlie. Es überrascht mich, dass er dazu nicht noch die entsprechende Handbewegung macht, damit es auch wirklich jeder kapiert. Aber meine Überraschung hält nicht lange vor, denn er deutet mit Daumen und Zeigefinger einen Abstand von ungefähr drei Zentimetern an.

»Toller Witz, Charlie«, sage ich. »Ja, mein Penis ist nur drei Zentimeter lang.« Es kümmert mich nicht, was mein Dad für ein Gesicht macht.

Natasha dreht sich zu mir um und ihre Kinnlade klappt herunter. Zweifellos überdenkt sie ihre jüngsten Lebensentscheidungen. Ich werfe meinem Vater die Geldtasche praktisch ins Gesicht. Und weil es gar nicht mehr schlimmer werden kann, fasse ich nach Natashas Hand, obwohl mein Vater vor uns steht. Barmherzigerweise lässt sie es geschehen.

»Danke, beehren Sie uns bald wieder!«, dröhnt Charlie, als wir schon fast zur Tür hinaus sind. Er suhlt sich in unserem Unbehagen wie eine Sau im Dreck. Er ist selbst ein Stück Dreck.

Ich zeige ihm den Finger und ignoriere das enorme Missfallen, das mein Vater ausstrahlt. Damit kann ich mich später noch befassen.

Natasha

ICH LACHE, OBWOHL ich weiß, dass ich es nicht tun sollte. Das war echt absolut schrecklich. Armer Daniel.

Tatsache ist: Familien sind das Allerschlimmste.

Wir sind schon fast am Eingang zur U-Bahn, als er endlich aufhört, mich hinter sich herzuziehen. Er schlägt sich mit der Hand auf den Nacken und lässt den Kopf hängen.

»Es tut mir leid«, sagt er so leise, dass ich es mehr von seinen Lippen ablese, als dass ich es höre.

Ich versuche, mein Lachen zu unterdrücken, denn er sieht aus, als wäre jemand gestorben, aber ich schaffe es nicht. Das Bild, wie sein Vater mir die Tube mit dem Haarglätter in die Hand drücken will, erscheint vor meinem inneren Auge, und das Lachen sprudelt einfach aus mir heraus. Sobald ich damit angefangen habe, kann ich nicht mehr aufhören. Ich halte mir den Bauch, weil ich jetzt richtig hysterisch bin. Daniel sieht mich nur an. Seine Stirn ist so gefurcht, dass sie vielleicht für immer so bleibt.

»Das war echt krass«, sage ich, als ich mich endlich beruhigt habe. »Es hätte nicht schlimmer sein können. Ein rassistischer Vater. Ein rassistischer *und* sexistischer großer Bruder.«

Daniel reibt sich über den Nacken und sein Stirnrunzeln vertieft sich noch mehr.

»Und dann der Laden! Ich meine, diese uralten Poster von diesen Frauen, und dein Vater, der meine Frisur kritisiert, und dein Bruder, der einen Witz über kleine Penisse macht.«

Als ich alles Schreckliche aufgezählt habe, fange ich schon wieder an zu lachen. Es dauert ein paar Sekunden, dann lächelt Daniel endlich auch und ich bin froh darüber.

»Freut mich, dass du das komisch findest«, sagt er.

»Ach, komm«, erwidere ich. »Tragödien *sind* komisch.«

»Sind wir Teil einer Tragödie?«, fragt er, und jetzt lächelt er übers ganze Gesicht.

»Natürlich. Genau das ist das Leben doch, oder? Am Ende sterben wir alle.«

»Kann sein«, sagt er. Er tritt auf mich zu, nimmt meine Hand und legt sie auf seine Brust.

Ich betrachte meine Nägel. Ich betrachte meine Nagelhaut. Hauptsache, ich muss nicht in seine braunen Augen sehen. Sein Herz klopft unter meinen Fingern.

Schließlich blicke ich auf und er bedeckt meine Hand mit seiner.

»Ich entschuldige mich«, sagt er. »Ich entschuldige mich für meine Familie.«

Ich nicke nur, denn das Gefühl seines Herzschlags unter meinen Fingern stellt seltsame Dinge mit meinen Stimmbändern an.

»Ich entschuldige mich für alles, für die ganze Weltgeschichte mit all ihrem Rassismus und ihrer Ungerechtigkeit.«

»Was redest du denn da? Das ist doch nicht deine Schuld. Du kannst dich für Rassismus nicht entschuldigen.«

»Ich kann es und ich tue es.«

Gott im Himmel. Rette mich vor allen netten und ernsthaften Jungs, die zu tiefe Gefühle haben. Noch immer finde ich das, was passiert ist, in seiner absoluten Schrecklichkeit witzig, aber ich verstehe auch seine Scham. Es ist schwer, wenn du auf deine Heimat oder deine Familie nicht stolz bist.

»Du bist nicht dein Vater«, sage ich, aber er glaubt mir nicht. Ich verstehe seine Angst. Denn wer sind wir, wenn nicht das Produkt unserer Eltern und deren Geschichte?

Haare

Eine koreanisch-amerikanische Geschichte

DASS DANIELS FAMILIE einen Afroshop besitzt, ist kein Zufall. Als Dae Hyun und Min Soo nach New York kamen, wartete schon die gesamte südkoreanische Einwanderergemeinde darauf, ihnen unter die Arme zu greifen. Dae Hyuns Cousin lieh ihnen Geld und riet ihnen, einen Afroshop aufzumachen. Er selbst hatte ebenfalls so einen Laden und viele andere koreanische Einwanderer auch. Die Läden liefen prächtig.

Die Vorherrschaft der Südkoreaner auf dem Gebiet der Afro-Haarpflege ist genauso wenig ein Zufall. Die Geschichte begann in den 1960er-Jahren, als Perücken aus südkoreanischem Haar unter Afroamerikanern in Mode kamen. Die Perücken wurden so beliebt, dass die Regierung Südkoreas die Ausfuhr von Echthaar untersagte, damit Perücken aus südkoreanischem Haar künftig *ausschließlich* in Südkorea hergestellt würden. Gleichzeitig untersagte die US-Regierung die Einfuhr von Perücken aus chinesischem Haar. Diese beiden Tatsachen beeinflussten nachhaltig die Vorherrschaft Südkoreas auf dem Perückenmarkt. Aus dem Perückengeschäft entwickelte sich dann ganz natürlich der Handel mit sämtlichen Pflegeprodukten für krauses schwarzes Haar.

Schätzungsweise sechzig bis achtzig Prozent dieses Marktes werden von südkoreanischen Unternehmen kontrolliert, einschließlich Distribution, Verkauf und zunehmend auch die Produktion. Sei es aus kulturellen oder aus ethnischen Gründen: Das vertriebliche Monopol macht es für jede andere Bevölkerungsgruppe nahezu unmöglich, in diesem Wirtschaftszweig Fuß zu fassen. Südkoreanische Vertriebsfirmen beliefern überwiegend südkoreanische Läden, damit bleiben automatisch alle anderen außen vor.

Dae Hyun weiß von alldem nichts. Was er weiß, ist: Amerika ist das Land der unbegrenzten Möglichkeiten. Seine Kinder werden es einmal besser haben als er.

Daniel

ICH MÖCHTE MICH bei ihr bedanken, weil sie mich nicht hasst. Wie könnte ich es ihr nach dem, was im Laden meiner Eltern geschehen ist, verübeln? Außerdem hätte sie sich gegenüber meiner Familie längst nicht so friedfertig verhalten müssen. Hätte sie meinen Bruder und meinen Vater angeschrien, hätte ich das verstanden. Es ist ein Wunder (eine Variante der Wandlung von Wasser in Wein), dass sie noch immer Zeit mit mir verbringen will, und ich bin ihr mehr als dankbar dafür.

Doch anstatt ihr das alles zu sagen, frage ich sie, ob wir was essen gehen sollen. Wir stehen am Eingang zur U-Bahn und ich will nur noch so weit wie möglich vom Laden weg. Wenn die Linie D zum Mond führe, würde ich mir eine Fahrkarte dorthin kaufen.

»Ich bin am Verhungern«, sage ich.

Sie verdreht die Augen. »Am Verhungern, tatsächlich? Du hast echt einen Hang zum Übertreiben.«

»Dadurch wiege ich deine Genauigkeit auf.«

»Und, hast du eine Idee, wo wir hingehen sollen?«, fragt sie.

Ich schlage mein Lieblingsrestaurant in Koreatown vor und sie ist einverstanden.

In der Bahn suchen wir uns zwei Plätze nebeneinander und machen es uns gemütlich. Die Fahrt zurück in die Innenstadt dauert etwa eine halbe Stunde.

Ich ziehe mein Telefon aus der Tasche und schaue nach den Fragen. »Wollen wir weitermachen?«, frage ich sie.

Sie rückt ein Stück näher an mich heran, sodass sich unsere Schultern berühren, und späht auf mein Telefon. Sie ist mir so nah, dass mich ihre Haare an der Nase kitzeln. Ich kann nicht anders: Ich schnuppere diskret an ihrem Haar, doch wie sich zeigt, ist es alles andere als diskret.

Sie rutscht sofort zur Seite und schaut mich mit weit aufgerissenen Augen gekränkt an. »Hast du etwa an mir gerochen?«, fragt sie.

Sie berührt den Teil ihres Haars, an den ich gerade meine Nase gehalten habe.

Ich weiß nicht, was ich sagen soll. Wenn ich es zugebe, bin ich schräg drauf und gestört. Wenn ich es abstreite, bin ich ein Lügner *und* schräg drauf und gestört. Sie hält sich die Strähnen vor die Nase und schnuppert selbst daran. Jetzt muss ich dafür sorgen, dass sie nicht glaubt, ich fände ihre Haare übel riechend.

»Nein. Ich meine, ja. Ja, ich habe daran gerochen.« Dann verstumme ich, denn ihre Augen werden größer, als Augen eigentlich werden dürften.

»Und?«, will sie wissen.

Ich brauche ein Moment, bis ich kapiere, nach was sie gefragt hat.

»Es riecht gut. So wie es manchmal im Frühling riecht, wenn es nur ein paar Minuten regnet und direkt danach kommt die Sonne raus und das Wasser verdampft, aber die Luft ist noch immer voller Feuchtigkeit. Genau so riecht es. Wirklich gut.«

Ich schließe den Mund, auch wenn er immer weitersprechen will, schaue auf mein Telefon und hoffe, dass sie wieder an mich heranrückt.

Natasha

ER FINDET, MEINE HAARE riechen wie Frühlingsregen. Ich gebe mir wirklich alle Mühe, stoisch und unbeeindruckt zu bleiben. Ich rufe mir in Erinnerung, dass ich Poesie nicht mag. Ich mag keine Gedichte. Ich mag nicht mal Menschen, die Gedichte mögen.

Aber ich bin auch kein Stein.

Daniel

WIEDER KOMMT SIE MIR NAHE, und wieder wage ich mich vor, denn anscheinend bin ich so, wenn ich mit diesem Mädchen zusammen bin. Vielleicht gehört es dazu, sich auch in sich selbst zu verlieben, wenn man sich in jemand anderen verliebt. Denn es gefällt mir, was für ein Mensch ich mit ihr bin. Es gefällt mir, dass ich sage, was ich denke. Es gefällt mir, dass ich mich trotz der Steine, die sie mir in den Weg legt, weiter vorwage. Normalerweise würde ich aufgeben, aber heute nicht.

Ich erhebe meine Stimme, um das Rattern des Zuges auf den Gleisen zu übertönen. »Okay. Weiter geht's mit Kategorie 2.« Ich blicke von meinem Telefon hoch. »Bist du bereit? Jetzt kommen die persönlicheren Fragen.«

Sie sieht mich stirnrunzelnd an, nickt aber trotzdem. Ich lese die Fragen laut vor und sie sucht sich Nummer 24 aus: Was für eine Beziehung hast du zu deiner Mutter und zu deinem Vater?

»Du zuerst«, antwortet sie.

»Na ja, meinen Vater hast du ja schon kennengelernt.«

Ich weiß nicht mal, wo ich bei dieser Frage anfangen soll. Natürlich liebe ich ihn, aber man kann jemanden lieben und trotzdem kein besonders tolles Verhältnis zu ihm haben. Ich frage mich, wie viel an unserem Nichtverhältnis am typischen Vater-versus-Teenager-Kram liegt (um zehn zu Hause sein, echt jetzt?) und wie viel davon kulturell bedingt ist (koreanischer Koreaner versus koreanischer Amerikaner). Ich weiß nicht mal, ob es möglich ist, beides voneinander zu trennen. Manchmal habe ich das Gefühl, als existiere eine schalldichte Glaswand zwischen uns. Wir sehen uns, aber wir können uns nicht verstehen.

»Dann ist sie also schlecht?«, zieht sie mich auf.

Ich lache, weil sie auf so schlichte und prägnante Art etwas so Kompliziertes beschrieben hat. Der Zug bremst abrupt ab und wir rutschen noch enger zusammen. Sie rückt nicht wieder von mir ab.

»Und wie steht es mit deiner Mutter?«, fragt sie.

»Ziemlich gut«, sage ich, und mir wird klar, dass das wirklich stimmt. »Sie ist mir ähnlich. Sie malt. Sie ist künstlerisch veranlagt.« Seltsam, ich habe noch nie darüber nachgedacht, dass wir uns in dieser Hinsicht ähneln. »Jetzt bist du dran.«

Sie schaut mich an. »Sag mir noch mal, warum ich einverstanden war, mitzumachen?«

»Willst du aufhören?«, frage ich, obwohl ich weiß, dass sie Nein sagen wird. Sie ist ein Mensch, der zu Ende bringt, was er angefangen hat.

»Ich mache es dir ganz leicht: Du kannst einfach mit Daumen hoch oder Daumen runter antworten, okay?«

Sie nickt.

»Deine Mutter?«, frage ich.

Daumen hoch.

»Richtig hoch?«

»Wir wollen nicht übertreiben. Ich bin siebzehn und sie ist meine Mom«, erwidert sie.

»Dein Vater?«

Daumen runter.

»Weit nach unten?«, frage ich.

»Sehr, sehr weit nach unten.«

Natasha

»ES IST SCHWER, jemanden zu lieben, der einen nicht zurückliebt«, sage ich zu Daniel. Er öffnet den Mund und schließt ihn dann wieder. Bestimmt will er mir sagen, dass mich mein Vater liebt. Alle Eltern lieben ihre Kinder, will er sagen. Aber das stimmt nicht. Nichts ist allgemeingültig. Die *meisten* Eltern lieben ihre Kinder. Es stimmt, dass mich meine Mutter liebt. Aber was ebenfalls stimmt, ist: Ich bin das, was mein Vater am meisten bereut.

Woher ich das weiß?

Er hat es selbst gesagt.

Samuel Kingsley

Eine Geschichte der Reue, Teil 2

SAMUEL KINGSLEY WAR ÜBERZEUGT, dass es seine Bestimmung war, berühmt zu werden. Gott hätte ihn doch sicher nicht mit all dem Talent ausgestattet, wenn er es nirgendwo zur Schau stellen könnte?

Und dann traf er Patricia. Gott hätte ihm doch sicher keine wunderschöne Frau und Kinder geschickt, wenn Er dann nicht auch vorgehabt hätte, für sie zu sorgen, oder?

Samuel erinnert sich an den Moment, als er sie traf. Es war noch auf Jamaika gewesen, in Montego Bay. Es hatte geregnet, eines dieser tropischen Gewitter, die so plötzlich einsetzen, wie sie wieder vorbei sind. Er hatte sich in einem Bekleidungsgeschäft untergestellt, um nicht völlig durchnässt bei dem Vorsprechen anzukommen.

Sie war die Filialleiterin, deshalb trug sie bei ihrem ersten Zusammentreffen ein Namensschild und sah sehr förmlich aus. Ihr Haar war kurz und kraus, und sie hatte die größten, schönsten und scheusten Augen, die er je gesehen hatte. Schüchternen Mädchen hatte er noch nie widerstehen können – diesem Vorsichtigen und Geheimnisvollen.

Er zitierte Bob Marley und Robert Frost. Er sang. Patricia hatte der Macht seines Charmes nichts entgegenzusetzen. Der Termin seines Vorsprechens kam und verstrich, aber es war ihm egal. Er konnte nicht genug kriegen von diesen Augen, die sich auf so dramatische Weise weiteten, wenn er sie nur ein kleines bisschen anflirtete.

Und doch gab es da einen Teil von ihm, der sagte, er solle die Finger von ihr lassen. Ein vorausschauender Teil von ihm sah die Weggabelung vor sich, an der der Pfad sich teilte. Vielleicht – wenn er den anderen Weg gewählt hätte, wenn er den Laden verlassen hätte, anstatt zu bleiben –, vielleicht wäre dann alles anders gekommen.

Daniel

»KOREANISCHES ESSEN? BESTES ESSEN. Gesund. Gut für dich«, sage ich zu Natasha und imitiere dabei meine Mom. Das sagt sie jedes Mal, wenn wir auswärts essen. Charlie will *immer* in ein amerikanisches Restaurant, doch Mom und Dad gehen mit uns *immer* zum Koreaner, obwohl wir zu Hause jeden Tag koreanisch essen. Mich stört das nicht, denn ich bin derselben Meinung wie meine Mom. Koreanisches Essen? Bestes Essen.

Natasha und mir bleibt nicht mehr viel Zeit bis zu ihrem Termin, und ich zweifle allmählich daran, dass ich sie während der nächsten paar Stunden dazu bringen kann, sich in mich zu verlieben. Aber vielleicht schaffe ich es, sie dazu zu bringen, dass sie mich morgen wiedersehen will.

Beim Betreten meines Lieblings-*Sundubu*-Ladens werden wir von den Servicekräfte*n* mit »Annyeonghaseyo« begrüßt. Ich mag dieses Restaurant sehr und der Meeresfrüchteeintopf ist fast so gut wie der von meiner Mom. Der Laden ist überhaupt nicht hip. Kleine Holztische stehen in der Mitte des Raums und drum herum gibt es lauter Sitznischen. Im Moment ist es gerade nicht besonders voll, deshalb ergattern wir eine davon.

Natasha bittet mich, für sie zu bestellen.

»Ich esse, was immer du befiehlst«, sagt sie.

Ich läute die kleine Glocke am Tisch und fast augenblicklich erscheint eine Kellnerin. Ich bestelle zweimal *Sundubu* mit Meeresfrüchten, *Galbi* und *Pajeon*.

»Es gibt eine Glocke?«, fragt sie, als die Kellnerin verschwunden ist.

»Super, oder? Wir sind ein sehr pragmatisches Volk«, sage ich nur halb im Scherz. »Allerdings nimmt es dem Vorgang des Bedienens jegliches Mysterium. Wann wird mein Kellner auftauchen? Wann kriege ich die Rechnung?«

»Ist dieser Brauch in amerikanischen Restaurants bekannt? Sonst müssen wir ihnen unbedingt davon erzählen. Glocken sollten obligatorisch sein.«

Ich lache und stimme ihr zu, doch dann nimmt sie es zurück.

»Nein, ich hab's mir doch anders überlegt. Stell dir mal vor, irgend so ein Penner benutzt die Glocke, nur um Ketchup zu verlangen?«

Die *Banchan*, kleine Schüsseln mit Beilagen, kommen fast sofort. Ich bereite mich seelisch darauf vor, dass ich ihr erklären muss, was sie da isst. Einmal hat der Freund eines Freundes einen »Was-ist-da-drin?-Etwa-Hund?«-Witz gemacht. Ich kam mir total scheiße vor, lachte aber trotzdem. Es war einer dieser Momente, in denen ich gerne die Noch-Mal-Von-Vorne-Karte gezogen hätte.

Doch Natasha stellt keine einzige Frage zum Essen.

Die Kellnerin erscheint und gibt uns Essstäbchen.

»Kann ich bitte eine Gabel haben?«, fragt Natasha.

Die Kellnerin wirft ihr einen missbilligenden Blick zu.

»Lernen Sie mit Stäbchen essen.«

Dann wendet sie sich an mich. »Zeigen Freundin, wie man mit Stäbchen isst«, sagt sie und geht davon.

Natasha sieht mich mit großen Augen an. »Heißt das, dass sie mir jetzt keine Gabel bringt?«

Ich lache und schüttle den Kopf. »Woher soll ich das wissen?«

»Du solltest mir wohl besser zeigen, wie man mit Stäbchen isst«, sagt sie.

»Mach dir keine Gedanken«, sage ich. »Manche Leute sind erst dann zufrieden, wenn man alles so macht, wie sie es für richtig halten.«

Sie zuckt mit den Schultern. »Das ist doch in jeder Kultur so. Bei den Amerikanern, den Franzosen, den Jamaikanern und den Koreanern. Alle denken, dass es so, wie sie es machen, richtig ist.«

»Aber wir Koreaner haben vielleicht recht«, sage ich grinsend.

Die Bedienung kommt zurück und stellt die Suppenschüsseln samt zwei rohen Eiern vor uns ab. Sie pfeffert in Papier eingewickelte Löffel auf den Tisch.

»Wie heißt das Gericht?«, fragt Natasha, als die Kellnerin außer Hörweite ist.

»Sundubu«, antworte ich.

Sie schaut zu, wie ich das Ei aufschlage, es in die Suppe gleiten lasse und unter dampfenden Tofuwürfeln, Shrimps und Muscheln begrabe, damit es gar wird. Sie macht es mir nach und fragt nicht, ob man das Ei gefahrlos essen kann.

»Das ist ja köstlich«, sagt sie, nachdem sie einen Löffel Suppe probiert hat. Sie windet sich fast vor Genuss.

»Wie kommt es, dass du dich selbst als Koreaner bezeichnest?«, fragt sie nach weiteren Löffeln. »Du bist doch hier geboren, oder?«

»Das spielt keine Rolle. Die Leute fragen trotzdem immer, wo ich herkomme. Früher habe ich ›von hier‹ gesagt, doch dann wollen sie wissen, wo ich *wirklich* herkomme, und dann sage ich Korea. Manchmal sage ich auch Nordkorea und dass meine Eltern und ich aus einem Wasserverlies voller Piranhas entkommen sind, in dem Kim Jong-un uns gefangen gehalten hat.«

Sie lächelt nicht, wie ich es erwartet hätte. Sie fragt mich nur, warum ich das mache.

»Weil es eben keine Rolle spielt, was ich sage. Die Leute sehen mich einmal an und glauben, was sie glauben wollen.«

»Ganz schön scheiße«, sagt sie, nimmt ein bisschen von dem *Kimchi* und schaufelt es sich den Mund. Ich könnte ihr den ganzen Tag beim Essen zusehen.

»Ich bin daran gewöhnt. Meine Eltern finden mich nicht koreanisch genug und alle anderen finden mich nicht amerikanisch genug.«

»Das ist richtig scheiße.« Sie wechselt vom *Kimchi* zu den Sprossen. »Trotzdem finde ich, du solltest nicht sagen, dass du aus Korea stammst.«

»Warum nicht?«

»Weil es nicht stimmt. Du bist nun mal von hier.«

Ich finde es toll, wie einfach das für sie ist. Ich finde es toll, dass ihre Lösung für alles die Wahrheit ist. Ich habe mit meiner Identität zu kämpfen, und sie rät mir, einfach die Wahrheit zu sagen.

»Es ist nicht dein Job, anderen Leuten dabei zu helfen, dich in eine Schublade zu stecken«, sagt sie.

»Machen die Leute das bei dir auch?«

»Klar, außer dass ich wirklich nicht von hier bin, du erinnerst dich? Wir sind hergezogen, als ich acht war. Ich hatte einen Akzent. Als ich das erste Mal Schnee gesehen habe, war ich gerade in der Schule. Und ich war so verblüfft, dass ich mitten im Unterricht aufstand und aus dem Fenster gestarrt habe.«

»Oh nein.«

»Oh doch«, sagt sie.

»Und haben die anderen …«

»Es war kein Spaß.« Sie tut so, als schaudere sie bei der Erinnerung daran. »Willst noch was Schlimmeres hören? Bei meinem ersten Buchstabier-Test hat die Lehrerin behauptet, ich hätte *favorite* falsch geschrieben, weil ich es mit *ou* geschrieben habe.«

»Das ist doch auch falsch.«

»Nope.« Sie wedelt mit dem Löffel vor meiner Nase herum. »In korrektem britischem Englisch schreibt es sich mit *ou*. So befiehlt es Ihre Majestät, die Königin von England. Schlag es nach, Junge aus Amerika. Jedenfalls war ich so eine kleine Streberin, dass ich nach Hause gegangen bin, mir das Wörterbuch geschnappt, es meiner Lehrerin gezeigt und mir meine Punkte zurückgeholt habe.«

»Das hast du nicht.«

»Doch, hab ich«, sagt sie lächelnd.

»Dann musst du diese Punkte wirklich gewollt haben.«

»Es waren meine Punkte«, sagt sie und kichert, womit ich bei ihr nicht gerechnet hätte. Natürlich kenne ich sie erst ein paar Stunden und ich kann noch gar nicht alles über sie wissen. Ich liebe diese Phase, in der man jemanden besser kennenlernt. Wenn jede neue Information, jeder neue Gesichtsausdruck magisch zu sein scheint. Ich kann mir nicht vorstellen, dass ich das jemals langweilig und fade finden werde. Ich kann mir nicht vorstellen, dass ich mal nicht mehr hören will, was sie zu sagen hat.

»Hör auf damit«, sagt sie.

»Womit?«

»Mich anzustarren.«

»Okay«, sage ich. Ich grabe mein Ei aus und stelle fest, dass es perfekt weich gekocht ist. »Los, wir essen sie gleichzeitig«, fordere ich Natasha auf. »Das ist das Beste.«

Sie fischt ihr Ei aus der Suppenschüssel, und jetzt sitzen wir beide da, die Eier auf den Löffeln und die Löffel in der Hand.

»Auf drei. Eins. Zwei. Drei.«

Wir stopfen uns die Eier in den Mund. Und wieder macht sie große Augen. Ich erkenne genau, wann das Eigelb in ihrem Mund zerplatzt. Sie schließt die Augen, als wäre es das Allerköstlichste, was sie je gegessen hat. Sie hat mir befohlen, sie nicht anzustarren, aber ich starre sie trotzdem an. Ich liebe die Art, wie sie alles mit ihrem ganzen Körper zu fühlen scheint. Ich frage mich, wie ein Mädchen, das so offensichtlich leidenschaftlich ist, so entschieden gegen Leidenschaft sein kann.

THE SUN IS ALSO A STAR

Ein einziger Tag für die Liebe

PARK IS GONE
JUNE 22
nklin Avenu
3
4
5
huttle

Die Kellnerin

Eine Geschichte der Liebe

»LERNEN SIE mit Stäbchen essen.«

Ich sage zu ihm: »Zeigen Freundin, wie man mit Stäbchen isst.«

Mein Sohn, er hat gemacht das Gleiche. Er hat getroffen weißes Mädchen. Mein Mann? Er akzeptiert nicht. Zuerst gebe ich ihm recht. Wir nicht sprechen mit unserem Sohn für ein Jahr, nachdem er uns hat gesagt. Ich denke: Wir nicht sprechen mit ihm. Er versteht Grund, wird vernünftig.

Wir nicht sprechen mit ihm und ich vermisse ihn. Ich vermisse meinen Jungen und seine amerikanischen Witze und wie er mich kneift in die Wange und mir sagt, ich bin die schönste von allen *Ammas*. Mein Sohn, der sich nie geschämt hat für mich, wenn alle anderen Jungs werden zu amerikanisch.

Wir nicht sprechen mit ihm für ein Jahr. Als er endlich ruft an, ich denke, das ist es. Endlich er hat verstanden. Weißes Mädchen wird uns nie verstehen, wird nie koreanisch sein. Aber ruft nur an zu sagen, dass er heiratet. Er will, dass wir kommen zu Hochzeit. Ich höre in seiner Stimme, wie sehr er liebt sie. Ich höre, wie er sie liebt mehr als mich. Ich höre, wenn ich nicht gehe zu Hochzeit, ich verliere meinen einzigen Sohn. Meinen einzigen Sohn, der mich liebt.

Aber sein Vater sagt Nein. Mein Sohn bittet sehr, dass wir kommen, und ich sage Nein, bis er bittet nicht mehr.

Er heiratet. Ich gesehen Fotos auf Facebook.

Sie haben ersten Sohn. Ich gesehen Fotos auf Facebook.

Sie haben noch ein Kind. Ein Mädchen diesmal.

Meine *sohn-jah* und ich kenne sie nur aus Computer.

Jetzt, wenn diese Jungen kommen hierher mit diesen Mädchen, die nicht aussehen wie ihre *Amma*, ich werde wütend. Dieses Land versucht, alles zu nehmen von dir. Deine Sprache, dein Essen, deine Kinder.

»Lernen Sie mit Stäbchen essen.«

Dieses Land nicht kriegt alles.

Natasha

ES SIND NUR NOCH knapp zwei Stunden bis zu meinem Termin und Daniel will ernsthaft zum *Norebang* gehen. So heißt *Karaoke* auf Koreanisch. Und *Karaoke* ist das japanische Wort für »sich zum Affen machen«, indem man in einem Club vor lauter fremden Menschen singt, die nur gekommen sind, um über dich zu lachen.

»Es ist nicht wie beim amerikanischen Karaoke«, beharrt er, als ich mich sperre. »Es ist viel zivilisierter.«

Mit *zivilisiert* meint er, dass man sich stattdessen in einem kleinen abgeschlossenen Raum vor seinen Freunden zum Affen macht. Seine Lieblings-*Norebang*-Bar befindet sich zufälligerweise direkt neben dem Restaurant, in dem wir gerade zu Mittag gegessen haben. Sie wird von denselben Leuten betrieben, deshalb müssen wir nicht mal nach draußen gehen, weil es vom Lokal aus einen Durchgang gibt.

Daniel wählt den kleinsten Raum aus, aber er ist trotzdem groß. Er ist eindeutig eher für Gruppen von sechs oder acht Leuten gedacht und nicht nur für zwei Personen. Der Raum ist spärlich beleuchtet und wird von roten plüschigen Ledersofas beherrscht. Vor den Sofas steht ein großer quadratischer Couchtisch. Darauf liegen ein Mikrofon, eine kompliziert aussehende Fernbedienung und ein dickes Buch, auf dem in drei Sprachen »Liedauswahl« steht. Neben der Tür befindet sich ein großer Fernseher, auf dem die Songtexte eingeblendet werden. Von der Decke hängt eine Discokugel.

Bev fände es super hier. Erstens steht sie total auf Discokugeln. Von der Decke ihres Zimmers hängen gleich vier davon, und außerdem ist dort eine Uhr angebracht, die gleichzeitig eine Lampe in Form einer Discokugel ist. Zweitens hat sie eine tolle Stimme, und sobald ein paar Leute zusammenstehen, nutzt sie jeden Vorwand, um sie zum Einsatz zu bringen. Ich sehe nach, ob eine Nachricht von ihr gekommen ist. Fehlanzeige. Sie ist bestimmt beschäftigt, rede ich mir ein. Ganz bestimmt hat sie mich noch nicht vergessen. Ich bin ja immer noch hier.

Daniel schließt die Tür. »Ich kann nicht fassen, dass du noch nie beim *Norebang* warst«, sagt er.

»Ein Skandal, ich weiß«, erwidere ich.

Nun, da die Tür zu ist, kommt mir der Raum klein und intim vor.

So, wie er mich anschaut, scheint er dasselbe zu denken.

»Komm, wir bestellen uns einen Nachtisch«, sagt er und drückt auf einen Knopf an der Wand. Die Kellnerin aus dem Restaurant erscheint, um unsere Bestellung aufzunehmen. Sie beachtet mich gar nicht. Daniel bestellt für uns *Patbingsu:* Kratzeis mit Früchten, kleinen, weichen Reiskuchen und süßen roten Bohnen.

»Schmeckt's?«, fragt er, als die Bedienung uns das Eis bringt. Ihm ist es wichtig, dass ich es mag.

Ich esse sechs Löffel und der Nachtisch ist alle. Was soll man daran nicht mögen? Es ist süß, kalt und köstlich.

Er strahlt mich an und ich strahle zurück.

Tatsache ist: Es gefällt mir, ihn glücklich zu machen.

Tatsache ist: Ich habe keine Ahnung, seit wann das so ist.

Er schnappt sich die Liedauswahl vom Tisch und blättert durch die englischsprachigen Songs. Während er über der Liste brütet, schaue ich mir die koreanischen Popmusik-Videos an, die über den Bildschirm flimmern. Sie sind knallbunt und mitreißend.

»Such dir doch einfach einen Song aus«, sage ich zu ihm, als das dritte Video läuft.

»Wir sind beim *Norebang*«, erwidert er. »Du suchst dir nicht einfach einen Song aus. Der Song sucht dich aus.«

»Sag, dass das ein Scherz ist«, sage ich.

Er zwinkert mir zu und lockert seine Krawatte. »Ja, es ist ein Scherz, aber jetzt sei still. Ich suche nach etwas Geeignetem, um dich mit meiner Performance ordentlich zu beeindrucken.«

Er öffnet den obersten Knopf seines Hemds. Ich beobachte seine Hände, als er sich die Krawatte über den Kopf zieht. Weder entledigt er sich seiner Klamotten noch zieht er sich nackt vor mir aus. Doch genau so fühlt es sich an. Ich kann nichts unerhört Anzügliches sehen, erhasche nur einen kurzen Blick auf die Haut an seiner Kehle. Er zieht das Haargummi ab und wirft es auf den Tisch. Seine Haare sind gerade so lang, dass sie ihm ins Gesicht fallen, und er streicht sie sich geistesabwesend hinter die Ohren. Unwillkürlich starre ich ihn an. Es kommt mir vor, als hätte ich schon den ganzen Tag darauf gewartet, dass er das tut.

Tatsache ist: Mit offenen Haaren sieht er ziemlich scharf aus.

Tatsache ist: Mit zurückgebundenen Haaren sieht er *auch* ziemlich scharf aus.

Ich reiße mich von seinem Anblick los und starre stattdessen auf die Klimaanlage an der Wand. Ich überlege, ob ich die Temperatur runterregeln soll.

Er krempelt die Ärmel auf, was mich zum Lachen bringt. Er tut so, als müssten wir gleich schwere körperliche Arbeit verrichten. Ich gebe mir Mühe, die lange, glatte Linie seiner Unterarme zu ignorieren, aber meine Blicke schweifen immer wieder dorthin.

»Singst du gut?«, frage ich.

Er blickt mich mit gespieltem Ernst an, aber seine Funken sprühenden Augen verraten ihn.

»Ich werde dich nicht anlügen«, sagt er. »Ich bin gut. So gut wie ein italienischer Opernsänger.« Er greift nach der Fernbedienung, um seine Liedauswahl einzugeben. »Und du?«, fragt er.

Ich antworte nicht. Er wird es noch früh genug herausfinden. Mein Gesang wird ihn todsicher von seiner Verliebtheit kurieren.

Tatsache ist: Ich bin die grauenvollste Sängerin auf Erden.

Er steht auf und geht zu der freien Fläche vor dem Fernseher. Offensichtlich braucht er Platz für seinen Auftritt. Er korrigiert seine Haltung, bis er breitbeinig dasteht, senkt den Kopf, sodass seine Haare das Gesicht verdecken, und hält das Mikrofon mit einer Hand in die Luft – die klassische Rockstarpose. Es ist *Take a Chance on Me* von Abba. Er legt sich die Hand aufs Herz und summt die erste Strophe. Wie der Titel des Songs bereits verrät, dreht sich alles um Chancen, genauer gesagt, eher darum, dass *ich* ihm eine Chance gebe.

Bei der zweiten Strophe hat er sich warm gesungen. Er wirft mir mit hochgezogenen Augenbrauen schmalzige Popstar-Blicke zu, schaut mich inbrünstig an und zieht einen Schmollmund. Dem Liedtext zufolge können wir jede Menge Spaß haben, solange wir nur zusammen sind. Dazu zählen tanzen, spazieren gehen, reden und Musik hören. Seltsamerweise wird küssen nicht erwähnt. Er stellt jede dieser Aktivitäten mit Gesten dar wie ein geistesgestörter Pantomime und ich kann nicht aufhören zu lachen.

Bei Strophe drei fällt er vor mir auf die Knie. Jetzt geht's in dem Song um Einsamkeitsgefühle. Anscheinend, weil irgendwelche hübschen Vögel weggeflogen sind, was ich nicht ganz kapiere. Bin ich der Vogel? Ist er es? Warum sind da überhaupt Vögel?

Den Rest des Songs singt er wieder im Stehen, hält das Mikrofon mit beiden Händen und schmettert mit ganz viel Herzblut. Mein hysterisches Lachen stört ihn kein bisschen. Und es war kein Scherz, als er meinte, er könne gut singen. Er singt ausgezeichnet. Er ist sogar sein eigener Backgroundsänger, indem er wieder und wieder »take a chance« schmettert.

Er versucht gar nicht, besonders sexy zu wirken. Sein Auftritt ist nur lustig. So lustig, dass er dadurch sexy wird. Ich hatte keine Ahnung, dass lustig sein so was bewirken kann. Ich bemerke, wie sich sein Hemd über seiner Brust spannt, während er seine Tanzschritte macht. Ich bemerke, wie lang seine Finger sind, wenn er sich damit dramatisch durch die Haare fährt. Ich bemerke, wie knackig sein Hintern in seiner Anzughose aussieht.

Tatsache ist: Ich habe eine Schwäche für Hintern.

Wenn man bedenkt, wie beschissen mein Tag bisher verlaufen ist, sollte nichts von alledem irgendwas bei mir auslösen. Doch das tut es definitiv. Und das liegt daran, dass er kein bisschen verlegen ist. Es ist ihm egal, ob er sich zum Affen macht. Er will mich nur zum Lachen bringen.

Es ist ein langes Lied und am Ende ist er rot und verschwitzt. Als er fertig ist, schaut er auf den Fernseher, bis ein bonbonrosa

Comicmikrofon über den Bildschirm tanzt und ein Schild hochhält: 99 Prozent. Konfetti rieselt über den Bildschirm.

Ich stöhne. »Du hast nicht gesagt, dass es Noten gibt.«

Er grinst mich triumphierend an und lässt sich neben mich aufs Sofa fallen. Unsere Unterarme berühren sich, driften auseinander und berühren sich wieder. Es kommt mir lächerlich vor, dass ich es bemerke, aber ich bemerke es.

Er rutscht ein Stück von mir ab, um nach dem Mikrofon zu greifen, und reicht es mir.

»Zeig, was du draufhast«, sagt er.

Daniel

WÄRE MIR DIE IDEE mit dem *Norebang* doch bloß früher gekommen. Allein mit ihr in einem schummrig beleuchteten Raum zu sein, fühlt sich ein bisschen so an, wie im Himmel zu sein (im Discohimmel). Sie blättert die Liste mit den Songs durch und murmelt vor sich hin, dass sie nicht singen kann. Ich starre sie an und ziehe mir meine Dosis Natasha rein, denn sie ist zu abgelenkt, um mir zu sagen, ich solle damit aufhören.

Es fällt mir schwer, zu entscheiden, welcher Teil ihres Gesichts mir am besten gefällt. Jetzt gerade sind es vielleicht ihre Lippen. Sie hat die Unterlippe eingesaugt und macht ihr – wie ich vermute – Qual-der-Wahl-Gesicht.

Schließlich entscheidet sie sich. Anstatt die Fernbedienung in die Hand zu nehmen, beugt sie sich über den Tisch und tippt den Code ein. Ihr Kleid rutscht ein Stück nach oben und ich sehe die Rückseite ihrer Oberschenkel. Sie haben Abdrücke vom Sitzen auf der Couch. Ich würde gerne meine Hände darum legen und die Abdrücke mit dem Daumen glatt streichen.

Sie dreht sich um, sieht mich an, und es gelingt mir nicht, unbeteiligt zu tun. Ich will es auch gar nicht. Ich will sie, und sie soll wissen, dass ich sie will. Sie wendet nicht den Blick ab. Ihre Lippen öffnen sich (es sind wirklich die hübschesten Lippen im ganzen Universum) und sie drückt mit der Zunge gegen ihre Unterlippe.

Ich werde jetzt aufstehen und sie küssen. Keine Macht der Welt kann mich davon abhalten, aber in diesem Augenblick ertönt ihr Song und zerstört den Moment mit seiner düsteren Stimmung.

Ich erkenne die Anfangsakkorde. Es ist *Fell on Black Days* von Soundgarden. Das Lied beginnt damit, dass uns der Leadsänger (Chris Cornell) sagt, dass all seine Ängste wahr geworden sind. Und dann geht es stimmungsmäßig immer weiter bergab, bis wir zum Refrain kommen, wo wir uns eine Million Mal (mehr oder weniger) anhören müssen, dass er abgestürzt ist und schwarze Tage durchlebt. Es ist (objektiv betrachtet) einer der deprimierendsten Songs, die je geschrieben wurden.

Trotzdem findet Natasha ihn toll. Sie umklammert das Mikro mit beiden Händen und kneift die Augen zu. Ihr Gesang kommt von Herzen, ist leidenschaftlich und absolut grauenvoll.

Sie kann nicht singen.

Kein bisschen.

Ich bin mir ziemlich sicher, dass sie vollkommen unmusikalisch ist. Wenn sie mal eine Note trifft, dann ist das reiner Zufall. Mit geschlossenen Augen schwankt sie unbeholfen hin und her. Sie muss den Liedtext nicht vom Bildschirm ablesen, denn sie kennt den Song komplett auswendig.

Als sie bei der letzten Wiederholung des Refrains angekommen ist, hat sie mich vollkommen vergessen. Ihre Unbeholfenheit verschwindet. Sie singt noch immer nicht gut, aber sie hat eine Hand auf ihr Herz gelegt und jault mit echter Emotion in der Stimme, dass sie ihr Schicksal nicht kennt.

Gnädigerweise ist es dann vorbei. Dieses Lied kann einem jeglichen Frohsinn rauben. Sie blinzelt mich an. Diesen schüchternen Blick habe ich noch nicht bei ihr gesehen. Wieder beißt sie sich auf die Unterlippe und zieht die Nase kraus. Sie ist anbetungswürdig.

»Ich liebe diesen Song«, sagt sie.

»Ist er nicht ein bisschen düster?«, ziehe ich sie auf.

»Ein bisschen Existenzangst hat noch keinem geschadet.«

»Du bist der angstfreieste Mensch, dem ich je begegnet bin.«

»Das stimmt nicht«, sagt sie. »Ich bin nur gut darin, so zu tun, als ob.«

Ich glaube nicht, dass sie das zugeben wollte. Ich glaube nicht, dass sie gern ihre Schwächen offenbart. Sie wendet sich ab und legt das Mikro auf den Tisch.

Aber ich lasse nicht noch mal zu, dass sie sich diesem Moment entzieht. Ich greife nach ihrer Hand und ziehe sie an mich. Sie leistet keinen Widerstand, und ich höre nicht auf, zu ziehen, bis sich unsere Körper berühren. Ich höre nicht auf, zu ziehen, bis ich ihren Atem spüre.

»Das war der schlimmste Gesang, den ich je gehört habe«, sage ich.

Ihre Augen glänzen. »Ich hab dir gesagt, dass ich nicht singen kann«, entgegnet sie.

»Hast du nicht.«

»In meinen Gedanken hab ich es getan.«

»Bin ich in deinen Gedanken?«, frage ich sie.

Sie ist mir so nah, dass ich die leichte Wärme spüre, als sie rot wird.

Ich lege eine Hand an ihre Taille und vergrabe meine Finger in ihren Haaren. Nur ein Hauch von Luft trennt uns noch, zwischen uns ist alles möglich. Ich warte auf sie, warte darauf, dass ihre Augen Ja sagen, und dann küsse ich sie. Ihre Lippen sind wie weiche Kissen, in denen ich versinke. Am Anfang sind wir ganz vorsichtig, nur unsere Lippen berühren sich und wir kosten uns gegenseitig. Doch schon bald können wir nicht genug kriegen. Sie öffnet die Lippen, und unsere Zungen umschlingen sich, ziehen sich zurück und umschlingen sich wieder. Ich werde am ganzen Körper hart, aber es fühlt sich zu gut, zu *richtig* an, als dass es mir peinlich wäre. Sie gibt kleine Stöhngeräusche von sich, und mein Drang, sie zu küssen, wird dadurch nur noch stärker.

Es ist mir egal, was sie über Liebe und Chemie gesagt hat. Das hier wird nicht vergehen. Es ist mehr als bloße Chemie. Sie zieht sich zurück, und ihre Augen sind schimmernde schwarze Sterne, die mich ansehen.

»Komm wieder her«, sage ich und küsse sie, als gäbe es kein Morgen.

Natasha

ICH KANN NICHT AUFHÖREN. Ich will nicht aufhören. Meinem Körper ist es vollkommen egal, was mein Hirn denkt. Ich spüre seinen Kuss überall. In meinen Haarspitzen. In meinem Bauch. In meinen Kniekehlen. Ich will ihn in mich hineinziehen und ich will mit ihm verschmelzen.

Er bugsiert mich rückwärts Richtung Sofa und meine Beine stoßen gegen das Sitzpolster. Dann drückt er mich nach unten, bis er halb auf mir liegt und sich nur noch mit einem Bein auf dem Boden abstützt.

Ich muss ihn immer weiter küssen. Mein Körper ist ganz hektisch. Ich kriege nicht genug. Ich kann ihm gar nicht nah genug sein. Etwas Chaotisches und Eindringliches brodelt in mir. Ich stemme mich vom Sofa ab, um ihm noch näher zu sein, als ich es bereits bin. Seine Hand presst sich gegen meine Taille und wandert dann nach oben zu meinem Brustkorb. Er streicht mir zart über die Brust. Ich schlinge meine Arme um seinen Hals und vergrabe meine Finger in seinen Haaren. Endlich. Das wollte ich schon den ganzen Tag tun.

Tatsache ist: Ich glaube nicht an Magie.

Tatsache ist: Wir *sind* magisch.

Daniel

HEILIGE …

Natasha

… SCHEISSE.

Daniel

WIR KÖNNEN KEINEN SEX in der *Norebang*-Bar haben.

Wir.

Können.

Das.

Nicht.

Bringen.

Doch gleich werde ich mich vorwagen und ihr gestehen, dass ich es will. Wenn ich nicht aufhöre, sie zu küssen, werde ich sie fragen, obwohl sie mich nicht für einen Typ halten soll, der ein Mädchen, das er gerade erst kennengelernt hat, nach ihrem erstem (Quasi-)Date fragt, ob sie mit ihm in einer *Norebang*-Bar Sex haben will, auch wenn ich ganz genau dieser Typ bin, denn Himmel noch mal, ich will wirklich jetzt und hier in der *Norebang*-Bar mit ihr schlafen.

Natasha

ICH KANN DIE FINGER nicht von ihm lassen. Sie gleiten von selbst aus seinen Haaren hinunter zu den festen, angespannten Muskeln an seinem Rücken. Aus eigenem Antrieb rutschen sie hinab zu seinem Hintern.

Wie ich vermutet habe, ist er großartig. Fest und rund und perfekt proportioniert. Es ist die Art Hintern, die man einfach festhalten muss. Er sollte nie Hosen tragen.

Ich lege beide Handflächen auf seinen Hintern und drücke ihn, und es fühlt sich noch besser an, als ich erwartet habe.

Er stützt sich mit den Armen zu beiden Seiten meines Kopfes ab, drückt sich hoch und lächelt mich an. »Das ist keine Melone, ja?«

»Ich mag ihn«, sage ich und drücke noch einmal.

»Er gehört dir«, sagt er.

»Hast du schon mal überlegt, Chaps zu tragen?«, frage ich.

»Ganz bestimmt nicht«, sagt er, lacht und wird rot.

Ich mag es wirklich, ihn zum Erröten zu bringen.

Er beugt sich herab und küsst mich wieder. Ich habe das Gefühl, als gäbe es keine Stelle an meinem Körper, die nicht geküsst wird. Ich nehme meine Hände von seinem Hintern und lege sie auf seine Schultern, um uns ein bisschen zu bremsen. Wenn ich ihn noch länger küsse, wird es mir später umso schwerer fallen.

Also.

Keine weiteren Küsse.

Daniel

ICH SPÜRE DAS ZÖGERN ihrer Lippen. Ehrlich gesagt, verstört es mich auch ein bisschen, wie intensiv das zwischen uns ist. Ich richte mich auf und ziehe sie hoch, sodass wir beide zum Sitzen kommen. Dann umfange ich mit der Hand ihren Nacken und lehne meine Stirn an ihre. Wir atmen zu schnell, zu hektisch. Ich wusste zwar, dass es zwischen uns funkt, aber das habe ich nicht erwartet.

Wir sind ein Kienspan bei einem Blitzeinschlag. Ein brennendes Streichholz und ein knochentrockener Scheit. Ein Brandgefahr-Schild und ein Wald voller ausgedörrter Bäume.

Nie hätte ich geahnt, dass der Tag einen solchen Verlauf nehmen würde. Aber jetzt bin ich mir sicher, alles, was heute passiert ist, hat mich zu ihr und uns zu diesem Augenblick geführt. Und dieser Augenblick zum Rest unseres Lebens.

Sogar Charlies Rausschmiss aus Harvard scheint Teil des Plans zu sein, uns an diesen Punkt zu bringen. Wenn es Charlie und sein Versagen nicht gäbe, hätte meine Mom heute Morgen nicht das gesagt, was sie gesagt hat.

Wenn sie es nicht gesagt hätte, hätte ich mich nicht so früh auf den Weg zum Friseur gemacht, bei dem ich noch immer nicht gewesen bin.

Ich hätte nicht die U-Bahn der Linie 7 mit dem missionarischen Zugführer genommen.

Wäre er nicht gewesen, wäre ich nicht ausgestiegen und zu Fuß gegangen und hätte Natasha nicht bei ihrem musikalischen Erweckungserlebnis beobachtet. Und wenn der Zugführer nicht über Gott gesprochen hätte, wäre mir das DEUS EX MACHINA auf ihrer Jacke nicht aufgefallen.

Wenn mir ihre Jacke nicht aufgefallen wäre, wäre ich ihr nicht in den Plattenladen gefolgt.

Wenn ihr Exfreund nicht geklaut hätte, hätte ich sie nicht angesprochen.

Selbst der Mistkerl in dem BMW hat dazu beigetragen. Wenn er nicht über Rot gefahren wäre, hätte ich keine zweite Chance bei ihr gehabt.

All das hat uns hierhergeführt.

Als unsere Atmung sich wieder normalisiert hat, küsse ich sie auf die Nasenspitze.

»Ich hab's dir gesagt«, sage ich und küsse sie noch einmal dorthin.

»Nasenfetischist«, sagt sie und dann: »Was hast du mir gesagt?«

Ich unterstreiche meine Worte mit Nasenküssen.

»Wir.«

Kuss.

»Sind.«

Kuss.

»Füreinander.«

Kuss.

»Bestimmt.«

Sie weicht zurück. Ihre Augen sind dunkle Gewitterwolken und sie windet sich aus meinen Armen. Es ist schwer, sie loszulassen – als würde man zwei Magnete auseinanderziehen. Habe ich sie mit meinem Schicksalsgerede abgeschreckt? Sie rutscht über die Couch und schafft einen viel zu großen Abstand zwischen uns. Ich will diesen Augenblick unbedingt festhalten. Noch vor ein paar Sekunden dachte ich, es würde für immer so bleiben.

»Willst du noch ein Lied singen?«, frage ich. Meine Stimme krächzt und ich räuspere mich. Ich schaue hinüber zum Fernseher. Wegen unseres Kusses haben wir gar nicht mehr auf ihre Bewertung geachtet. Sie beträgt 89 Prozent, was grottenschlecht ist. Beim *Norebang* ist es kaum möglich, weniger als 90 Prozent zu erreichen.

Auch sie späht zum Fernsehbildschirm, sagt aber nichts. Ich kann nicht ergründen, was in ihrem Kopf vorgeht. Warum sperrt sie sich gegen das, was zwischen uns ist? Sie berührt ihre Haare und zieht an einer Strähne, lässt sie los, zupft an einer anderen und lässt auch die los.

»Tut mir leid«, sagt sie.

Ich verändere meine Sitzposition und schließe den Spalt zwischen uns. Ihre Hände liegen verkrampft in ihrem Schoß.

»Was tut dir leid?«, frage ich.

»Dass ich mich so uneindeutig verhalte.«

»Also gerade eben warst du ziemlich eindeutig«, antworte ich mit dem lahmsten aller Witze (neben Wortspielen sind Anspielungen die übelste Art von Humor), den ich in diesem Moment machen kann. Ich ziehe sogar bedeutungsvoll die Augenbrauen hoch und warte dann auf ihre Reaktion. Sie könnte so oder so ausfallen.

Ein Lächeln breitet sich auf ihrem Gesicht aus. Die Gewitterwolken in ihren Augen verziehen sich. »Wow«, sagt sie mit warmer Stimme und einem Lächeln. »Du kannst echt gut mit Sprache umgehen.«

»Und mit Frauen«, sage ich und setze noch einen drauf. Ich mache einen Narren aus mir, nur um sie zum Lachen zu bringen.

Sie lacht wieder und lehnt sich auf dem Sofa zurück. »Bist du sicher, dass du zum Dichter taugst? Das war die schlechteste Verszeile, die ich je gehört habe.«

»Du hast also was ...«

»... Poetischeres erwartet«, ergänzt sie.

»Machst du Witze? Die meisten Gedichte drehen sich um Sex.«

»Hast du aktuelle Zahlen, um das zu belegen?«, fragt sie skeptisch. »Ich will Fakten hören.«

»Wissenschaftlerin!«, sage ich anklagend.

»Dichter!«, gibt sie zurück.

Entzückt lächeln wir uns an und versuchen gar nicht erst, unser Entzücken voreinander zu verbergen.

»Die meisten Gedichte, die ich kenne, handeln von Liebe, Sex oder den Sternen. Ihr Dichter seid besessen von Sternen. Flammende Sterne, Sternschnuppen, verglühende Sterne.«

»Sterne sind wichtig«, sage ich lachend.

»Sicher, aber warum gibt es nicht mehr Gedichte über die Sonne? Die Sonne ist auch ein Stern, und zwar unser wichtigster. Das allein sollte doch ein oder zwei Gedichte wert sein.«

»Schon erledigt. Von jetzt an schreibe ich nur noch Gedichte über die Sonne«, gelobe ich.

»Brav«, antwortet sie.

»Aber jetzt mal im Ernst: Ich glaube, bei den meisten Gedichten geht es um Sex. Robert Herrick hat ein Gedicht geschrieben, das heißt *Rat an eine Jungfrau, etwas aus ihrem Leben zu machen.*«

Sie setzt sich im Lotussitz auf das Sofa und krümmt sich vor Lachen. »Nicht dein Ernst.«

»Doch«, entgegne ich. »Im Grunde hat er den Jungfrauen geraten, ihre Jungfräulichkeit so schnell wie möglich zu verlieren, sie könnten ja schließlich bald sterben. Und es wäre schlimm, als Jungfrau zu sterben.«

Ihr Lachen verschwindet. »Vielleicht meinte er damit nur, dass wir den Moment auskosten sollen. Als wäre das Hier und Jetzt alles, was uns bleibt.«

Sie ist wieder ernst und traurig, und ich habe keine Ahnung, warum. Sie lehnt sich mit dem Hinterkopf gegen das Sofa und schaut hoch zur Discokugel.

»Erzähl mir von deinem Vater«, sage ich.

»Ich will eigentlich nicht über ihn sprechen.«

»Weiß ich, aber erzähl es mir trotzdem. Warum meinst du, dass er dich nicht liebt?«

Sie hebt den Kopf, um mich anzusehen. »Du bist echt unerbittlich«, sagt sie und lässt den Kopf wieder nach hinten sinken.

»Beharrlich«, korrigiere ich.

»Keine Ahnung, wie ich es ausdrücken soll. Das Gefühl, das meinen Vater beherrscht, ist Reue. Als ob er in der Vergangenheit einen großen Fehler gemacht hätte. Als hätte er die falsche Richtung eingeschlagen, und anstatt dort zu landen, wo er eigentlich hinwollte, lebt er nun dieses Leben mit mir, Mom und meinem Bruder.«

Ihre Stimme klingt ein bisschen wackelig, aber sie weint nicht. Ich greife nach ihrer Hand und wir blicken beide auf den Fernsehbildschirm. Ihre Bewertung ist von einer tonlosen Reklame für die Casinos in Atlantic City ersetzt worden.

»Meine Mom malt sehr schöne Bilder«, sage ich zu Natasha. »Sie sind echt fantastisch.«

Noch immer sehe ich die Tränen in Moms Augen, als mein Dad ihr dieses Geschenk gemacht hat. Sie sagte: »*Yeobo*, das wäre doch nicht nötig gewesen.«

»Das ist etwas, das nur für dich ist«, antwortete er. »Früher hast du doch dauernd gemalt.«

Das überraschte mich total. Ich dachte, ich wüsste alles über meine Mom, über sie beide eigentlich, und auf einmal gab es da diese geheime Geschichte, von der ich keine Ahnung hatte. Ich fragte sie, warum sie mit dem Malen aufgehört hätte, und sie machte eine wegwerfende Handbewegung, als wollte sie die vergangenen Jahre zur Seite wischen.

»Lange her«, sagte sie.

Ich küsse Natashas Hand. »Manchmal denke ich, dass es vielleicht falsch von ihr gewesen ist, uns zu bekommen.«

»Mag sein, aber denkt *sie* das auch?«

»Keine Ahnung«, erwidere ich. Und dann: »Wenn ich raten müsste, würde ich sagen, sie ist glücklich, so wie ihr Leben verlaufen ist.«

»Das ist gut«, sagt Natasha. »Kannst du dir vorstellen, ein Leben lang dem Gedanken nachzuhängen, dass du einen Fehler gemacht hast?« Sie schaudert, als sie es ausspricht.

Ich hebe ihre Hand an die Lippen und küsse sie erneut. Ihre Atmung beschleunigt sich. Ich ziehe sie an mich und will sie auf den Mund küssen, aber sie bremst mich.

»Sag mir, warum du Dichter werden willst.«

Ich lehne mich zurück und reibe mit dem Daumen über ihre Fingerknöchel. »Ich weiß es nicht. Ich meine, ich weiß nicht mal, ob ich mir das tatsächlich als späteren Beruf vorstellen kann. Ich kapiere nicht, wieso ich das jetzt schon wissen muss. Alles, was ich weiß, ist, dass ich gern Gedichte schreibe. Sehr gern sogar. Mir gehen Dinge durch den Kopf, die ich aufschreiben muss, und wenn ich sie dann aufschreibe, sind es Gedichte. Dann fühle ich mich so gut wie sonst nie, außer …«

Ich verstumme, denn ich will sie nicht noch mal verschrecken.

Wieder hebt sie den Kopf. »Außer was?« Ihre Augen strahlen. Sie will die Antwort wissen.

»Außer bei dir. Bei dir fühle ich mich auch gut.«

Sie zieht ihre Hand aus meiner. Ich befürchte, dass sie jetzt wieder in den Rückzugsmodus verfällt, aber so ist es nicht. Stattdessen beugt sie sich vor und küsst mich.

Natasha

ICH KÜSSE IHN, damit er den Mund hält. Denn wenn er weiterredet, werde ich mich in ihn verlieben, und ich will mich nicht in ihn verlieben. Wirklich nicht. Wie sich zeigt, ist das nicht gerade die beste Strategie. Küssen ist einfach eine andere Form von Reden, nur ohne Worte.

Daniel

EINES TAGES SCHREIBE ICH eine Ode übers Küssen. Ich werde sie *Ode an einen Kuss* nennen.

Sie wird fantastisch sein.

Natasha

WAHRSCHEINLICH WÜRDEN WIR UNS immer noch küssen, wenn nicht diese schrullige Kellnerin zurückgekommen wäre, um zu fragen, ob wir noch was essen wollen. Wollen wir nicht und es wird sowieso Zeit, zu gehen. Ich möchte mit Daniel ins Museum of Natural History gehen, meinem Lieblingsort in New York. Das sage ich ihm auch und wir verlassen den Club.

Nach der schummrig beleuchteten *Norebang*-Bar kommt mir die Sonne zu grell vor. Und nicht nur die Sonne – alles scheint zu viel zu sein. Die Stadt ist viel zu laut und viel zu voll.

Ein paar Sekunden lang bin ich ziemlich verwirrt, alles um mich herum ist mit koreanischen Firmenschildern gepflastert – bis mir wieder einfällt, dass wir ja in Koreatown sind. In diesem Teil der Stadt soll es genauso sein wie in Seoul. Ich frage mich, ob das stimmt. Ich blinzle in die Sonne und überlege, ob ich wieder in den Club zurückgehen soll. Ich bin noch nicht bereit für die chaotische und wuselige New Yorker Realität, die sich mit aller Macht behaupten will.

Und das ist der Gedanke, der mich wieder zur Vernunft bringt: Realität. *Das* hier ist die Realität. Der Geruch von Gummi und

Abgasen, der Lärm zu vieler Autos, die ziellos umherfahren, der Ozongeschmack in der Luft. Das ist die Realität. In der *Norebang*-Bar konnten wir so tun, als ob, aber nicht hier draußen. Das ist eins der Dinge, die mir an New York am besten gefallen: Diese Stadt lässt nicht zu, dass man sich selbst belügt.

Wir wenden uns gleichzeitig einander zu. Wir halten uns an den Händen, aber selbst das kommt mir jetzt wie ein Fake vor. Ich ziehe meine Hand weg und rücke meinen Rucksack zurecht. Er wartet darauf, dass ich sie ihm wieder reiche, aber ich bin noch nicht wieder bereit dazu.

Daniel

New Yorker Teenager kann es nicht auf sich beruhen lassen

Wir sitzen nebeneinander in der Bahn, und obwohl wir immer wieder gegeneinanderstoßen, spüre ich, wie sie mir entgleitet. Der Platz uns gegenüber ist leer; wir beobachten einander in der Fensterscheibe. Mein Blick wandert zu ihrem Gesicht und sie schaut zur Seite. Ihre Augen mustern mich und ich sehe ebenfalls weg. Ihr Rucksack steht auf ihrem Schoß, und sie drückt ihn an ihre Brust, als könnte er jeden Moment aufstehen und davonlaufen.

Ich könnte nach ihrer Hand fassen und eine Entscheidung erzwingen, aber diesmal soll sie diejenige sein, die das tut. Sie soll laut aussprechen, dass es da etwas gibt zwischen uns. Ich kann es nicht auf sich beruhen lassen. Ich will, dass sie die Worte sagt. *Wir sind füreinander bestimmt.* Oder so. Oder irgendwas. Ich muss sie hören. Damit ich weiß, dass es nicht nur mir so geht.

Ich sollte es lieber lassen.

Ich lasse es.

»Wovor hast du solche Angst?«, frage ich und lasse es ganz und gar nicht.

Natasha

ICH HASSE HEUCHELEI, aber jetzt heuchle ich. »Wovon redest du?«, sage ich zu seinem Spiegelbild in der Fensterscheibe anstatt zu ihm selbst.

Daniel

FAST NEHME ICH IHR AB, dass sie nicht weiß, wovon ich rede. Unsere Blicke treffen sich in der Fensterscheibe, als wäre es der einzige Ort, an dem wir uns ansehen können.

»Wir sind füreinander bestimmt«, beharre ich. Es kommt völlig falsch heraus, klingt rechthaberisch, zänkisch und flehend zugleich. »Du hast es auch gespürt, das weiß ich genau.«

Sie antwortet nicht, sondern steht auf und stellt sich an die Tür. Wenn Wut Wärme erzeugen würde, dann könnte ich jetzt sehen, wie Hitzewellen von ihrem Körper abstrahlen.

Einerseits möchte ich zu ihr gehen und mich entschuldigen. Andererseits möchte ich verdammt noch mal von ihr wissen, was ihr Problem ist. Ich zwinge mich, den Rest der Strecke sitzen zu bleiben, bis der Zug schließlich in die 81st Street einfährt.

Die Türen gehen auf. Sie schiebt sich durch die Menge und läuft die Treppe hoch. Sobald wir oben sind, zieht sie mich zur Seite und fährt herum, um mich anzusehen.

»Sag mir nicht, was ich fühlen soll«, flüsterschreit sie. Sie will noch was sagen, entscheidet sich dann aber doch dagegen. Stattdessen marschiert sie davon.

Sie ist frustriert, aber das bin ich jetzt auch. Ich laufe ihr hinterher.

»Was ist dein Problem?«, frage ich und recke dabei sogar verzweifelt die Arme in die Luft.

Ich möchte nicht mit ihr streiten. Auf der anderen Straßenseite beginnt der Central Park. Das Laub an den Bäumen ist üppig und wunderschön in seinen Herbstfarben. Ich möchte mit ihr durch den Park schlendern und Gedichte in mein Notizbuch schreiben. Ich möchte, dass sie sich über mich lustig macht, weil ich Gedichte in mein Notizbuch schreibe. Ich möchte, dass sie mir erklärt, wie und warum die Blätter ihre Farbe wechseln. Bestimmt kann sie das wissenschaftlich ganz genau belegen.

Sie setzt den Rucksack richtig auf und verschränkt die Arme vor der Brust. »Dieses Füreinander-bestimmt-Sein existiert nicht«, sagt sie.

Ich will keine philosophische Diskussion führen, deshalb gebe ich nach. »Mag sein, aber wenn es doch vorhin …«

Sie schneidet mir das Wort ab. »Nein. Es reicht. Es existiert einfach nicht. Und selbst wenn es existierte, dann sind *wir* beide ganz sicher nicht füreinander bestimmt.«

»Wie kannst du das sagen?« Ich weiß, ich bin stur, irrational und wahrscheinlich noch jede Menge anderer Dinge, die ich besser nicht sein sollte. Das hier ist nichts, worüber man mit einem anderen Menschen streiten kann.

Du kannst einen anderen Menschen nicht davon überzeugen, dich zu lieben.

Ein leichter Windstoß fährt durch die Blätter um uns herum. Es ist jetzt kälter als heute Vormittag.

»Weil es so ist. Wir sind nicht füreinander bestimmt, Daniel.

Ich bin eine illegale Einwanderin. Ich werde abgeschoben. Heute ist mein letzter Tag in Amerika. Morgen bin ich weg.«

Vielleicht lassen sich ihre Worte auch anders interpretieren. Mein Gehirn pickt die wichtigsten heraus und setzt sie neu zusammen – in der Hoffnung, dass sich eine andere Bedeutung ergibt. Ich versuche mich sogar an einem kurzen Gedicht, aber die Worte fügen sich nicht. Sie hocken einfach zwischen uns und sind zu schwer, um sich von der Stelle zu bewegen.

Letzter.
Illegale.
Amerika.
Weg.

Natasha

NORMALERWEISE WÄRE MIR so ein Streit in der Öffentlichkeit peinlich, aber außer Daniel nehme ich kaum jemanden wahr. Und wenn ich ehrlich bin, dann ist das schon den ganzen Tag so.

Er hat die Stirn in den Händen vergraben und seine Haare fallen wie ein Vorhang um sein Gesicht. Ich habe keine Ahnung, was ich jetzt sagen oder tun soll. Ich würde die Worte am liebsten zurücknehmen. Ich will weiter so tun, als ob. Es ist meine Schuld, dass wir so weit gegangen sind. Ich hätte es ihm von Anfang an sagen sollen, aber ich habe nicht geglaubt, dass wir an diesen Punkt kommen würden. Ich habe nicht geglaubt, dass ich solche Gefühle haben könnte.

Daniel

»DEINETWEGEN HABE ICH mein Vorstellungsgespräch verschoben.« Meine Stimme ist so leise, dass ich nicht weiß, ob ich überhaupt von ihr verstanden werden will. Aber sie versteht mich.

Sie reißt die Augen auf. Drei Mal setzt sie zu einer Antwort an, dann sagt sie: »Moment mal. Das soll meine Schuld sein?«

Ich gebe ihr definitiv die Schuld für irgendwas. Ich weiß nicht genau, wofür. Ein Fahrradkurier rast ein bisschen zu dicht an uns vorbei über den Bürgersteig. Jemand brüllt ihn an, er soll auf der Straße fahren. Ich will ihn auch anbrüllen. *Halt dich an die Regeln*, will ich ihm sagen.

»Du hättest mich warnen können«, sage ich. »Du hättest mir sagen können, dass du gehen musst.«

»Ich habe dich gewarnt«, verteidigt sie sich.

»Aber nicht deutlich genug. Du hast nicht gesagt, dass du in weniger als vierundzwanzig Stunden in einem anderen Land leben wirst.«

»Ich wusste doch nicht, dass wir …«

»Als wir uns begegneten, wusstest du, was mit dir passieren würde.«

»Da ging es dich doch noch gar nichts an.«

»Aber jetzt schon?« Auch wenn die Lage hoffnungslos ist: Sie sagen zu hören, dass es mich jetzt etwas angeht, macht mir trotzdem Mut.

»Ich habe versucht, dich zu warnen«, bekräftigt sie noch einmal.

»Aber nicht richtig. Ich verrate dir, wie es geht: Du machst den Mund auf und sagst die Wahrheit. Und nicht diesen Mist, dass du nicht an Liebe und Poesie glaubst. Du sagst einfach: Daniel, ich muss das Land verlassen. Daniel, verlieb dich nicht in mich.«

»Das habe ich gesagt.« Sie schreit es zwar nicht, aber sie sagt es auch nicht gerade besonders leise.

Ein sehr schickes kleines Mädchen in einer Kapitänsjacke schaut uns mit großen Augen an und zieht an der Hand ihres Vaters. Ein Pulk von Touristen (alle mit Reiseführern in der Hand) beobachtet uns, als wären wir im Fernsehen.

Ich senke meine Stimme. »Ja, aber ich habe nicht gedacht, dass du es auch so meinst.«

»Und wessen Schuld ist das?«, fragt sie.

Darauf weiß ich keine Antwort und wir starren uns nur an.

»Es kann doch nicht sein, dass du wirklich in mich verliebt bist«, sagt sie jetzt deutlich leiser. Ihre Stimme schwankt zwischen Verzweiflung und Ungläubigkeit.

Und wieder weiß ich keine Antwort. Selbst mich überrascht es, wie stark meine Gefühle für sie den ganzen Tag über gewesen sind. Wenn sie einen erst mal überwältigen, ist man machtlos.

Ich versuche, die Wogen zu glätten. »Warum kann ich nicht in dich verliebt sein?«, frage ich.

Sie zieht heftig an den Trägern ihres Rucksacks. »Weil es dämlich ist. Ich habe dir gesagt, du sollst nicht …«

Und jetzt reicht es mir. Schon den ganzen Tag trage ich mein Herz auf der Zunge und inzwischen ist es ganz schön lädiert.

»Na toll. Dann empfindest du also gar nichts? Habe ich mich dann vorhin vielleicht selbst geküsst?«

»Denkst du etwa, ein paar Küsse bedeuten, dass man für immer zusammenbleibt?«

»Ich denke, *diese* Küsse schon.«

Sie schließt die Augen. Als sie sie wieder öffnet, meine ich, darin Mitleid zu erkennen.

»Daniel …«, setzt sie an.

Aber ich schneide ihr das Wort ab. Ich will kein Mitleid. »Nein. Interessiert mich nicht. Ich will's nicht hören. Ich hab's kapiert. Du empfindest nicht das Gleiche wie ich. Du gehst von hier weg. Hab ein schönes Leben.«

Ich habe mich ganze zwei Schritte von ihr entfernt, als sie »Du bist genau wie mein Vater« sagt.

»Ich kenne deinen Vater nicht mal«, sage ich, während ich mir das Jackett anziehe. Es kommt mir irgendwie enger vor.

Wieder verschränkt sie die Arme vor der Brust. »Das spielt keine Rolle. Du bist genau wie er. Egoistisch.«

»Bin ich nicht.« Jetzt verteidige *ich* mich.

»Doch, bist du. Du denkst, dass sich die ganze Welt nur um dich dreht. Um deine Gefühle. Deine Träume.«

Ich schlage die Hände über dem Kopf zusammen.

»Es ist nichts Falsches daran, Träume zu haben. Vielleicht bin ich ein lächerlicher Träumer, aber zumindest habe ich welche.«

»Warum soll das eine Tugend sein?«, will sie wissen. »Ihr

Traumtänzer denkt doch, dass sich die Welt nur um euch und eure Fantasien dreht.«

»Besser, als überhaupt keine zu haben.«

Ihre Augen werden schmal, sie ist bereit, sich mit mir zu streiten. »Ach, echt? Warum?«

Ich kann nicht fassen, dass ich ihr das erklären muss. »Das ist doch der Grund, warum wir auf der Welt sind.«

»Nein«, hält sie dagegen und schüttelt den Kopf. »Wir sind hier, um uns weiterzuentwickeln und um zu überleben. Das ist alles.«

Ich wusste, dass sie die Wissenschaft ins Spiel bringen würde. Aber das kann sie doch nicht wirklich glauben. »Das glaubst du nicht wirklich«, sage ich.

»Du kennst mich nicht gut genug, um das beurteilen zu können«, sagt sie. »Außerdem sind Träume ein Luxus, den sich nicht jeder leisten kann.«

»Ja, aber *du* schon. Du hast Angst davor, so zu werden wie dein Vater. Du hast Angst, dich für das Falsche zu entscheiden, und deswegen entscheidest du dich lieber für gar nichts.« Bestimmt gäbe es einen besseren Weg, ihr das klarzumachen, aber ich bin gerade nicht besonders gut in Form.

»Ich weiß bereits, was ich werden will«, sagt sie.

»Eine Datenanalystin oder so was in der Art?«, sage ich höhnisch. »Da steckt doch keine echte Leidenschaft dahinter. Es ist nur ein Job. Träume zu haben, hat noch nie jemanden umgebracht.«

»Stimmt nicht«, entgegnet sie. »Wie kannst du nur so naiv sein?«

»Ich bin lieber naiv, als so zu sein wie du. Du siehst nur das, was direkt vor deiner Nase ist.«

»Besser, als Dinge zu sehen, die gar nicht da sind.«

Und damit sind wir in einer Sackgasse gelandet.

Die Sonne versteckt sich hinter einer Wolke und aus dem Central Park weht eine kühle Brise zu uns herüber.

Einen Moment lang sehen wir uns schweigend an. Ohne das Licht der Sonne sieht sie anders aus. Ich wahrscheinlich auch. Sie hält mich für naiv. Oder noch schlimmer, sie findet mich lächerlich.

Vielleicht ist es besser, jetzt einen Schlussstrich zu ziehen. Vielleicht ist ein tragisches, plötzliches Ende besser als ein langes, schleppendes, bei dem uns klar wird, dass wir zu verschieden sind und dass Liebe allein nicht ausreicht, um zusammenzubleiben.

Ich denke all das und glaube doch nichts davon.

Wieder kommt ein Windstoß. Ihr Haar bewegt sich leicht. Ich kann mir ihren Afro sehr gut mit pinkfarbenen Spitzen vorstellen. Ich hätte es gern gesehen.

Natasha

»AM BESTEN, DU verschwindest jetzt«, sage ich zu Daniel.

»Dann war's das also?«, fragt er.

Ich bin froh, dass er sich wie ein Idiot verhält, das macht es leichter. »Hast du auch nur einen Gedanken dafür übrig, wie es mir dabei geht? *Ich frage mich, wie Natasha sich fühlt. Wie ist es wohl dazu gekommen, dass sie illegal in Amerika lebt? Geht sie gerne zurück in ein Land, das sie eigentlich gar nicht kennt? Ist sie vollkommen am Boden zerstört über das, was mit ihrem Leben geschieht?*«

Seine Miene verrät sein schlechtes Gewissen. Er macht einen Schritt auf mich zu, aber ich weiche zurück.

Er bleibt stehen.

»Du wartest doch nur darauf, dass dich jemand rettet. Du willst kein Arzt werden? Dann werd doch kein Arzt.«

»So einfach ist das nicht«, sagt er leise.

Ich schaue ihn mit schmalen Augen an. »Ich zitiere, was du vor fünf Minuten gesagt hast: ›Ich verrate dir, wie es geht: Du machst den Mund auf und sagst die Wahrheit.‹ Du sagst: Mom und Dad? Ich will nicht Arzt werden. Du sagst: Ich will Dichter werden, weil ich bescheuert bin und es nicht besser weiß.«

»Du weißt genau, dass es nicht so leicht ist«, sagt er noch leiser als zuvor.

Ich zerre an den Trägern meines Rucksacks. Es wird Zeit, zu gehen. Wir zögern nur das Unvermeidliche hinaus.

»Weißt du, was ich hasse?«, frage ich ihn. »Ich hasse Gedichte. Ehrlich.«

»Ja, weiß ich«, antwortet er.

»Ach, halt die Klappe. Ich hasse Gedichte, aber ich hab mal ein Gedicht von Warsan Shire gelesen. Darin heißt es, dass man sich aus Menschen keine Heimat machen kann und dass einem das jemand hätte sagen sollen.«

Ich erwarte, dass er protestiert, weil er das falsch findet. Ich wünsche mir sogar, dass er es tut, aber er schweigt.

»Dein Bruder hatte recht. Das hier führt zu nichts. Außerdem: Du liebst mich nicht, Daniel. Du suchst nur jemanden, der dich rettet. Rette dich selbst.«

Daniel

New Yorker Teenager ist davon überzeugt, dass sein Leben ein einziger Haufen Scheiße ist

Hätte sie bloß recht. Hätte ich mich bloß gar nicht erst in sie verliebt.

Ich sehe zu, wie sie davongeht. Ich halte sie nicht auf und folge ihr auch nicht. Was bin ich nur für ein Vollidiot gewesen. Ich habe mich wie irgend so ein esoterischer, an die Macht der Kristalle glaubender Trottel verhalten. Es war klar, dass es so weit kommen würde. Dieser ganze gequirlte Mist über *Schicksal* und *Vorsehung* und *Füreinander-bestimmt-Sein*.

Natasha hat recht. Das Leben ist nur eine Aneinanderreihung von dummen Entscheidungen, Unschlüssigkeiten und Zufällen, denen wir unbedingt eine Bedeutung zuschreiben wollen. Dein Lieblingsgebäck in der Schulcafeteria ist ausverkauft? Das muss daran liegen, dass das Universum dich bei deiner Diät unterstützen will.

Danke, Universum!

Du hast deinen Zug verpasst? Vielleicht wird dieser Zug im Tunnel explodieren oder Patient Null irgendeiner schrecklichen

Art von Vogelgrippe (Wasservogel, Gänsevogel, Pterodaktylus) sitzt darin und du Gott sei Dank nicht.

Danke, Universum!

Allerdings macht sich niemand die Mühe, diesem *Schicksal* noch mal genauer auf den Zahn zu fühlen. Die Cafeteria-Mitarbeiter haben einfach nur vergessen, dass es hinten im Lager noch eine Schachtel mit Gebäck gibt, und du hast ohnehin ein Stück vom Kuchen deines Freundes abbekommen. Und du hast zwar vor Wut geschäumt, als du auf den nächsten Zug warten musstest, aber schließlich ist doch einer gekommen. Und in dem Zug, den du verpasst hast, ist niemand gestorben. Es hat nicht mal einer geniest.

Wir reden uns ein, dass die Dinge aus einem bestimmten Grund geschehen, aber wir erzählen uns selbst nur Märchen. Wir erfinden diese Geschichten. Sie bedeuten gar nichts.

Schicksal

Eine Geschichte

DAS SCHICKSAL WAR immer Sache der Götter, obwohl auch sie seiner Macht unterliegen.

In der griechischen Mythologie spinnen Die Drei Moiren, die Schicksalsgöttinnen, den Lebensfaden eines Menschen in der dritten Nacht nach dessen Geburt. Stell dir dein neugeborenes Kind in seinem Bettchen vor. Da liegt es – dunkel, weich und warm, irgendwann zwischen zwei und vier Uhr in der Nacht, eine Zeit, die allein den Neugeborenen und den Sterbenden gehört.

Die erste der Schicksalsschwestern, Klotho, erscheint. Sie ist noch ein Mädchen, jung und lieblich. In ihrer Hand hält sie eine Spindel, mit der sie den Lebensfaden deines Kindes spinnt.

Neben ihr Lachesis, älter und mütterlicher als ihre Schwester. Sie hält den Stab, mit dem sie den Lebensfaden ausmisst. Dauer und Verlauf des Lebens deines Kindes liegen in ihrer Hand.

Als Letzte Atropos, alt und ausgemergelt. Unausweichlich. In ihren Händen hält sie die furchtbare Schere, mit der sie den Lebensfaden deines Kindes durchtrennen wird. Sie legt Zeitpunkt und Art seines Todes fest.

Stell dir den eindrucksvollen und zugleich schrecklichen Anblick dieser drei Schwestern vor: Dicht aneinandergedrängt stehen sie an der Wiege deines Kindes und entscheiden über dessen Zukunft.

Heutzutage sind die Moiren aus dem kollektiven Gedächtnis so gut wie verschwunden. Der Glaube an das Schicksal nicht. Warum? Macht es eine Tragödie erträglicher, wenn wir glauben, dass wir keinen Einfluss hatten, dass wir sie nicht hätten verhindern können? Es stand alles schon vorher fest.

Dinge geschehen aus einem bestimmten Grund, sagt Natashas Mutter. Was sie meint, ist, dass es für das menschliche Schicksal einen Grund gibt, und obwohl man ihn vielleicht nicht kennt, ist es beruhigend zu wissen, dass ein Plan dahintersteht.

Natasha ist anders. Sie glaubt an Kausalität: Ursache und Wirkung. Eine Handlung führt zur nächsten führt zur nächsten. Dein Handeln bestimmt dein Schicksal. In dem Punkt ist sie Daniels Vater nicht unähnlich.

Daniel lebt in einem unklaren Raum irgendwo dazwischen. Vielleicht war es ihm nicht vorherbestimmt, dass er Natasha heute begegnet. Vielleicht war es doch reiner Zufall.

Aber.

Alles, was nach ihrer Begegnung kam, ihre Liebe zueinander, war unausweichlich.

Natasha

DIE SACHE MIT DANIEL wird mich nicht davon abhalten, ins Museum zu gehen. Es befindet sich in einer meiner Lieblingsgegenden der Stadt. Die Gebäude sind nicht so hoch wie die in Midtown. Es ist schön, vereinzelt freien Blick auf den Himmel zu haben.

Zehn Minuten später stehe ich in der Abteilung des Museums, die ich besonders gern mag: in der Meteoriten-Halle. Die meisten Leute laufen hier einfach nur durch, nach nebenan zu dem Raum mit den glitzernden Edelsteinen – kostbaren und nicht so kostbaren. Aber ich liebe die Meteoriten-Halle. Es gefällt mir, wie dunkel, kühl und reduziert sie gestaltet ist. Es gefällt mir, dass ich fast immer die Einzige bin.

Überall im Raum stehen von Strahlern beleuchtete, senkrecht aufragende Schaukästen mit kleinen Bruchstücken von Meteoriten. An den Schaukästen stehen Bezeichnungen wie »Juwelen aus dem Weltall, Bausteine für Planeten« und »Ursprünge des Sonnensystems.«

Ich gehe direkt zu meinem absoluten Lieblingsmeteoriten – *Ahnighito*. Eigentlich ist er nur ein Trümmerstück des sehr viel größeren *Cape-York*-Meteoriten. *Ahnighito* besteht aus einunddreißig Tonnen Eisen und ist der größte in einem Museum ausgestellte Meteorit. Ich betrete das Podest, auf dem er ruht, und fahre mit den Händen über seine Oberfläche. Sie ist kalt wie Metall und pockennarbig von tausend winzigen Einschlägen. Ich schließe die Augen und gleite mit den Fingern über die kleinen Krater. Kaum zu glauben, dass dieser Eisenbrocken aus dem Weltall stammt. Und noch schwerer ist es zu begreifen, dass er die Ursprünge des Sonnensystems in sich trägt. Diese Halle ist meine Kirche, und auf diesem Podest zu stehen, ist meine Stütze. Wenn ich diesen Stein berühre, bin ich nahe dran, an Gott zu glauben.

Hierhin hätte ich Daniel mitgenommen. Ich hätte ihm befohlen, Gedichte über Weltraumgestein und Einschlagkrater zu schreiben. Die schiere Anzahl von Aktionen und Reaktionen, die erforderlich waren, um unser Sonnensystem, unsere Galaxie und unser Universum zu erschaffen, ist atemberaubend. So viele Dinge mussten dafür hundertprozentig glatt laufen, dass es einen vollkommen überwältigt.

Verglichen damit ist der Akt des sich Verliebens absolut belanglos. Eine Abfolge unbedeutender Zufälle, die wir für total bedeutend halten, weil wir glauben wollen, dass unser winzig kleines Leben im galaktischen Ausmaß eine Rolle spielt. Aber sich zu verlieben, lässt sich nicht mal im Ansatz mit der Entstehung des Universums vergleichen.

Nicht das kleinste bisschen.

Daniel

Symmetrien,
Ein Gedicht von Daniel Jae Ho Bae

Ich werde
auf meiner
Seite bleiben. Und
du auf der
anderen

Natasha

FRÜHER HATTE ICH eine sehr enge Beziehung zu meinem Vater. Auf Jamaika und auch noch in den ersten Jahren hier waren wir unzertrennlich. Die meiste Zeit hieß es *ich und mein Dad* – die Träumer – gegen meine Mutter und (später auch) meinen Bruder – die Realisten.

Er und ich schauten uns zusammen Kricketspiele an. Ich war sein Publikum, wenn er für Vorsprechen übte. Er sagte, wenn er erst mal ein berühmter Schauspieler am Broadway wäre, bekäme ich die besten Kleine-Mädchen-Rollen. Ich lauschte seinen Geschichten über die Zeit, wenn er berühmt sein würde. Ich lauschte ihnen auch noch, als meine Mom und mein Bruder schon längst damit aufgehört hatten.

Vor vier Jahren, ich war dreizehn, änderten sich die Dinge. Meine Mom hatte es satt, in einer Zweizimmerwohnung zu leben. Alle ihre Freunde auf Jamaika wohnten in eigenen Häusern. Sie hatte es satt, dass mein Vater den immer gleichen Job für das immer gleiche Geld machte. Sie hatte es satt, sich anzuhören, was passieren würde, wenn er erst mal seinen Durchbruch hätte. Zu ihm sagte sie nie ein böses Wort, wohl aber zu mir.

»Ihr seid zu groß, um noch im Wohnzimmer zu schlafen. Ihr braucht was Eigenes. Ich werd nie 'ne richtige Küche mit 'nem richtigen Kühlschrank haben. Wird Zeit, dass er diese dummen Träume begräbt.«

Und dann verlor er seinen Job. Keine Ahnung, ob er gefeuert wurde oder selbst kündigte. Meine Mom meinte mal, sie glaube, er hätte gekündigt, aber sie konnte es nicht beweisen.

An dem Tag, als es passierte, sagte er: »Vielleicht is das in echt ja ein Segen. So hab ich mehr Zeit, mich ums Schauspielern zu kümmern.«

Keine Ahnung, mit wem von uns dreien er sprach, aber keiner antwortete ihm.

Als er dann nicht mehr arbeitete, sagte er, er würde zu Vorsprechen gehen. Aber das tat er fast nie. Er fand immer eine Ausrede:

»Is nich die richtige Rolle für mich.

Die mögen meinen Akzent nich, Mann.

Bin zu alt jetzt. Schauspieler is was für 'nen jungen Mann.«

Wenn meine Mom am Abend von der Arbeit nach Hause kam, versicherte er ihr, er hätte alles versucht. Aber mein Bruder und ich wussten es besser.

Dennoch erinnere ich mich noch genau daran, wie wir das erste Mal erlebten, dass er vollkommen in einer Rolle versank. Peter und ich waren von der Schule nach Hause gekommen. Wir wussten, dass irgendwas anders war, denn die Wohnungstür stand offen. Unser Vater war im Wohnzimmer – unserem Zimmer. Keine Ahnung, ob er uns nicht reinkommen hörte, aber er reagierte nicht. Er hielt ein Buch in der Hand. Später wurde mir klar, dass es ein Theaterstück war – *Ein Fleck in der Sonne.*

Er trug ein weißes, zugeknöpftes Hemd und eine lange Hose

und rezitierte den Text. Ich weiß nicht, warum er das Buch überhaupt in der Hand hielt, denn er konnte den Text auswendig. Ich erinnere mich noch immer an Teile seines Monologs. Seine Figur sagte etwas darüber, dass sie sehen könne, wie ihre Zukunft vor ihr läge, und dass diese Zukunft nur ein gähnend leerer Ort sei.

Als mein Vater uns schließlich bemerkte, schimpfte er mit uns, weil wir uns so angeschlichen hatten. Am Anfang dachte ich, es wäre ihm bloß peinlich. Niemand wird gern überrumpelt. Aber später verstand ich, dass es mehr war als das. Er schämte sich, als hätten wir ihn beim Betrügen oder Klauen erwischt.

Danach machten er und ich kaum noch was zusammen. Er sah sich keine Kricketspiele mehr an. Er lehnte alle meine Angebote ab, ihm beim Textlernen zu helfen. Auf seiner Seite des Schlafzimmers türmten sich immer mehr Stapel von zerlesenen und vergilbten Taschenbüchern berühmter Theaterstücke. Er kannte alle Rollen, nicht nur die Hauptrollen, sondern auch die Texte der Nebenfiguren.

Und schließlich gab er es auf, so zu tun, als ginge er zu Vorsprechen oder suche nach einem Job. Meine Mom gab es auf, so zu tun, als würden wir jemals ein eigenes Haus beziehen oder zumindest eine Wohnung mit mehr als zwei Zimmern finden. Um uns durchzubringen, nahm sie zusätzliche Schichten bei der Arbeit an. Vergangenen Sommer habe ich bei McDonald's gejobbt, anstatt ehrenamtlich im New York Methodist Hospital zu arbeiten, wie ich es sonst tue.

Seit drei Jahren geht das nun so. Wenn wir nach Hause kommen, hat mein Dad sich im Schlafzimmer eingeschlossen und deklamiert seine Texte. Am liebsten lange, dramatische Monologe. Er ist Macbeth und Walter Lee Younger. Er beschwert sich bitterlich über diesen oder jenen Schauspieler und dessen Mangel an Talent. Er singt Loblieder auf die, die er für gut hält.

Vor zwei Monaten bekam er dann durch Zufall eine Rolle. Jemand, den er vor Jahren bei einem seiner Vorsprechen kennengelernt hatte, inszenierte *Ein Fleck in der Sonne*. Als er meiner Mom davon erzählte, fragte sie als Erstes: »Wie viel verdienst du dabei?«

Kein: »Herzlichen Glückwunsch.« Kein: »Ich bin so stolz auf dich.« Kein: »Welche Rolle spielst du?« Oder: »Wann ist die Premiere?« Oder: »Bist du aufgeregt?« Nur: »Wie viel verdienst du dabei?«

Als er es erzählte, sah sie ihn mit ausdruckslosen Augen an. Mit unbeeindruckten Augen. Mit müden Augen, die gerade eine Doppelschicht hinter sich hatten.

Ich glaube, wir waren alle ein bisschen geschockt. Sogar sie selbst war geschockt. Klar, sie war schon seit Jahren enttäuscht von ihm, aber dieser eine Augenblick zeigte uns allen, wie weit sie sich tatsächlich auseinandergelebt hatten. Selbst Peter, der immer für meine Mutter Partei ergreift, zuckte ein wenig zusammen.

Trotzdem kann man ihr keinen Vorwurf machen. Nicht wirklich. Mein Vater hatte sich seit Jahren aus seinem Leben weggeträumt. Er lebte in diesen Stücken anstatt in der Realität. Das tut er noch immer. Meine Mutter aber hatte keine Zeit mehr für Träume.

So wie ich jetzt.

Samuel Kingsley

Eine Geschichte der Reue, Teil 3

WENN ER EHRLICH IST, hat er ein bisschen Angst vor Natasha. Die Dinge, die sie jetzt interessieren? Chemie und Physik und Mathematik. Woher hat sie das? Wenn er ihr zusieht, wie sie am Küchentisch Hausaufgaben macht, denkt er manchmal, sie gehört zu jemand anderem. Ihre Welt ist größer als er selbst und die Dinge, die *er* ihr beigebracht hat. Er weiß nicht, wann sie ihm entwachsen ist.

Eines Abends, als sie und Peter schon im Bett waren, ging er in die Küche, um sich ein Glas Wasser zu holen. Sie hatte ihr Mathebuch und ihre Hausaufgaben auf dem Tisch liegen lassen. Bis heute hat Samuel keine Ahnung, was über ihn gekommen ist, aber er schaltete das Licht ein, setzte sich hin und blätterte das Buch durch. Die Zeichen darin kamen ihm wie Hieroglyphen vor, wie eine uralte Sprache aus einer anderen Zeit – geschaffen von Menschen, die er niemals verstehen würde. Sie erfüllten ihn mit Furcht. Lange saß er dort, ließ seine Finger über die Symbole gleiten und wünschte, dass seine Haut durchlässig genug wäre, um das ganze Wissen und die Geschichte der Welt hineinströmen zu lassen.

Seit jenem Abend hat er immer, wenn er seine Tochter ansieht, das leise Gefühl, dass jemand – als er gerade nicht aufgepasst hat – gekommen ist und ihm sein süßes kleines Mädchen weggenommen hat.

Manchmal aber blitzt noch ein kleines Stück von »seiner« Natasha auf. Sie schaut ihn an, wie sie es als kleines Mädchen getan hat. Es ist ein Blick, der etwas von ihm fordert. Der Blick fordert, dass Samuel mehr ist, mehr tut, sie mehr liebt. Er hasst diesen Blick. Manchmal hasst er sie. Hat er nicht schon genug getan? Sie war sein erstes Kind. Er hat schon alle seine Träume für sie aufgegeben.

Daniel

ICH WEISS NICHT, was ich jetzt machen soll. Ich wollte mich treiben lassen, aber dazu fehlt mir jeder Antrieb. Am liebsten würde ich mir Pennerklamotten besorgen und so eine Umhängetafel und »Was jetzt, Universum?« draufkritzeln. Es könnte gerade ein guter Zeitpunkt sein, zuzugeben, dass dem Universum doch alles egal ist.

Ich übertreibe nicht, wenn ich sage, dass ich alles und jeden hasse.

Das Universum ist ein Arschloch – genau wie Charlie.

Charlie.

Dieser Haufen Scheiße.

Charlie, der meiner Möchtegern-Freundin gesagt hat, das zwischen uns hätte sowieso keine Zukunft. Charlie, der sie beschuldigt hat, eine Ladendiebin zu sein. Charlie, der ihr gesagt hat, ich hätte einen kleinen Schwanz. Charlie, dem ich seit mittlerweile sieben Jahren eine verpassen möchte.

Vielleicht ist das mein Antrieb. Mein Hass auf Charlie.

Was du heute kannst besorgen, das verschiebe nicht auf morgen. Und ich habe heute sowieso nichts mehr zu verlieren.

Natasha

DIESMAL WIRKT DIE ANWALTSGEHILFIN ein bisschen zerzaust. Eine ihrer Locken hat sich aus ihrer Frisur gelöst und fällt ihr in die Augen. Ihre Augen glitzern in dem fluoreszierenden Bürolicht und ihre Lippen sind nicht mehr knallrot geschminkt wie vorhin. Sie sieht aus, als wäre sie geküsst worden.

Ich schaue auf mein Handy, um sicherzugehen, dass ich weder zu früh noch zu spät bin, aber ich bin ganz pünktlich.

»Schön, Sie wiederzusehen, Ms Kingsley. Bitte folgen Sie mir.«

Sie steht auf und setzt sich in Bewegung. »Jeremys, ich meine, Mr Fitz…, ich meine, Rechtsanwalt Fitzgeralds Büro ist gleich hier.«

Sie klopft leise an die einzige Tür und wartet. Ihre Augen strahlen noch mehr als zuvor.

Die Tür schwingt auf.

Ich könnte genauso gut unsichtbar sein, denn Mr Fitzgerald nimmt mich überhaupt nicht wahr. Er betrachtet seine Sekretärin auf eine Weise, dass ich mich am liebsten für die Störung entschuldigen würde. Sie sieht ihn mit dem gleichen Blick an.

Ich räuspere mich sehr laut.

Endlich reißt er sich von ihr los. »Danke, Ms Winter«, sagt er. Genauso gut könnte er ihr seine Liebe gestehen.

Ich folge ihm in sein Büro. Er setzt sich an seinen Schreibtisch und presst die Finger gegen die Schläfen. Er hat ein schmales Pflaster oberhalb der Augenbraue und einen Verband ums Handgelenk. Er sieht wie eine ältere und gestresstere Version seines Fotos auf der Website aus. Gleich geblieben ist nur, dass er weiß ist und seine Augen leuchtend grün sind.

»Aber-nehmen-Sie-doch-um-Himmels-willen-Platz«, sagt er in einem Atemzug. »Und entschuldigen Sie die Verzögerung. Ich hatte heute Morgen einen kleinen Unfall, und jetzt bleibt uns nicht mehr viel Zeit, also erzählen Sie mir bitte, wie es zu dem Abschiebebescheid gekommen ist.«

Ich weiß nicht genau, wo ich anfangen soll. Soll ich ihm die ganze Geschichte erzählen? Was muss ich unbedingt erwähnen? Ich habe den Eindruck, als müsste ich weit ausholen, um alles zu erklären.

Soll ich ihm von den gescheiterten Träumen meines Vaters erzählen? Soll ich ihm erzählen, dass ich glaube, dass Träume nie verschwinden – selbst wenn man sie begräbt? Soll ich ihm erzählen, dass ich vermute, dass mein Vater in seiner Fantasie ein besseres Leben führt? In diesem Leben ist er berühmt und allseits geachtet. Seine Kinder blicken zu ihm auf. Seine Frau trägt Brillanten und wird von Männern und Frauen gleichermaßen beneidet.

In dieser Welt würde ich auch gern leben.

Ich weiß nicht, wo ich anfangen soll, deshalb fange ich mit dem Abend an, als mein Vater unser Leben ruiniert hat.

Natasha Kingsley

Eine Tochter-Geschichte

DAS THEATER WAR NOCH KLEINER, als Peter und ich es uns vorgestellt hatten. Auf einem Schild stand: »Maximale Kapazität: 40 Zuschauer.« Die Karten kosteten fünfzehn Dollar das Stück und diese Einnahmen deckten gerade mal eben die Theatermiete für diese zwei Stunden an einem Mittwochabend. Die Schauspieler bekamen keine Freikarten für Freunde und Familie, deshalb musste Dad drei Karten für uns kaufen.

Mein Vater liebt Rituale und Feierlichkeiten, aber es gibt nur sehr wenige Dinge, die ihm Rituale oder Feierlichkeiten wert sind. Jetzt jedoch gab es da dieses Stück und diese Karten. Er konnte gar nicht anders. Zuerst holte er uns Essen vom Chinesen – *General Tsos* gebratenen Reis mit Hühnerfleisch und Shrimps.

Er sagte, wir sollten uns an den sehr kleinen Tisch in der Küche setzen. Wir aßen nie an diesem Tisch, denn mehr als zwei Leute hatten daran eigentlich keinen Platz. Doch an diesem Abend bestand er darauf, dass wir als Familie zusammen aßen. Er tat uns das Essen auf, was noch nie zuvor geschehen war. Und zu meiner Mom sagte er: »Siehst du? Ich habe Pappteller besorgt, damit du später keine Arbeit mit dem Abwasch hast.« Er sagte es in perfektem Amerikanisch.

Meine Mom antwortete nicht. Das hätten wir als Zeichen deuten sollen.

Sobald wir mit dem Essen fertig waren, stand er auf und hielt einen schlichten weißen Umschlag hoch, als hätte er eine Trophäe in der Hand.

»Mal sehen, was es zum Nachtisch gibt«, sagte er. Er sah uns der Reihe nach an. Ich merkte, dass meine Mom den Blick abwandte, noch bevor er von Dad zu Peter weiterwanderte und dann zu mir.

»Liebe Familie: Bitte erweist mir die große Ehre und kommt ins Theater, um mich in der Rolle des Walter Lee Younger in *Ein Fleck in der Sonne* in der Inszenierung der Village-Theatertruppe zu sehen.«

Dann öffnete er langsam den Umschlag, als würde er bei der Oscar-Verleihung den Sieger in der Kategorie *Bester Schauspieler* verkünden. Er zog die Eintrittskarten heraus und reichte jedem von uns eine. Er sah so stolz aus. Mehr noch: Er war so präsent. Für ein paar Minuten hatte er sich nicht in seiner Gedankenwelt oder in einem Stück oder in irgendeinem Wunschtraum verloren. Er war hier, bei uns, und er wollte nirgendwo anders sein. Ich hatte ganz vergessen, wie sich das anfühlte. Er hatte diesen Blick, bei dem man sich *gesehen* fühlt.

Es gab eine Zeit, da bedeutete ich meinem Vater alles, und in diesem Augenblick vermisste ich das ganz schrecklich. Aber war es nicht noch mehr als das? Ich vermisste die Zeit, als *er* mir alles bedeutete und er nichts falsch machen konnte. Früher dachte ich, dass wir alles waren, was er brauchte, um glücklich zu sein. Seine Familie. Es gibt Bilder von mir, da bin ich drei und trage ein

My-Dad-is-the-Coolest-T-Shirt. Darauf waren ein Vater- und ein Tochterpinguin zu sehen, die Händchen hielten und von eisblauen Herzen umgeben waren.

Ich wünschte, ich würde noch immer so empfinden. Wenn man größer wird und die Fehler der eigenen Eltern erkennt, ist es, als verliere man seinen Glauben. Ich glaube nicht mehr an Gott. Ich glaube auch nicht mehr an meinen Vater.

Meine Mutter schnalzte abfällig mit der Zunge, als er ihr die Eintrittskarte gab. »Du und deine Dummheiten«, sagte sie und stand auf. »Behalt die blöde Eintrittskarte. Ich geh nich nirgendwohin.«

Und damit marschierte sie aus der Küche. Wir lauschten, wie sie die fünf Schritte bis zum Badezimmer ging und dann mit aller Kraft die Tür hinter sich zuknallte.

Keiner von uns wusste, was er sagen sollte. Peter sank in seinem Stuhl zusammen und ließ den Kopf hängen, sodass man sein Gesicht unter den Dreadlocks nicht mehr sehen konnte. Ich starrte auf Moms leeren Platz. Der Blick meines Vaters verlor sich wieder in seiner Traumwelt. Mit der für ihn typischen Verleugnung der Realität sagte er: »Macht euch kein Kopf um eure Mutter. Sie meint das nicht so, Mann.«

Aber sie meinte es so. Sie kam nicht mit. Selbst Peter konnte sie nicht überreden. Sie sagte, die Kosten für die Eintrittskarten seien eine Verschwendung ihres sauer verdienten Geldes.

Am Abend der Vorstellung fuhren Peter und ich mit der U-Bahn allein zum Theater. Mein Vater war schon vorausgefahren, um sich vorzubereiten. Wir saßen in der ersten Reihe und erwähnten den leeren Platz zwischen uns mit keinem Wort.

Gerne würde ich behaupten können, dass mein Vater nicht gut

war. Dass er nur durchschnittlich talentiert ist. Seine Mittelmäßigkeit würde die ganzen Jahre des Scheiterns erklären. Es würde erklären, warum er aufgegeben und sich aus der Realität in seine Gedankenwelt zurückgezogen hat. Ich habe keine Ahnung, ob ich meinen Vater objektiv beurteilen kann. Vielleicht betrachte ich ihn noch immer mit meinem alten, verklärten Blick, aber was ich sah, war Folgendes:

Er war überragend.

Er war überirdisch.

Er gehörte auf die Bühne. Mehr, als er je zu uns gehört hat.

Daniel

New Yorker Teenager glaubt, dass der Tag nicht mehr schlimmer werden kann. Irrt sich aber.

Als ich den Laden betrete, bedient mein Vater gerade eine Kundin. Sein Blick verrät mir, dass er mir nachher noch einiges zu sagen hat.

Da kann ich ihm genauso gut noch mehr Gesprächsstoff liefern.

Die geschäftige Mittagszeit ist bereits vorüber, daher ist der Laden ziemlich leer. Es gibt nur noch einen weiteren Kunden – eine Frau, die nach einem Föhn sucht.

Charlie ist weder am Putzen noch füllt er die Regale auf, deshalb vermute ich, dass er hinten im Lager abhängt.

Ich bin nicht mal nervös. Es ist mir scheißegal, ob er mir die Fresse poliert, solange ich ihm nur vorher noch sagen kann, was ich ihm zu sagen habe. Vor der Tür zum Lagerraum lasse ich das Jackett fallen und drücke dann den Türgriff herunter, aber es ist abgeschlossen. Es gibt keinen plausiblen Grund, warum Charlie die Tür verriegelt hat. Wahrscheinlich holt er sich da drin einen runter.

Er öffnet die Tür, bevor ich dagegenhämmern kann. Statt seinem üblichen fiesen Grinsen ist seine Miene eine Mischung aus müde und abwehrend. Er muss gedacht habe, dass mein Dad vor der Tür steht.

Sobald er merkt, dass ich es bin, setzt er sein allerschönstes Arschlochgrinsen auf. Mit großem Getue schaut er mir über die Schulter.

»Wo ist denn deine Freundin?« Er spricht das Wort *Freundin* aus, als wäre es ein Witz, so als würde er ein Wort wie *Popel* sagen.

Ich sehe ihn an und frage mich nicht, *wie* er und ich verwandt sein können, sondern *warum*. Er schiebt sich an mir vorbei und rempelt mich dabei absichtlich an der Schulter an.

»Hat sie dich also schon abgeschossen?«, fragt er, nachdem er sich durch einen raschen Blick in die Gänge vergewissert hat, dass sie wirklich nicht hier ist. Sein selbstzufriedenes Grinsen wackelt kein bisschen.

Ich weiß, dass er mich damit provozieren will. Ich weiß es, und trotzdem lasse ich mich von ihm ködern – als wäre ich ein verblödeter Fisch, der schon tausendmal einen Angelhaken verschluckt und noch immer nicht kapiert hat, dass der Angelhaken sein Feind ist.

»Fick dich selbst, Charlie«, sage ich.

Damit hat er nicht gerechnet. Sein Grinsen verschwindet und er mustert mich genauer. Krawatte und Jackett habe ich abgelegt. Mein Hemd hängt aus der Hose. Ich sehe nicht wie einer aus, der in ein paar Stunden Das Wichtigste Vorstellungsgespräch Seines Lebens hat. Ich sehe wie einer aus, der sich gern prügeln möchte.

Charlie bläst sich auf wie ein Kugelfisch. Er ist schon immer stolz auf die zwei Jahre Altersunterschied zwischen uns gewesen. Und auf die fünf Zentimeter, die er größer ist als ich. Wir beide sind ganz allein hier hinten und deshalb ist er mutig.

»Was. Willst. Du. Hier. Kleiner. Bruder?«, fragt er. Er geht einen Schritt vor, sodass wir Fuß an Fuß stehen, und schiebt sein Gesicht direkt vor meins.

Er erwartet, dass ich zurückweiche.

Ich weiche nicht zurück.

»Ich will dich was fragen.«

Er zieht den Kopf ein kleines Stück zurück. »Klar, ich würd sie ficken«, sagt er. »Ist es das, was passiert ist? Will sie jetzt lieber mich?«

Die Sache mit dem Angelhaken ist die: Je mehr du dich abstrampelst, um wieder davon loszukommen, desto fester sitzt der Haken. Er bohrt sich einfach immer tiefer rein. Dem Angelhaken kannst du nicht entkommen. Du musst den Schmerz einfach aushalten. Mit anderen Worten: Du zappelst hilflos am Haken und das tut maximal beschissen weh.

»Warum bist du so?«, frage ich ihn.

Wenn ihn meine Frage überrascht hat, dann zeigt er es nicht. Er macht einfach nur mit seiner üblichen Scheißtour weiter. »Wie bin ich denn? Größer, stärker, schlauer, besser?«

»Nein. Warum verhältst du dich wie ein Arschloch? Was hab ich dir getan?«

Diesmal kann er seine Überraschung nicht verbergen. Er weicht zurück und macht sogar einen Schritt nach hinten.

»Was weiß ich. Deshalb bist du hergekommen? Um rumzujammern, dass ich fies zu dir bin?« Wieder mustert er mich von oben bis unten. »Du siehst total scheiße aus. Hast du heute nicht das Gespräch, um in Zweitbeste Uni aufgenommen zu werden?«

»Das interessiert mich nicht. Ich hab nicht mal Lust, hinzugehen.« Ich sage es leise, aber es fühlt sich trotzdem gut an, es überhaupt auszusprechen.

»Sprich. Lauter. Kleiner. Bruder. Ich hab dich nicht verstanden.«

»Ich hab keine Lust, hinzugehen«, sage ich lauter, bevor mir klar wird, dass Dad den Kassenbereich verlassen hat und nun nah genug herangekommen ist, um mich verstehen zu können. Er will gerade was sagen, doch da schrillt die Ladenglocke, und er dreht ab.

Ich wende mich wieder Charlie zu. »Ich will das schon seit Jahren wissen. Vielleicht hab ich dir was getan, als wir jünger waren, und ich erinnere mich nicht mehr daran.«

»Was könntest du mir schon tun?«, schnaubt er. »Dafür bist du einfach zu jämmerlich.«

»Dann bist du also einfach nur ein Arschloch?«, frage ich. »Dann bist du einfach so?«

»Ich bin stärker. Und schlauer. Und besser als du.«

»Wenn du so schlau bist, was tust du dann hier, Charlie? Ist das etwa der Fischteicheffekt? Warst du in Harvard nur so ein winzig kleiner Putzerfisch unter all den prächtigen bunten Fischen?«

Er ballt die Fäuste. »Pass auf, was du sagst.«

Offenbar habe ich ins Schwarze getroffen. Und zwar mitten rein.

»Ich hab recht, was? In Harvard bist du nicht der Beste. Und hier bist du auch nicht mehr der Beste. Wie fühlt es sich an, nur der zweitbeste Sohn zu sein?«

Jetzt bin *ich* der mit der Angel. Sein Gesicht ist rot, er pumpt sich wieder auf und tritt dicht an mich heran. Wenn er seine Kiefer noch fester aufeinanderpresst, bricht ihm der Knochen.

»Du willst wissen, warum ich dich nicht mag? Weil du genau wie *sie* bist.« Er deutet mit dem Kinn auf unseren Dad. »Du und dein koreanisches Essen und deine koreanischen Freunde und deine Koreanischkurse in der Schule. Es ist so armselig. Kapierst du's denn nicht, kleiner Bruder? Du bist genau wie alle andern.«

Hä? Was?

»Du hasst mich, weil ich koreanische Freunde habe?«

»Du bist *durch und durch* Koreaner«, stößt er hervor. »Dabei sind wir nicht mal in dem verschissenen Land geboren worden.«

Und da kapiere ich es. Wirklich. Manchmal ist es schwer, in Amerika zu *sein*. Manchmal komme ich mir vor, als wäre ich auf dem halben Weg zum Mond gestrandet, gefangen zwischen ihm und der Erde.

All meine Wut verschwindet. Jetzt tut er mir nur noch leid, und das ist das Allerschlimmste, was ich ihm antun kann. Er sieht das Mitgefühl in meinen Augen und es macht ihn stinkwütend. Er packt mich am Kragen.

»Scheiß auf dich. Du denkst, nur weil du dir die Haare wachsen lässt und Gedichte magst, wird dich irgendjemand anders behandeln? Oder weil du irgendein schwarzes Mädchen angeschleppt hast? Oder soll ich sie lieber Afroamerikanerin nennen oder vielleicht einfach nur …«

Ich lasse nicht zu, dass er das Wort sagt. Ich dachte, ich müsste mich erst richtig reinsteigern, aber das ist gar nicht nötig.

Ich schlage geradewegs in sein Scheißgesicht.

Meine Faust trifft ihn unterhalb der Augenhöhle, deshalb stoßen meine Fingerknöchel hauptsächlich auf Knochen. Es tut mehr weh, als es wehtun dürfte – wenn man bedenkt, dass *ich* derjenige bin, der ihm eine verpasst hat. Er taumelt rückwärts, geht aber nicht zu Boden, wie die Leute im Film es immer tun.

Es ist ehrlich gesagt enttäuschend. Trotzdem: Der Ausdruck in seinem Gesicht ist jedes Ganz-bestimmt-hab-ich-mir-die-Hand-gebrochen wert. Zweifellos hab ich ihm wehgetan. Und damit meine ich: Ich habe ihm physische Schmerzen bereitet und das war auch meine Absicht. Er sollte wissen, dass sein kleiner Bruder nicht nur einstecken, sondern auch austeilen kann. Und jetzt weiß er, dass ich ihm wehtun kann und dass ich mir seinen Mist nicht länger bieten lasse.

Aber ich habe ihn nicht hart genug getroffen. Ich sehe zu, wie sich der Ausdruck auf seinem Gesicht von Schmerz über Verblüffung in Wut verwandelt. Mit seinen fünf Zentimetern mehr und seinen zusätzlichen zehn Kilo Muskelmasse fällt er über mich her.

Zuerst boxt er mich in den Magen. Ich schwöre, es fühlt sich an, als würde seine Faust meinen Magen vollständig durchdringen und hinten an der Wirbelsäule wieder austreten. Ich krümme mich zusammen und beschließe, gleich in dieser Position zu verharren, aber das lässt Charlie nicht zu. Er reißt mich am Kragen hoch. Ich versuche, mein Gesicht mit den Händen zu schützen, denn bestimmt wird er als Nächstes dorthin zielen, aber der Schlag in die Magengrube macht mich langsam.

Seine Faust kracht gegen meinen Mundwinkel. Meine Lippe platzt von innen auf, weil sie gegen meine Zähne stößt. Sie platzt aber auch außen auf, weil der Mistkerl einen riesigen, verkackten Burschenschaftsring trägt. Das wird eine Narbe hinterlassen (wahrscheinlich für immer).

Er hält mich nach wie vor am Kragen fest und will wieder zuschlagen, aber diesmal bin ich darauf vorbereitet. Ich halte mir schützend die Hände vors Gesicht und ramme ihm das Knie geradewegs in die Eier – hart, aber nicht so hart, dass er künftig keine kleinen Satansbraten mehr in die Welt setzen könnte.

So nett bin ich.

Er liegt am Boden und hält sich die Kronjuwelen, von denen er wünschte, sie wären nicht koreanisch. Und ich halte mir den Kiefer und versuche herauszufinden, ob ich noch alle Zähne im Mund habe. In diesem Moment erscheint Dad.

»Museun iriya«, sagt er. Was sich ungefähr mit »WAS IST HIER LOS?« übersetzen lässt.

Natasha

MR FITZGERALD DRÜCKT die Fingerspitzen aneinander. Seine Augen fixieren mich. Er lehnt sich ein wenig in seinem Stuhl nach vorne. Schwer zu sagen, ob er mir zuhört oder ob er nur so wirken möchte, als würde er mir zuhören. Mit wie vielen Geschichten dieser Art hat er es über die Jahre wohl zu tun gehabt? Ich wundere mich, warum er mich nicht auffordert, zum Punkt zu kommen. Ich beende meine Erzählung über die fragliche Nacht:

Die Schauspieler bekamen drei Vorhänge. Sie wären auch noch ein viertes Mal auf die Bühne gekommen, wenn die Zuschauer nicht allmählich den Saal verlassen hätten.

Peter und ich blieben auf unseren Plätzen und warteten, dass unser Vater herauskäme und uns holen würde. Erst nach einer halben Stunde tauchte er auf. Und zwar nicht, weil ihm bewusst war, dass wir auf ihn warteten. Er trat durch die dicken roten Vorhänge und ging zur Mitte der Bühne. Eine volle Minute lang stand er da und starrte in den leeren Zuschauerraum.

Ich glaube nicht an die Seele, aber seine Seele spiegelte sich auf seinem Gesicht. Nie zuvor habe ich ihn glücklicher erlebt. Und ich bin sicher, dass er nie wieder so glücklich sein wird.

Peter zerstörte den Zauber, ich selbst brachte es einfach nicht fertig.

»Können wir gehen, Pops?«, rief er.

Mein Vater sah mit entrücktem Blick zu uns herab. Wenn er uns so ansieht, dann fühle ich mich manchmal so, als wäre nicht er, sondern ich selbst nicht da.

Peter war mulmig zumute – wie immer, wenn mein Vater so war. »Pops? Können wir gehen, Mann?«

Als mein Vater endlich antwortete, hatte er nicht den Hauch eines jamaikanischen Akzents und auch nicht die typische jamaikanische Ausdrucksweise. Er klang wie ein Fremder.

»Fahrt ihr schon mal vor. Wir sehen uns später.«

Dann komme ich rasch zum Ende: Den Rest des Abends feiert mein Vater mit seinen neuen Schauspielerfreunden. Er trinkt zu viel. Auf dem Heimweg rammt er mit seinem Wagen ein geparktes Polizeiauto. In seinem volltrunkenen Zustand erzählt er dem Polizeibeamten die ganze Geschichte über unsere Übersiedlung nach Amerika. Ich stelle mir vor, dass er es diesem einen Zuschauer wie einen Monolog vorgetragen hat. Er erzählt ihm, dass wir illegale Einwanderer sind und dass Amerika ihm nie eine faire Chance gegeben hat. Der Polizeibeamte verhaftet ihn und verständigt die Einwanderungs- und Zollbehörde.

Mr Fitzgerald runzelt die Stirn. »Aber warum hat Ihr Vater das gemacht?«, fragt er.

Das ist eine Frage, auf die ich tatsächlich die Antwort weiß.

Samuel Kingsley

Eine Vater-Geschichte

DARSTELLER:

Patricia Kingsley, 43
Samuel Kingsley, 45

ZWEITER AKT, DRITTE SZENE

Im Schlafzimmer. Ein schmales Doppelbett mit Kopfteil beherrscht das Zimmer. Eventuell hängen dort auch ein oder zwei Bilder. Der Boden auf Samuels Bettseite ist mit Büchern übersät. Auf der rechten Bühnenseite sehen wir einen Durchgang zum Flur. Samuel und Patricias Teenager-Tochter lauscht, aber weder Samuel noch Patricia bemerken es. Es ist nicht klar, ob es ihnen etwas ausmachen würde, wenn sie es wüssten.

PATRICIA: Gott steh uns bei, Kingsley.
Sie sitzt auf der Bettkante, das Gesicht in den Händen vergraben. Ihre Stimme klingt gedämpft.

SAMUEL: Alles halb so wild, Mann. Wir suchen uns ’nen guten Anwalt.

Samuel Kingsley steht in gebeugter Haltung auf seiner Seite des Bettes, sein Gesicht liegt im Schatten. Ein Strahler scheint hell auf das Stück Papier, das er in der linken Hand hält.

PATRICIA: Und wie soll’n wir ’nen Anwalt bezahlen, Kingsley?

SAMUEL: Himmel, Patsy, wir krieg’n das schon hin, Mann.

PATRICIA: *(Sie nimmt die Hände vom Gesicht und schaut ihren Mann an, als sähe sie ihn zum allerersten Mal.)* Weiß du noch, wie wir uns kennengelernt haben?

SAMUEL: *(Zerknüllt langsam das Papier in seinen Händen und fährt damit während der gesamten Szene fort.)*

PATRICIA: Weiß du’s noch, Kingsley? Wie du im Laden aufgetaucht und dann jeden Tag wiedergekommen bist? Das war so ulkig. Einen Tag hast du was gekauft und am nächsten Tag wieder zurückgebracht, bis du mich rumgekriegt hattest.

SAMUEL: Ich hab dich nich rumgekriegt, Patsy. Ich hab um dich geworben.

PATRICIA: Weiß du noch die ganzen Versprechen, die du mir gemacht hast, Kingsley?

SAMUEL: Patsy …

PATRICIA: Du hast gesagt, meine Träume würden alle wahr werden. Wir würden Kinder und Geld und ein großes Haus haben. Du hast gesagt, mein Glück wär mehr wert als deins. *Sie erhebt sich vom Bett und der Scheinwerfer folgt ihrer Bewegung.*

SAMUEL: Patsy …

PATRICIA: Ich will dir was sagen: Am Anfang hab ich dir nich geglaubt. Aber nach 'ner Weile schon. Du bist ein guter Schauspieler, Kingsley, weil ich die ganzen schönen Sachen geglaubt hab, die du zu mir gesagt hast.

SAMUEL: *(Das Papier in seiner Hand ist jetzt völlig zerknüllt. Der Scheinwerfer richtet sich auf sein Gesicht und er steht nicht länger gebeugt da. Er ist wütend.)* Weißt du, was ich nich mehr hören kann? Ich will nix mehr von deinen Träumen hören. Was is mit meinen? Wenn's dich und die Kinder nich gäb, hätt ich alles, was ich mir wünsche. Du nörgelst rum wegen Haus und Küche und noch 'nem Zimmer. Aber was is mit mir? Ich hab nix von dem, was ich haben will. Ich kann mein von Gott geschenktes Talent nich nutzen.

Ich bereu den Tag, an dem ich in den Laden gekommen bin. Wenn's dich und die Kinder nich gäb, wär ich besser dran. Ich würd das tun, wozu Gott mich auf die Erde geschickt hat. Ich will nix mehr von deinen Träumen hören. Sie sind nix im Vergleich zu meinen.

Natasha

DIESEN TEIL ERZÄHLE ICH Mr Fitzgerald nicht – ich erzähle nicht, wie sehr mein Vater es bereut, Frau und Kinder zu haben. Weil wir dem Leben, von dem er geträumt hatte, im Weg stehen.

Stattdessen sage ich: »Ein paar Wochen nach seiner Verhaftung bekamen wir vom Innenministerium eine Vorladung vor Gericht.«

Mr Fitzgerald überfliegt eins der Formulare, die ich vorhin für die Rechtsanwaltsgehilfin ausgefüllt habe, und holt einen gelben Notizblock aus seiner Schreibtischschublade.

»Und dann sind Sie zu dieser Anhörung gegangen. Waren Sie in Begleitung eines Rechtsanwalts?«

»Nur meine Eltern waren dort«, erkläre ich ihm. »Und sie hatten keinen Anwalt dabei.« Meine Mom und ich hatten vor der Anhörung viel darüber diskutiert. Sollten wir uns einen Anwalt nehmen, den wir uns eigentlich nicht leisten konnten, oder erst mal abwarten, wie die Anhörung verlaufen würde? Im Netz stand, dass man bei der ersten Anhörung eigentlich keinen brauchte. Und mein Vater war zu diesem Zeitpunkt immer noch felsenfest davon überzeugt, dass sich alles wie durch ein Wunder in Wohlgefallen auflösen würde. Ich weiß auch nicht. Vielleicht wollten wir einfach glauben, dass er recht hatte.

Mr Fitzgerald schüttelt den Kopf und kritzelt etwas auf seinen Notizblock. »Bei der Anhörung hat Ihnen der Richter dann mitgeteilt, dass Sie entweder der freiwilligen Ausreise zustimmen oder eine Aufhebung der Ausweisung beantragen können.« Er blickt wieder auf die Formulare. »Ihr jüngerer Bruder ist amerikanischer Staatsbürger?«

»Ja«, antworte ich und sehe zu, wie er auch das notiert. Peter wurde genau neun Monate nach Moms und meiner Ankunft in Amerika geboren. Damals waren meine Eltern noch glücklich miteinander.

Mein Vater lehnte die freiwillige Ausreise ab. Noch an demselben Abend recherchierten meine Mom und ich das Thema »Aufhebung der Ausweisung« im Internet. Um in den USA bleiben zu können, hätte mein Vater seit mindestens zehn Jahren hier leben, ein einwandfreies Leumundszeugnis haben und glaubwürdig beweisen müssen, dass eine Abschiebung eine extreme Härte für den Ehepartner, einen Elternteil oder das Kind mit amerikanischer Staatsbürgerschaft bedeuten würde. Wir dachten, Peters US-Staatsbürgerschaft wäre unsere Rettung. Wir engagierten die preiswerteste Anwältin, die wir finden konnten, und gingen mit dieser neuen Strategie im Gepäck zur nächsten Anhörung. Doch es ist sehr schwer, »extreme Härte« nachzuweisen. Peters Leben ist nicht bedroht, wenn wir nach Jamaika zurückkehren, und die möglichen psychischen Folgen, wenn man einem Kind die Heimat nimmt, interessieren niemanden. Nicht mal Peter selbst.

»Und bei der zweiten Anhörung hat der Richter Ihren Antrag dann abgelehnt und Ihr Vater einer freiwilligen Ausreise zugestimmt«, stellt Mr Fitzgerald mit ausdrucksloser Stimme fest, als sei dieser Ausgang unvermeidlich gewesen.

Statt einer Antwort nicke ich nur. Ich bin mir nicht sicher, ob ich nicht losheulen muss, wenn ich den Mund aufmache. Jegliche Hoffnung, die ich hatte, schwindet dahin.

Ich schlug vor, Berufung gegen die Entscheidung des Gerichts einzulegen, aber unsere Anwältin riet uns davon ab. Sie meinte, für eine solche Berufung fehle uns die rechtliche Grundlage und wir hätten alle Möglichkeiten ausgeschöpft. Sie empfahl uns, freiwillig das Land zu verlassen, damit wir in den USA nicht offiziell als »abgeschoben« geführt würden. Dadurch hätten wir zumindest die Chance, eines Tages zurückzukehren.

Mr Fitzgerald legt den Stift hin und lehnt sich in seinem Stuhl zurück. »Warum waren Sie heute bei der Einwanderungsbehörde? Das ist doch nicht mal deren Zuständigkeitsbereich.«

Ich muss erst die Tränen runterschlucken, bevor ich antworten kann. »Ich wusste nicht, was ich sonst tun soll.« In Wahrheit habe ich auf ein Wunder gehofft, obwohl ich eigentlich nicht an Wunder glaube.

Er schweigt lange Zeit.

Schließlich halte ich es nicht mehr aus. »Schon okay«, sage ich. »Ich weiß, dass wir alle Möglichkeiten ausgeschöpft haben. Ich weiß nicht mal, warum ich zu Ihnen gekommen bin.«

Ich will gerade aufstehen, als er mir mit einem Winken bedeutet, mich wieder hinzusetzen. Wie vorhin legt er die Fingerspitzen aneinander und sieht sich in seinem Büro um. Ich folge seinem Blick zu den ungeöffneten Umzugskisten an der Wand zu seiner Rechten. Hinter ihm lehnt eine Klappleiter an einem leeren Bücherregal.

»Wir sind gerade erst eingezogen«, sagt er. »Die Handwerker sollten eigentlich schon vor Wochen fertig sein, aber Sie wissen ja, wie das bei denen mit den Terminen ist.« Er lächelt und berührt das Pflaster über seiner Augenbraue.

»Alles okay, Mr Fitz …«

»Alles bestens«, sagt er und reibt über das Pflaster.

Er nimmt eine gerahmte Fotografie von seinem Schreibtisch und betrachtet sie. »Das ist das Einzige, was ich bisher ausgepackt habe.« Er dreht das Foto herum, sodass ich es sehen kann. Es zeigt ihn mit seiner Frau und zwei Kindern. Sie scheinen glücklich zu sein.

Ich lächle höflich.

Er stellt es wieder hin und schaut mich an. »Es gibt immer eine Möglichkeit, Ms Kingsley.«

Ich brauche einen Moment, bis mir klar wird, dass er von unserer Abschiebung spricht. Ich beuge mich vor. »Wollen Sie damit sagen, dass Sie da was machen können?«

»Ich bin einer der besten Anwälte für Einwanderungsrecht in New York«, sagt er.

»Aber wie?«, frage ich. Ich lege meine Hände auf seinen Schreibtisch und presse die Finger aufs Holz.

»Ich werden einen befreundeten Richter kontaktieren. Er kann den Vorgang aussetzen, sodass Sie zumindest nicht heute Abend das Land verlassen müssen. Und anschließend können wir ein Gesuch an die Kammer für Einwanderungsangelegenheiten stellen.«

Er sieht auf die Uhr. »Geben Sie mir ein paar Stunden.«

Ich öffne den Mund, um noch mehr Infos und Details zu erfragen. Weil sie mich beruhigen. Das Gedicht fällt mir wieder ein.

Hope is the thing with feathers. Ich mache den Mund wieder zu. Zum zweiten Mal am heutigen Tag sind mir die Einzelheiten egal. Vielleicht brauche ich sie gar nicht. Es wäre so schön, wenn jemand anderes diese Bürde mal für eine Weile schultern würde.

Hope is the thing with feathers. Ich spüre das Flattern in meinem Herzen.

Daniel

MEIN DAD MUSTERT MICH von oben bis unten, und ich fühle mich wie der zweitklassige Taugenichts, für den er mich schon immer gehalten hat. Ich werde immer nur der Zweite Sohn sein, egal, was Charlie macht. Ich muss noch schlimmer aussehen als vorhin beim Reinkommen. Der oberste Knopf meines Hemds fehlt, weil Charlie mich dort am Kragen gepackt hat. Und von der geplatzten Lippe habe ich einen Blutfleck auf der Brust. Ich bin verschwitzt und meine Haare kleben mir am Gesicht. Eins-a-Yale-Material.

»Hol dir Eis für deine Lippe und komm wieder her«, befiehlt mir Dad auf Koreanisch.

Dann ist Charlie an der Reihe. »Du schlägst deinen kleinen Bruder? Das hast du in Amerika gelernt? Dass man seine Familie schlägt?«

Am liebsten würde ich bleiben, um mitzukriegen, wie es weitergeht, aber meine dicke Lippe wird mit jeder Sekunde dicker. Ich gehe ins Hinterzimmer, schnappe mir eine kalte Coladose und drücke sie mir an die Lippe.

Ich mochte diesen Raum noch nie. Er ist zu klein und immer vollgestopft mit halb aufgerissenen Kisten mit Ware. Es gibt keine

Stühle, deshalb setze ich mich auf den Boden und lehne mich mit dem Rücken an die Tür, sodass niemand hereinkommen kann. Ich brauche ein paar Minuten, bevor ich mich wieder mit meinem Leben befassen kann.

Meine Lippe pocht synchron zu meinem Herzschlag. Ich frage mich, ob sie genäht werden muss. Ich drücke die Dose noch fester dagegen und warte darauf, dass mein Mund taub wird (oder nicht taub wird).

Das habe ich nun davon, dass ich mich vom Schicksal leiten ließ – ich hab ein paar aufs Maul bekommen, stehe ohne Freundin und ohne Zukunft da. Warum habe ich das Vorstellungsgespräch verschoben? Und, noch schlimmer: Warum habe ich Natasha allein gelassen?

Vielleicht hatte sie ja recht, und ich suche nur jemanden, der mich rettet. Ich suche jemanden, der mich aus der Spur hebt, in der mein Leben verläuft, weil ich selbst nicht weiß, wie ich es anstellen soll. Ich will mich von der *Liebe*, dem *Füreinander-bestimmt-Sein* und dem *Schicksal* überwältigen lassen, damit die Entscheidung über meine Zukunft nicht mehr in meinen Händen liegt. Auf diese Weise trotze nicht *ich* meinen Eltern, sondern das Schicksal.

Die Coladose wirkt. Ich spüre meine Lippe nicht mehr. Gut, dass Natasha nicht hier ist, denn zumindest heute ist es vorbei mit Küssen. Und mit ihr gibt es ja ohnehin kein Morgen.

Nicht, dass sie sich jemals noch mal von mir küssen lassen würde.

Auf der anderen Seite der Tür befiehlt mir mein Dad, herauszukommen. Ich lege die Dose zurück in den Kühlschrank und stecke mein Hemd in die Hose.

Ich öffne die Tür und stelle fest, dass er allein ist. Er beugt sich vor. »Ich habe eine Frage an dich«, sagt er. »Warum glaubst du, dass es zählt, was du willst?«

So, wie er fragt, ist er ehrlich verwirrt über diese Gemütsregung. *Was ist das bloß mit diesen Wünschen und Sehnsüchten, von denen du da sprichst, Sohn?*, denkt er wohl bei sich. Es verwirrt ihn, warum sie für mich überhaupt eine Rolle spielen.

»Wen interessiert, was du *willst*?«, fährt er dann fort. »Das Einzige, was zählt, ist, was gut für dich ist. Deine Mutter und ich interessieren uns *ausschließlich* für das, was gut für dich ist. Du gehst zur Uni, du wirst Arzt, du hast Erfolg. Dann musst du nie in einem Laden wie diesem arbeiten. Dann hast du Geld, wirst geachtet, und all die Dinge, die du dir wünschst, werden sich erfüllen. Du suchst dir ein nettes Mädchen, bekommst Kinder und lebst den amerikanischen Traum. Warum solltest du deine Zukunft wegwerfen für die flüchtigen Wünsche, die du jetzt gerade hast?«

Es ist die längste Ansprache, die mein Vater je an mich gerichtet hat. Und er ist nicht mal wütend dabei. Er spricht, als wollte er mir etwas ganz Grundlegendes vermitteln. Eins und eins ergibt zwei, Sohn.

Seit er für *Amma* die Ölfarben gekauft hat, wollte ich ein Gespräch wie dieses mit ihm führen. Ich wollte wissen, warum er sich das für uns wünscht, was er sich für uns wünscht. Warum ist ihm das so wichtig? Ich will ihn fragen, ob er glaubt, dass *Ammas* Leben besser gewesen wäre, wenn sie das Malen nie aufgegeben hätte. Ich will wissen, ob er traurig ist, dass sie es für ihn und für uns aufgegeben hat.

Vielleicht ist das der Sinn des heutigen Tages, dieser Augenblick zwischen mir und meinem Vater. Vielleicht fange ich jetzt an, ihn zu verstehen. Vielleicht fängt er jetzt an, mich zu verstehen.

»Appa …«, setze ich an, aber er hebt die Hand, um mich zum Schweigen zu bringen, und behält sie dann oben. Die Luft um uns herum steht und riecht metallisch. Er schaut mich an, durch mich hindurch und an mir vorbei in eine andere Zeit.

»Nein«, sagt er. »Lass mich ausreden. Vielleicht habe ich es euch Jungs zu leicht gemacht. Vielleicht ist es meine Schuld. Ihr kennt eure Geschichte nicht. Ihr wisst nicht, was arm sein bedeutet. Ich habe euch nichts davon erzählt, weil ich dachte, es sei besser so. Besser, wenn ihr es nicht wisst. Vielleicht war das falsch.«

Ich bin ganz nah dran. Ich bin kurz davor, ihn wirklich kennenzulernen. Wir sind kurz davor, einander kennenzulernen.

Ich werde ihm sagen, dass ich die Dinge, die er sich für mich wünscht, nicht will. Ich werde ihm sagen, dass ich trotzdem klarkommen werde.

»Appa«, fange ich noch mal an, aber wieder fährt seine Hand durch die Luft. Wieder werde ich zum Schweigen gebracht. Er weiß, was ich sagen werde, und er will es nicht hören.

Mein Vater ist geprägt durch seine Erinnerungen an eine Geschichte, von der ich nie etwas wissen werde.

»Genug. Wenn du nicht nach Yale gehst, um Arzt zu werden, musst du dir einen Job suchen und selbst fürs College bezahlen.«

Und damit geht er zurück zum Verkaufstresen.

Ich muss zugeben, es hat etwas Erfrischendes, alle Optionen mal so offen auf dem Tisch zu haben. Zukunft oder Keine Zukunft.

Mein Jackett liegt noch immer unordentlich neben der Tür auf dem Boden. Ich hebe es auf und schlüpfe hinein. Das Revers verdeckt den Blutfleck fast vollständig.

Ich suche nach Charlie, aber er ist nirgends zu sehen.

Ich gehe zur Tür. Mein Vater steht an der Kasse, sein Blick geht ins Leere. Gerade als ich gehen will, sagt er das Entscheidende. Das, was er die ganze Zeit schon loswerden wollte.

»Ich habe gesehen, wie du das Mädchen angeschaut hast«, sagt er. »Daraus kann nichts werden.«

»Ich glaube, da irrst du dich«, sage ich zu ihm.

»Es ist egal, was du denkst. Du musst das Richtige tun.«

Wir sehen uns an. Dass er mir so lange in die Augen schaut, verrät mir, dass er sich nicht sicher ist, was ich tun werde.

Ich auch nicht.

Dae Hyun Bae

Geschichte eines Vaters

DAE HYUN BAE ÖFFNET und schließt die Kassenschublade. Öffnet und schließt sie noch einmal. Vielleicht ist es wirklich seine Schuld, dass seine Söhne so sind, wie sie sind. Er hat ihnen nichts von sich erzählt. Weil er ein Vater ist, der seine Söhne über alles liebt, und das sein Weg ist, sie zu beschützen. Armut ist für ihn wie eine ansteckende Krankheit, und er will nicht, dass sie von ihr erfahren, damit sie sich nicht infizieren.

Wieder öffnet er die Kassenschublade und verstaut die großen Scheine in der Geldtasche. Charlie und Daniel glauben, Geld und Glücklichsein stünden in keinem Zusammenhang. Sie wissen nicht, was arm sein bedeutet. Sie wissen nicht, dass Armut ein scharfes Messer ist, das Scheibe für Scheibe von dir abschneidet. Sie wissen nicht, was Armut mit dem Körper anstellt. Und mit den Gedanken.

Als Dae Hyun dreizehn war und noch in Korea lebte, bereitete sein Vater ihn darauf vor, den mickrigen Krabbenfischereibetrieb der Familie zu übernehmen. Er brachte kaum Geld ein. Jede Saison war ein Kampf ums Überleben. Und jedes Jahr überlebten sie, aber gerade so. Die meiste Zeit seiner Kindheit gab es für Dae

Hyun keinen Zweifel daran, dass er irgendwann den Betrieb übernehmen würde. Er war der älteste der drei Söhne. Hier war sein Platz. Familie ist Bestimmung.

Er erinnert sich noch an den Tag, der eine kleine Rebellion in seinem Kopf in Gang setzte. Zum ersten Mal hatte sein Vater ihn auf dem Fischerboot mit rausgenommen. Dae Hyun fand es schrecklich. Gefangen in ihren kalten Drahtkäfigen, türmten sich die Krebse zu einer wütenden, wuselnden Säule der Verzweiflung auf. Sie krabbelten um- und übereinander und versuchten, sich mit ihren Scheren einen Weg nach oben zu erkämpfen, um zu entkommen.

Noch heute überfällt ihn die Erinnerung an diesen ersten Tag auf See immer wieder ohne Vorwarnung. Dae Hyun wünschte, er könnte ihn vergessen. Er hatte gehofft, dass Amerika diese Erinnerung ausradieren würde. Aber sie überfällt ihn immer wieder.

Die Krebse gaben niemals auf. Sie kämpften, bis sie starben. Sie hätten alles getan, um zu entkommen.

Natasha

ICH KANN MICH NICHT entscheiden, wie ich mich jetzt fühlen soll. Ich traue der Sache nicht ganz, vielleicht hatte ich aber nur noch nicht genug Zeit, um es richtig zu begreifen.

Ich schaue auf mein Handy. Bev hat mir endlich geschrieben. Sie ist ja so verliebt in Berkeley. Sie glaubt, es sei ihr bestimmt, dort hinzugehen. Außerdem seien die kalifornischen Jungs auf andere Weise süß als die in New York. In ihrer letzten Nachricht fragt sie, wie es mir geht, und fügt eine Reihe Gebrochene-Herz-Emojis hinzu. Ich beschließe, sie anzurufen und ihr zu erzählen, was Mr Fitzgerald gesagt hat, aber sie nimmt nicht ab.

ruf mich an, schreibe ich ihr.

Ich schiebe mich durch die Drehtür hinaus auf den Vorplatz und bleibe dann stehen. Eine Handvoll Leute sitzt auf den Bänken neben dem Brunnen und kleine Gruppen von Anzugträgern betreten vereinzelt schnellen Schrittes das Gebäude oder kommen wieder heraus. Eine Kolonne schwarzer Limousinen steht mit laufendem Motor am Straßenrand, während ihre Fahrer rauchen und miteinander plaudern.

Wie kann das derselbe Tag sein? Wie können all diese Menschen ihr Leben leben und dabei gar nicht mitkriegen, was in meinem geschieht? Manchmal wird deine Welt so sehr erschüttert, dass du dir kaum vorstellen kannst, dass alle anderen es nicht auch spüren. So habe ich mich gefühlt, als wir den Abschiebebescheid bekamen. Ich habe mich auch so gefühlt, als ich das mit Robs Untreue rausfand.

Wieder ziehe ich mein Handy aus der Tasche und suche nach Robs Nummer, doch dann fällt mir ein, dass ich sie gelöscht habe. Aber ich kann mir gut Zahlen merken und kenne seine Nummer auswendig. Mir ist nicht mal klar, warum ich ihn anrufe, bis ich ihn tatsächlich am Telefon habe.

»Heyyyyyyyyyy, Nat«, sagt er gedehnt. Er besitzt nicht mal den Anstand, überrascht zu klingen.

»Ich heiße nicht Nat«, sage ich. Jetzt, wo ich mit ihm spreche, bin ich mir nicht sicher, ob ich überhaupt mit ihm reden will.

»Das war nicht cool, was du und dein neuer Typ da heute abgezogen habt.« Seine Stimme ist tief, langsam und träge wie immer. Schon seltsam, wie Dinge, die man mal total reizvoll fand, auf einmal schal und nervig werden können. Wir glauben immer, wir würden gern alle Zeit der Welt mit den Menschen verbringen, die wir lieben. Aber vielleicht wäre das genaue Gegenteil richtig. Nämlich immer nur ein begrenzter Zeitraum, damit wir den anderen weiterhin interessant finden. Vielleicht braucht niemand einen zweiten und dritten Akt. Vielleicht ist die Liebe im ersten Akt am besten.

Ich ignoriere seine Beschwerde und auch den Drang, zu betonen, dass *er* derjenige war, der was geklaut hat, und deshalb auch *er* der Uncoole ist. »Ich hab eine Frage«, sage ich.

»Nur zu«, sagt er gedehnt.

»Warum hast du mich betrogen?«

Ich höre, wie am anderen Ende etwas zu Boden fällt. Stammelnd setzt Rob drei Mal zu einer Antwort an.

»Reg dich ab«, sage ich. »Ich hab nicht angerufen, um mit dir zu streiten, und ganz bestimmt will ich nicht wieder mit dir zusammenkommen. Ich will es einfach nur wissen. Warum hast du nicht einfach mit mir Schluss gemacht, sondern mich betrogen?«

»Ich weiß nicht«, sagt er und schafft es dabei, über alle drei Wörter zu stolpern.

»Jetzt komm schon«, bedränge ich ihn. »Es muss doch einen Grund geben.«

Er schweigt und überlegt. »Ich weiß es echt nicht.«

Jetzt schweige ich auch.

»Du bist toll«, sagt er. »Und Kelly ist auch toll. Ich wollte weder deine noch ihre Gefühle verletzen.« Er klingt aufrichtig, und ich weiß nicht, was ich mit dieser Antwort anfangen soll.

»Aber du musst sie lieber gemocht haben, wenn du mich betrogen hast, oder?«

»Nein. Ich wollte euch beide.«

»Das ist der Grund?«, frage ich. »Du wolltest dich nicht entscheiden?«

»Das ist der Grund«, sagt er, als reiche das aus.

Diese Erklärung ist so dermaßen lahm, so unglaublich unbefriedigend, dass ich beinahe auflege. Daniel würde nie so was fühlen. *Sein* Herz entscheidet sich.

»Noch eine Frage: Glaubst du an die wahre Liebe und diesen ganzen Kram?«

»Nein. Das weißt du doch. Und du glaubst auch nicht daran«, erinnert er mich.

»Tue ich nicht? Okay. Danke.« Ich will gerade auflegen, doch er hält mich davon ab.

»Kann ich dir wenigstens sagen, dass es mir leidtut?«, fragt er.

»Schieß los.«

»Tut mir leid.«

»Okay«, sage ich. »Betrüg Kelly nicht.«

»Werd ich nicht«, sagt er. Und ich glaube, er meint es auch so, als er es sagt.

Ich sollte meine Eltern anrufen und ihnen die Neuigkeiten mitteilen, aber sie sind nicht diejenigen, die ich jetzt anrufen möchte. Es ist Daniel. Ich muss ihn finden und es ihm erzählen.

Rob meint, ich glaube nicht an die wahre Liebe. Und er hat recht. Das tue ich nicht.

Aber vielleicht würde ich es gerne.

Daniel

ICH VERLASSE DEN LADEN. Vor dem Pfandhaus nebenan steht eine Geigerin auf einer Getränkekiste. Sie ist weiß und dünn und sieht auf poetische Art abgerockt aus – wie eine Figur aus *David Copperfield*. Im Gegensatz zu ihr ist die Geige absolut makellos. Ich lausche ein paar Sekunden, weiß aber nicht, ob sie wirklich spielen kann. Natürlich gibt es objektive Kriterien, um das zu beurteilen. Spielt sie die richtigen Noten in der richtigen Reihenfolge und trifft sie den Ton? Aber man kann auch auf andere Weise darüber urteilen: Bedeutet diese Musik, die hier und jetzt gespielt wird, irgendjemandem irgendwas?

Ich beschließe, dass sie mir etwas bedeutet, laufe zurück und werfe einen Dollar in ihren Hut. Neben dem Hut steht ein Schild, das ich nicht lese. Ich will ihre Geschichte eigentlich gar nicht wissen. Ich will nur die Musik und den Augenblick.

Mein Dad hat gesagt, aus Natasha und mir könne nie was werden. Und vielleicht hat er recht. Aber nicht aus den Gründen, die er für richtig hält. Was bin ich nur für ein Idiot gewesen. Ich sollte jetzt bei ihr sein, selbst wenn der heutige Tag alles ist, was uns bleibt. Vor allem, wenn heute alles ist, was uns bleibt.

Wir leben im Zeitalter des Mobiltelefons, aber ich habe ihre Handynummer nicht. Ich kenne nicht mal ihren Nachnamen. Wie ein Volltrottel google ich »Natasha Facebook New York City« und kriege 5.780 000 Treffer. Ich klicke mich durch ungefähr hundert Links, und obwohl diese Natashas alle ziemlich hübsch sind, ist keine von ihnen *meine* Natasha. Wer konnte ahnen, dass ihr Name so verflucht beliebt ist?

Es ist schon nach vier, und die Straßen füllen sich mit Pendlern, die unterwegs zur U-Bahn sind. Genau wie ich sehen sie ziemlich mitgenommen aus. Ich laufe ganz außen am Bürgersteig entlang, damit mich die anderen Fußgänger nicht behindern.

Ich habe keinen Plan, außer dass ich sie wiederfinden will. Mir bleibt nichts anderes übrig, als zu ihrem Letzten Bekannten Aufenthaltsort zurückzugehen – dem Büro des Anwalts in der 52nd – und darauf zu hoffen, dass mir das Schicksal wohlgesonnen und sie noch immer dort ist.

Natasha

EIN PÄRCHEN, beide mit einem leuchtend blauen Irokesen-Haarschnitt, streitet sich am U-Bahn-Eingang 52nd Street. Sie reden in diesem komischen Flüster-Zischel-Ton, den Paare verwenden, wenn sie in der Öffentlichkeit streiten. Ich kann nicht verstehen, was sie sagen, aber ihre Gesten sprechen für sich. Sie ist wütend auf ihn. Er ist genervt von ihr. Sie stehen definitiv nicht am Anfang ihrer Beziehung. Dafür sehen beide zu erschöpft aus. Man erkennt ihre lange Beziehungsgeschichte daran, wie sie sich einander zuneigen. Ist dies der letzte Streit, den sie jemals haben werden? Ist es der Streit, der alles beenden wird?

Nachdem ich an ihnen vorbeigelaufen bin, blicke ich mich noch mal um. Ich bin sicher, dass sie irgendwann mal ineinander verliebt waren. Vielleicht sind sie es noch immer, aber man sieht es ihnen nicht an.

Daniel

ICH GEHE DIE TREPPE HINUNTER zur U-Bahn und schicke ein Stoßgebet an die U-Bahn-Götter (ja, mehrere Götter), dass die U-Bahn-Fahrt ohne Störungen durch Stromversorgungsprobleme oder religiös ambitionierte Zugführer verlaufen wird.

Was ist, wenn ich zu spät bin? Was ist, wenn sie schon weg ist? Was ist, wenn mein kurzer Zwischenstopp, um der Geigerin den Dollar zu geben, eine Kettenreaktion in Gang gesetzt hat, die dazu führt, dass ich Natasha verpasse?

Der Zug erreicht die nächste Station. Auf der anderen Seite des Bahnsteigs fährt gleichzeitig die U-Bahn in die entgegengesetzte Richtung ein. Die Türen unseres Zuges schließen sich, aber er setzt sich nicht in Bewegung.

Auf dem Bahnsteig erscheinen ungefähr zwanzig Leute in hautengen grellfarbenen Ganzkörperanzügen. Im Kontrast zu dem Dunkelgrau der U-Bahn sehen sie wie Tropenvögel aus. Sie stellen sich in einer Reihe auf und verharren dann bewegungslos. Sie warten auf ein Kommando, das sie in Bewegung setzt.

Es ist ein Flashmob. Der Zug auf der anderen Seite des Bahnsteigs fährt auch nicht los. Einer der Tänzer, ein ziemlich gut bestückter Typ in Knallblau, drückt auf die *Play*-Taste eines Ghettoblasters.

Zuerst wirkt es einfach nur chaotisch, jeder tanzt nach seiner eigenen Melodie, aber dann wird mir klar, dass sie sich einfach nur ein paar Sekunden versetzt bewegen. Es ist wie ein Kanon, nur dass sie tanzen. Sie beginnen mit Ballett, machen dann im Discostil weiter und gehen schließlich zu Breakdance über, bis die U-Bahn-Polizei auftaucht. Der Flashmob zerstreut sich und die Leute um mich herum applaudieren begeistert.

Endlich setzt sich die Bahn in Bewegung, doch die Atmosphäre im Zug hat sich völlig verändert. Die Fahrgäste lächeln sich an und sagen, das sei total cool gewesen. Es dauert mindestens dreißig Sekunden, bis jeder wieder sein oder ihr Ich-bin-in-einem-Zug-voller-Fremder-Schutzgesicht aufsetzt. Ich frage mich, ob das die Absicht der Tänzer war – uns für einen kurzen Augenblick miteinander zu verbinden.

Natasha

ICH SITZE MIT DEM RÜCKEN zum Bahnsteig, deshalb kriege ich nicht wirklich mit, wie es losgeht. Dass etwas Ungewöhnliches passiert, merke ich nur daran, dass der gesamte Waggon auf etwas hinter mir schaut.

Ich drehe mich um und sehe einen Flashmob auf dem Bahnsteig. Sie tragen alle leuchtend bunte Anzüge und tanzen im Discostil.

Das gibt's nur in New York, denke ich und hole mein Telefon heraus, um ein paar Fotos zu machen. Die anderen Fahrgäste jubeln und klatschen. Ein Typ fängt sogar selbst an zu tanzen.

Die Aktion dauert nicht lange, dann bereiten drei U-Bahn-Polizisten der Sache ein Ende. Es gibt noch ein paar Buhrufe, bis alle wieder ungeduldig werden, weil der Zug nicht weiterfährt.

Normalerweise würde ich mich fragen, warum diese Leute so was machen. Haben sie keine Jobs oder was Besseres zu tun? Wenn Daniel hier wäre, würde er sagen, dass sie vielleicht genau so was wie eben auf dem Bahnsteig machen wollen. Vielleicht wollen die Tänzer nur ein bisschen Erstaunen in unser Leben bringen. Und ist das nicht ein genauso guter Grund wie jeder andere?

Daniel

AN DER 52ND STREET sprinte ich aus der U-Bahn und stoße fast mit einem Pärchen zusammen, das rumknutscht, als gäbe es kein Morgen. Selbst ohne die beiden blauen Irokesen würden sie einem auffallen, denn sie kleben von Kopf bis Fuß aneinander. Sie müssen nach Hause, und zwar sofort. Ernsthaft. Es ist, als veranstalteten sie eine Notfall-Knutsch-Sitzung gleich hier auf dem Bürgersteig. Sie pressen sich gegenseitig die Hände auf den Hintern. Einvernehmliches Arschgrapschen.

Ein Mann mit verkniffenem Gesicht schnalzt im Vorbeigehen missbilligend mit der Zunge. Ein kleiner Junge glotzt sie mit weit offenem Mund an. Sein Vater hält ihm die Augen zu.

Sie zu beobachten, macht mich grundlos glücklich. Vermutlich stimmt das Klischee. Verliebte wünschen sich, dass alle anderen auch verliebt sind. Ich hoffe, ihre Beziehung hält für immer.

Natasha

AUF DEM MARTIN LUTHER KING BOULEVARD biege ich rechts ab und gehe auf den Laden von Daniels Eltern zu. Vor dem Geschäft daneben steht ein Mädchen auf einer Getränkekiste und spielt Geige. Sie ist weiß und hat lange schwarze Haare, die sie länger nicht mehr gewaschen hat. Ihr Gesicht ist zu schmal – nicht modisch schmal, sondern hungrig schmal. Sie ist ein dermaßen trauriger, seltsamer Anblick, dass ich stehen bleiben muss.

Auf dem Schild neben ihrem Hut steht: »Bitte um Hilfe. Brauche $$$, um meine Geige von Kredithai zurückzukaufen.«

Ein dicker schwarzer Pfeil auf dem Schild zeigt auf das Pfandhaus. Ich habe keine Ahnung, wie ihr Leben sie an diesen Ort geführt hat, aber ich ziehe einen Dollar hervor und werfe ihn in ihren Hut, sodass sie nun ganze zwei Dollar beisammenhat.

Die Tür des Pfandhauses öffnet sich und ein riesengroßer weißer Kerl in einer weißen Trainingshose kommt heraus. Er hat krasse Hängebacken und schaut finster drein.

»Die Zeit ist um«, sagt er und streckt ihr seine riesige Pranke entgegen.

Sie hört sofort auf zu spielen und springt von der Kiste. Sie klaubt die Münzen aus dem Hut und gibt sie ihm. Sie gibt ihm sogar den Hut.

Trainingshose steckt das Geld ein und setzt sich den Hut auf.

»Wie viel ist noch übrig?«, fragt sie.

Er zieht ein kleines Notizbuch und einen Stift aus der Tasche und schreibt etwas auf. »151,23.« Er greift nach der Violine.

Sie drückt die Geige an ihre Brust, bevor sie sie freigibt.

»Ich komme morgen wieder. Bitte versprechen Sie, sie nicht zu verkaufen«, sagt sie.

Er grunzt zustimmend. »Wenn du auftauchst, verkauf ich sie nicht«, sagt er.

»Ich verspreche, zu kommen«, sagt sie.

»Versprechen sind 'n Dreck wert«, sagt er und verschwindet nach drinnen.

Lange Zeit betrachtet sie das Schaufenster. Ihr Gesicht verrät nicht, ob sie seine Meinung teilt.

Daniel

SELBST WENN NATASHA noch hier wäre, hätte ich keine Ahnung, wo ich in diesem Glasmonster von Gebäude hinsoll. Ich starre auf die Firmenschilder und versuche, Natashas Aufenthaltsort zu erraten. Ich weiß, sie wollte zu einem Rechtsanwalt, aber die Firmenschilder sind nicht sehr aussagekräftig. Zum Beispiel steht da nicht *Rechtsanwalt Soundso, Fachanwalt für Einwanderungsrecht für siebzehnjährige jamaikanische Mädchen namens Natasha.* Ich durchforste mein Gehirn, aber mir fällt nichts ein.

Ich hole mein Handy raus und sehe nach, wie spät es ist. Noch über eine Stunde bis zu meinem Date mit dem Schicksal. Mir fällt ein, dass ich nach der neuen Adresse schauen sollte, die die Sekretärin mir vorhin gegeben hat. Wenn es zu weit weg ist, habe ich eine perfekte Ausrede, um es sausen zu lassen.

Doch laut Google Maps bin ich bereits dort. Entweder hat Google eine tiefe Krise oder ich. Ich überprüfe die Adresse noch einmal und vergleiche sie mit den Firmenschildern.

Kein Witz. Mein Vorstellungsgespräch findet in diesem Gebäude statt.

Ich bin schon dort, wo ich hinsoll.

Natasha

ICH DRÜCKE DIE TÜR AUF und die Ladenglocke schrillt mit fröhlichem Optimismus. Ich bin nicht so optimistisch, was meine Chancen in diesem Laden betreffen. Aber ich muss es versuchen.

Ich erwarte, Daniels Vater hinter dem Ladentisch zu sehen, doch stattdessen sitzt dort Charlie. Er tippt etwas in sein Handy und schaut kaum auf. Ich frage mich, bei wem ich wohl mehr Glück habe – bei Charlie oder seinem Vater. Aber ich habe sowieso keine Wahl, denn sein Vater ist nirgends zu sehen.

Ich stelle mich vor den Tresen.

»Hey«, sage ich.

Er tippt noch ein paar Sekunden weiter, dann knallt er das Telefon auf die Theke. Vermutlich nicht die beste Art, einen potenziellen Kunden zu begrüßen.

»Womit kann ich Ihnen helfen?«, fragt er, als er endlich aufschaut.

Erschrocken stelle ich fest, dass sein eines Auge rot und zugeschwollen ist. Morgen wird es grün und blau sein. Er hebt die Hand und berührt verlegen das Auge. Auch seine Fingerknöchel sind geprellt.

Er braucht einen Moment, bis er mich erkannt hat. »Moment mal. Bist du nicht Daniels kleine Freundin?«

Er muss dieses fiese Grinsen im Spiegel geübt haben. Er beherrscht es perfekt.

»Ja«, antworte ich.

Er blickt an mir vorbei und sucht nach Daniel. »Wo ist dieser kleine Scheißer?«

»Weiß ich nicht. Ich hab gehofft …«, fange ich an.

Er schneidet mir das Wort ab und schenkt mir ein bedächtiges, breites Lächeln. Ich glaube, er versucht, sexy zu wirken. Wenn man ihn gar nicht kennt, würde es wahrscheinlich sogar funktionieren. Aber ich kenne ihn schon ein bisschen, und das Lächeln weckt in mir den Wunsch, ihm noch eins aufs andere Auge zu geben.

»Verstehe, du bist zurückgekommen, um dir den besseren Bruder zu schnappen.« Er zwinkert mit dem zugeschwollenen Auge und zuckt dann vor Schmerz zusammen.

Tatsache ist: Ich glaube nicht an Karma.

Aber vielleicht ändert sich das gerade.

»Hast du seine Handynummer?«, frage ich.

Er lehnt sich in seinem Stuhl zurück und nimmt sein Handy von der Theke. »Habt ihr euch gestritten, oder was?«

Sosehr es mir widerstrebt, ihm irgendwas zu erzählen, muss ich doch freundlich bleiben.

»So ähnlich«, erwidere ich. »Hast du sie?«

Er wirbelt das Handy zwischen zwei Fingern herum. »Sind koreanische Jungs dein Fetisch?«

Charlie feixt, aber seine Augen beobachten mich unablässig. Zuerst denke ich, er will mich nur provozieren, aber dann wird mir klar, dass es eine ernst gemeinte Frage ist. Die Antwort interessiert ihn. Ich bin mir nicht sicher, ob ihm überhaupt bewusst ist, wie sehr es ihn interessiert.

»Warum muss es gleich ein Fetisch sein?«, frage ich. »Warum kann es nicht einfach so sein, dass ich deinen Bruder mag?«

»Ich bitte dich«, schnaubt er. »Was kann man an dem denn finden? Typen wie ihn gibt es wie Sand am Meer.«

Jetzt weiß ich, was Charlies Problem mit Daniel ist. Er hasst es, dass Daniel sich selbst nicht hasst. Trotz all seiner Unsicherheiten fühlt sich Daniel immer noch viel wohler in seiner Haut, als Charlie es jemals tun wird.

Er tut mir leid, aber das zeige ich ihm nicht. »Hilf mir bitte.«

»Warum sollte ich das tun?« Kein Lächeln, kein Feixen, kein höhnisches Grinsen mehr. Er hat die Macht und das wissen wir beide. Ich kenne ihn nicht genug, um an die gute Seite in ihm zu appellieren. Ich bin mir nicht mal sicher, *ob* er eine hat.

»Überleg doch mal, wie viel Ärger ich deinem Bruder machen werde«, sage ich. »Er ist in mich verliebt. Er wird mich nicht aufgeben – ganz egal, was deine Eltern sagen oder tun. Du kannst dich einfach zurücklehnen und die Show genießen.«

Er wirft den Kopf zurück und lacht. Er ist wirklich kein netter Mensch. Ich meine, vielleicht stecken irgendwelche guten Seiten in ihm. Ich nehme an, die meisten Menschen haben welche. Aber Charlies schlechte Seiten überwiegen seine guten. Sicher gibt es plausible Gründe, weshalb er so ist, wie er ist, aber ich komme zu dem Schluss, dass diese Gründe nicht zählen.

Manche Menschen sind in deinem Leben, um es besser zu machen. Und manche machen es schlimmer.

Aber trotzdem tut er etwas Gutes für seinen Bruder: Er gibt mir die Nummer.

Daniel

MEIN HANDY KLINGELT, und ich lasse es beinahe fallen, als stecke der Teufel darin. Die Nummer kenne ich nicht, aber ich gehe trotzdem ran.

»Hallo?«

»Bist du das, Daniel?«

»Natasha?«, frage ich, obwohl ich weiß, dass sie es ist.

»Ja, ich bin's.« In ihrer Stimme liegt ein Lächeln. »Dein Bruder hat mir deine Nummer gegeben.«

Jetzt werde ich misstrauisch und vermute, dass mir mein Arschlochbruder einen Streich spielt. Denn so was Nettes würde er nie tun.

»Wer ist da?«, will ich wissen.

»Daniel, ich bin's. Wirklich.«

»Er hat dir meine Nummer gegeben?«

»Vielleicht ist er doch nicht so fies«, sagt sie.

»Kann nicht sein«, gebe ich zurück, und wir lachen.

Ich habe sie gefunden.

Na ja, sie hat mich gefunden.

Ich kann es nicht fassen.

»Wo bist du?«

»Ich hab gerade euren Laden verlassen. Und wo bist du?«

»Im Bürogebäude deines Rechtsanwalts.«

»Was? Warum?«

»Es ist der einzige Ort, der mir eingefallen ist, um nach dir zu suchen.«

»Du hast nach mir gesucht?« Jetzt klingt sie schüchtern.

»Bitte entschuldige, dass ich vorhin so ein Idiot gewesen bin.«

»Schon okay. Ich hätte es dir sagen sollen.«

»Es ging mich nichts an.«

»Doch, ging es«, entgegnet sie.

Das sind zwar nicht die drei Worte, die ich von ihr hören will, aber sie sind verdammt nah dran.

Natasha

ER SITZT AUF EINER BANK mit Blick auf den Springbrunnen und schreibt in sein Notizbuch. Mir war klar, dass ich mich freuen würde, ihn zu sehen, aber ich habe nicht erwartet, dass ich *so* vergnügt sein würde. Ich muss mich mit aller Gewalt davon abhalten, auf und ab zu springen, in die Hände zu klatschen oder mich vor Freude im Kreis zu drehen.

Vergnügt.

Das sieht mir gar nicht ähnlich.

Also tue ich nichts dergleichen.

Aber das Lächeln in meinem Gesicht muss man in Metern statt in Zentimetern messen.

Ich lasse mich auf die Bank gleiten und stupse ihn mit der Schulter an. Er hält sich das Notizbuch vors Gesicht, bedeckt seinen Mund damit und dreht sich dann zu mir. Seine Augen sind weit geöffnet und scheinen vor Freude zu tanzen. Ich glaube nicht, dass sich schon jemals ein Mensch so über den Anblick eines anderen Menschen gefreut hat wie Daniel über meinen.

»Hey«, sagt er hinter dem Notizbuch hervor.

Ich strecke die Hand aus, um das Buch ein Stück nach unten zu ziehen, aber er dreht sich weg.

»Was ist denn los?«, frage ich.

»Kann sein, dass ich in eine kleine Prügelei geraten bin«, sagt er.

»Du bist in eine *kleine* Prügelei geraten und jetzt darf ich dein Gesicht nicht sehen?«

»Ich wollte dich nur erst vorwarnen.«

Wieder strecke ich die Hand aus. Diesmal lässt er zu, dass ich das Buch herunterziehe. Die rechte Seite seiner Lippe ist geschwollen und aufgeplatzt. Er sieht aus, als hätte er einen Boxkampf hinter sich.

»Du hast dich mit deinem Bruder geprügelt«, schlussfolgere ich.

»Er hat es verdient«, sagt er mit neutralem Gesichtsausdruck. Mir zuliebe spielt er seine Gefühle herunter.

»Ich hätte nicht gedacht, dass Dichter sich prügeln.«

»Machst du Witze? Wir sind die Schlimmsten.« Er lächelt mich an, zuckt dann aber vor Schmerz zusammen. »Mir geht's gut«, sagt er und betrachtet mein Gesicht. »Sieht schlimmer aus, als es ist.«

»Warum habt ihr euch geprügelt?«, frage ich.

»Das spielt keine Rolle.«

»Doch, das tut es …«

»Nein, tut es nicht.« Seine Lippen sind entschlossen und schmal. Was immer auch geschehen ist, er wird es mir nicht erzählen.

»Ging es um mich?«, frage ich, obwohl ich die Antwort bereits kenne.

Er nickt.

Ich beschließe, nicht weiter nachzubohren. Mir reicht es, zu wissen, ihm so viel wert zu sein, dass er sich für mich prügelt.

»Ich war vorhin ganz schön wütend auf dich«, sage ich. Ich muss das sagen, bevor wir da weitermachen, wo wir aufgehört haben.

»Ich weiß. Tut mir leid. Ich konnte es einfach nicht glauben.«

»Dass ich es dir nicht gesagt habe?«, frage ich.

»Nein. Dass nach allem, was geschehen musste, um uns heute zusammenzubringen, etwas anderes uns auseinanderreißen würde.«

»Du bist echt ein hoffnungsloser Fall.«

»Kann schon sein«, erwidert er.

Ich lehne meinen Kopf an seine Schulter und erzähle ihm von meinem Besuch im Museum, von *Ahnighito*, von all den Dingen, die glattlaufen mussten, damit unser Sonnensystem, unsere Galaxie und das Universum entstehen konnten. Dass mir im Vergleich dazu der Prozess des sich Verliebens nur wie ein unbedeutender Zufall vorkommt. Er protestiert und ich bin froh darüber. Wieder strecke ich die Hand aus und berühre seine Lippe. Er hält sie fest, drückt sein Gesicht in meine Handfläche und küsst sie. Ich habe den Ausdruck »Zwischen ihnen stimmt die Chemie« nie richtig verstanden. Bis zu diesem Moment. Schließlich ist alles Chemie. Alles ist Verbindung und Reaktion.

Die Atome in meinem Körper verbinden sich mit den Atomen in seinem Körper. Daher wusste ich heute Vormittag, dass er noch immer in der Eingangshalle war.

Wieder küsst er meine Handfläche und ich seufze. Ihn zu berühren, ist Ordnung und Chaos – als würde man gleichzeitig zusammengesetzt und auseinandergenommen.

»Vorhin am Telefon hast du gesagt, du hättest gute Neuigkeiten?«, fragt er.

Ich sehe die Hoffnung in seinen weit aufgerissenen Augen. Was, wenn das nicht geklappt hätte? Was, wenn wir uns nicht wiedergefunden hätten? Wie hätten wir es ertragen sollen, voneinander getrennt zu sein? Denn der Gedanke, dass wir nicht zusammengehören, kommt mir jetzt vollkommen absurd vor. Doch dann denke ich, dass wir es natürlich ertragen hätten. Eine Trennung ist nicht tödlich.

Trotzdem bin ich froh, nicht herausfinden zu müssen. »Der Anwalt meint, er kann es wieder geradebiegen. Er glaubt, dass ich bleiben kann«, sage ich.

»Wie sicher ist er sich?«, fragt Daniel. Zu meiner Überraschung ist er skeptischer als ich.

»Keine Angst. Er schien sich ziemlich sicher zu sein«, antworte ich und lasse meine Freudentränen fließen. Ausnahmsweise ist es mir mal nicht peinlich, zu weinen.

»Siehst du«, sagt er. »Wir sind füreinander bestimmt. Lass uns feiern.«

Er zieht mich eng an sich. Ich löse das Gummi aus seinen Haaren und lasse meine Finger hindurchgleiten. Er vergräbt seine Hände in meinem Afro und beugt sich vor, um mich zu küssen, doch ich lege ihm einen Finger auf die Lippen. »Heb dir den Kuss auf«, sage ich.

Mir ist eingefallen, dass es da einen Anruf gibt, den ich machen will. Es ist ein alberner Impuls, aber Daniel hat mich schon fast so weit gebracht, an das Es-sollte-so-sein zu glauben.

Diese gesamte Abfolge von Ereignissen ist von der Sicherheitsbeamtin ausgelöst worden, die mich heute Morgen aufgehalten hat. Wenn sie mein Zeug nicht befummelt hätte, wäre ich nicht zu spät gekommen. Dann hätte es keinen Lester Barnes und keinen Jeremy Fitzgerald gegeben. Und keinen Daniel.

Ich wühle in meinem Rucksack herum und ziehe Lester Barnes' Visitenkarte hervor. Mein Anruf wird direkt auf die Mailbox umgeleitet. Ich hinterlasse eine ausführliche Nachricht, danke ihm für seine Hilfe und bitte ihn, sich in meinem Namen auch bei der Sicherheitsbeamtin zu bedanken.

»Sie hat lange braune Haare, traurige Augen, und sie fasst immer alle Sachen an«, sage ich, um sie zu beschreiben. Gerade als ich auflegen will, fällt mir ihr Name ein. »Ich glaube, sie heißt Irene«, ergänze ich. »Bitte richten Sie ihr meinen Dank aus.«

Daniel wirft mir einen verwirrten Blick zu.

»Erklär ich dir später«, sage ich zu ihm und werfe mich wieder in seine Arme. »Zurück in die *Norebang*-Bar?«, frage ich an seinen Lippen. Ich habe das Gefühl, als würde mein Herz jeden Moment meinen Brustkorb sprengen.

»Nein«, entgegnet er. »Ich habe eine bessere Idee.«

Daniel

»WILLST DU WAS VERRÜCKTES hören?«, frage ich, während ich Natasha zurück zum Bürohochhaus führe. »Mein Gespräch findet auch hier statt.«

»Das gibt's doch nicht«, sagt Natasha und bleibt kurz stehen.

Ich grinse sie an und will unbedingt wissen, wie ihr systematisch denkendes Gehirn mit diesem unglaublichen Ausmaß an Zufällen klarkommen wird. »Na, wie wahrscheinlich ist das?«

Sie lacht über mich. »Da freust du dich, was?«

»Siehst du es endlich ein? Ich habe die ganze Zeit über recht gehabt. Wir sollten einander begegnen. Wenn wir uns nicht schon heute Morgen getroffen hätten, hätten wir uns sehr wahrscheinlich jetzt kennengelernt.« Meine Logik ist absolut anfechtbar, aber sie versucht nicht, mich zu widerlegen. Stattdessen gleitet ihre Hand in meine und sie lächelt. Vielleicht mache ich doch noch eine Gläubige aus ihr.

Mein Plan ist es, uns aufs Dach zu schmuggeln, damit wir ungestört rumknutschen können. Am Empfang melden wir uns für mein Vorstellungsgespräch an. Der Wachmann führt uns zu den Aufzügen. Der, den wir besteigen, muss der Bummelaufzug sein, weil er fast in jedem Stockwerk anhält. Anzugträger steigen ein und aus und reden laut über Sehr Wichtige Dinge. Egal, was Natasha vorhin gesagt hat: Ich werde nie in einem Gebäude wie diesem arbeiten können. Schließlich erreichen wir die oberste Etage. Wir steigen aus, suchen das Treppenhaus, gehen noch eine Treppe nach oben und landen direkt vor einer verschlossenen grauen Tür mit einem Schild, auf dem KEIN ZUGANG ZUM DACH steht.

Ich weigere mich, den Worten zu glauben. Das Dach befindet sich ganz eindeutig hinter dieser Tür. Ich drehe den Türknauf, hoffe auf ein Wunder, aber sie ist verschlossen.

Ich lehne meine Stirn gegen das Schild. »Sesam, öffne dich«, sage ich zu der Tür.

Wundersamerweise öffnet sie sich.

»Was zum Teufel?« Ich stolpere vorwärts und stoße mit dem Wachmann aus der Eingangshalle zusammen. Im Gegensatz zu uns muss er einen Expressaufzug benutzt haben.

»Ihr dürft nicht hier hoch«, grunzt er. Er riecht nach Zigarettenrauch.

Ich trete nach draußen und ziehe Natasha mit mir. »Wir wollen uns nur die Aussicht angucken«, sage ich in meiner allerrespektvollsten Mit-nur-einem-Hauch-von-Flehen-ohne-dabei-zu-jammern-Stimme.

Er zieht skeptisch die Augenbrauen hoch und will etwas sagen, aber ihn überkommt ein so massiver Hustenanfall, dass er schließlich vornübergebeugt dasteht und sich die Faust aufs Herz presst.

»Ist alles in Ordnung mit Ihnen?«, fragt Natasha. Er beugt sich jetzt nur noch leicht nach vorne und hat die Hände auf den Oberschenkeln abgestützt. Natasha legt ihm die Hand auf die Schulter.

»Hab mir da diesen Husten eingefangen«, sagt er und hustet dabei.

»Na, dann sollten Sie nicht rauchen«, sagt Natasha zu ihm.

Er richtet sich auf und wischt sich über die Augen. »Du klingst wie meine Frau.«

»Sie hat ja auch recht«, sagt Natasha, ohne zu zögern.

Ich versuche, ihr einen Blick zuzuwerfen, der bedeuten soll: *Leg dich nicht mit dem alten, lungenkranken Wachmann an, denn dann wird er uns nicht erlauben, hier oben zu bleiben und rumzuknutschen*. Doch selbst wenn sie meinen Blick richtig gedeutet hat, geht sie trotzdem darüber hinweg.

»Ich habe früher als freiwillige Helferin auf einer Lungenstation gearbeitet. Dieser Husten klingt nicht gut.«

Wir starren sie beide an. Ich, weil ich sie mir zunächst *in* einer sexy Hilfsschwesterntracht vorstelle und dann *ohne*. Ziemlich sicher wird das meine neue Einschlaf-Fantasie werden.

Keine Ahnung, warum der Wachmann sie anstarrt. Hoffentlich nicht aus dem gleichen Grund.

»Geben Sie mir Ihre Zigaretten«, sagt Natasha und streckt die Hand nach seinem Zigarettenpäckchen aus. »Sie müssen mit dem Rauchen aufhören.« Ich habe keine Ahnung, wie sie es schafft, zugleich ehrlich besorgt und autoritär zu klingen.

Er zieht das Päckchen aus seiner Jackentasche. »Glaubst du, ich hab es nicht probiert?«, fragt er.

Ich mustere ihn. Eigentlich ist er zu alt für diesen Job. Er sieht aus, als müsste er schon im Ruhestand sein und irgendwo in Florida seine Enkelkinder verhätscheln.

Natasha streckt so lange die Hand aus, bis er ihr die Zigaretten gibt.

»Nimm dich in Acht vor ihr«, sagt er lächelnd zu mir.

»Jawohl, Sir.«

Er zieht seine Jacke an. »Woher weißt du, dass ich mir nicht einfach ein neues Päckchen kaufe?«, fragt er Natasha.

»Ich schätze, das weiß ich nicht«, sagt sie und zuckt mit den Schultern.

Er sieht sie lange an. »Das Leben verläuft nicht immer so, wie man es geplant hat«, sagt er.

Ich sehe Natasha an, dass sie ihm nicht glaubt. Er sieht es auch, geht aber nicht weiter darauf ein.

»Bleibt von der Dachkante weg«, sagt er und zwinkert uns zu. »Viel Spaß.«

Joe

Eine geplante Geschichte

DAS MÄDCHEN HAT IHN ein bisschen an seine Beth erinnert. Geradeheraus, aber herzensgut. Hauptsächlich deswegen hat er sie da oben auf dem Dach bleiben lassen. Er weiß ganz genau, dass die einzige Aussicht, die sie genießen werden, die voneinander ist. Nichts dran auszusetzen, findet er.

Er und seine Beth waren genauso. Und nicht nur am Anfang ihrer Ehe, sondern die ganze Zeit über. Sie waren wie ein Sechser im Lotto füreinander, haben sie immer gesagt.

Beth ist letztes Jahr gestorben. Sechs Monate nachdem sie beide in Ruhestand gegangen waren. Die Krebsdiagnose hatte sie einen Tag nach ihrem Ausstand bekommen. Sie hatten so viele Pläne gehabt. Eine Alaska-Rundreise und die Polarlichter sehen (ihrer). Venedig, Grappa trinken und die Kanäle sehen (seiner).

Das hängt Joe immer noch nach. All die Pläne, die sie gemacht haben. Das Geld, das sie gespart haben. Das Warten auf den besten Zeitpunkt.

Und wofür? Für nichts.

Das Mädchen hat natürlich recht. Er sollte nicht rauchen. Nach Beths Tod hat er das Rentnerdasein aufgegeben und wieder mit dem Rauchen angefangen. Ist doch egal, wenn er sich zu Tode arbeitet. Ist doch egal, wenn er sich zu Tode raucht. Es gibt nichts mehr, wofür es sich zu leben lohnt, nichts, was mehr geplant werden muss.

Er sieht das Mädchen und den Jungen noch ein letztes Mal an, bevor er die Tür schließt. Sie schauen einander an, als gäbe es keinen anderen Ort auf der Welt, an dem sie jetzt lieber wären. Er und seine Beth waren einmal genauso.

Vielleicht wird er doch mit dem Rauchen aufhören. Vielleicht wird er ein paar neue Pläne schmieden.

Natasha

DANIEL GEHT ZUR DACHKANTE und schaut hinunter auf die Stadt. Seine Haare sind offen und bewegen sich im Wind und er hat seine Dichtermiene aufgesetzt. Die unverletzte Seite seines Gesichts lächelt.

Ich gehe zu ihm und fasse nach seiner Hand. »Willst du denn nichts schreiben, du Dichter?«, ziehe ich ihn auf.

Er lächelt noch breiter, wendet sich mir aber nicht zu. »Von hier oben sieht alles ganz anders aus, oder?«, fragt er.

Was sieht er, wenn er da hinunterschaut? Ich sehe jede Menge Dächer, die meisten von ihnen sind leer. Auf einigen befinden sich ein paar alte, ausrangierte Dinge – stillgelegte Lüftungsanlagen, kaputte Büromöbel. Auf anderen gibt es Gärten, und ich frage mich, wer sie pflegt.

Daniel holt sein Notizbuch hervor und ich trete noch ein bisschen näher an die Kante.

Bevor diese Gebäude Gebäude waren, waren sie nur Stahlskelette. Und bevor sie Stahlskelette waren, waren sie nur Traversen und Tragbalken. Waren Metall, Glas und Beton. Und davor waren sie nur Baupläne und davor eine Architekturzeichnung.

Und davor nur eine Idee, die jemand zur Gestaltung einer Stadt hatte.

Daniel steckt sein Notizbuch wieder weg und zieht mich von der Kante weg. Er legt eine Hand an meine Taille.

»Was schreibst du überhaupt da rein?«, frage ich.

»Pläne«, antwortet er.

Seine Augen sind fröhlich und er starrt auf meine Lippen. Es fällt mir schwer, einen klaren Gedanken zu fassen. Ich mache einen kleinen Schritt rückwärts, aber er folgt mir, als würden wir tanzen.

»Ich … Ach, verdammt! Bist du schon den ganzen Tag so sexy?«, frage ich.

Er lacht und wird rot. »Freut mich, dass du mich sexy findest.« Sein Blick ruht noch immer auf meinen Lippen.

»Wird es sehr wehtun, wenn ich dich küsse?«, frage ich ihn.

»Es wird ein guter Schmerz sein.« Jetzt legt er auch die andere Hand an meine Taille, als wollte er uns am Boden verankern. Aber mein Herz wird sich dadurch nicht beruhigen lassen. Ihn zu küssen, kann nicht so gut sein, wie ich es in Erinnerung habe. Als wir uns zum ersten Mal geküsst haben, dachte ich, es wäre gleichzeitig unser letzter Kuss. Bestimmt hat es das viel intensiver gemacht. Dieser Kuss wird normaler sein. Kein Feuerwerk und Chaos, nur der Kuss von zwei Menschen, die sich sehr mögen.

Ich stelle mich auf die Zehenspitzen und komme ihm noch näher. Endlich schaut er mir in die Augen. Er nimmt eine Hand von meiner Taille und legt sie auf mein Herz. Es schlägt unter seiner Handfläche, als schlüge es *für* ihn.

Unsere Lippen berühren sich, und ich versuche, so lange wie

möglich die Augen aufzuhalten. Ich bemühe mich, nicht der kosmischen Unordnung dieser Sache, die zwischen uns läuft, zu erliegen. Ich kapiere das nicht. Warum gerade er? Warum Daniel und keiner von den Jungs vor ihm?

Ich schlinge die Arme um seinen Hals und schmiege mich an ihn, doch ich komme ihm trotzdem nicht nah genug. Das ruhelose, chaotische Gefühl kehrt zurück. Ich will Dinge, die ich benennen kann, und andere, die ich nicht benennen kann. Ich will, dass dieser eine Augenblick für immer anhält, aber ich will all die anderen Augenblicke nicht verpassen, die noch vor uns liegen. Ich will unsere ganze gemeinsame Zukunft, aber ich will sie hier und jetzt.

Ich bin ein wenig überwältigt und beende den Kuss. »Geh. Da. Rüber«, sage ich und beschließe jedes Wort mit einem Kuss. Ich zeige auf eine Stelle weit weg von mir, außerhalb der Kusszone.

»Hierhin?«, fragt er und macht einen Schritt zurück.

»Und jetzt noch mindestens fünf Schritte.«

Er grinst mich an, fügt sich aber.

»Es werden doch wohl hoffentlich nicht alle unsere Küsse so sein, oder?«, frage ich ihn.

»Wie denn?«

»Das weißt du. Irgendwie verrückt.«

»Ich mag es, wie direkt du bist«, sagt er.

»Wirklich? Meine Mom meint, ich würde immer zu weit gehen.«

»Kann sein. Aber ich mag es trotzdem.«

Ich senke den Blick und antworte nicht. »Wie lange noch bis zu deinem Vorstellungsgespräch?«, frage ich.

»Vierzig Minuten.«

»Kannst du mir noch ein paar von den Liebesfragen stellen?«

»Du bist noch immer nicht in mich verliebt?« Seine Stimme ist voll gespielter Ungläubigkeit.

»Nope«, sage ich und lächle ihn an.

»Keine Sorge«, sagt er. »Wir haben Zeit.«

Daniel

ES KOMMT MIR WIE EIN WUNDER VOR, dass wir auf dem Dach sitzen, als wären wir Teil einer geheimen Himmelsstadt. Die Sonne zieht sich langsam hinter die Hochhäuser zurück, aber es ist noch hell. Bald wird es dunkel sein, aber im Augenblick ist da nur eine Ahnung von Dunkelheit.

Natasha und ich sitzen mit übereinandergeschlagenen Beinen an der Wand neben der Tür zum Treppenhaus. Wir halten Händchen und sie hat ihren Kopf auf meine Schulter gelegt. Ihr Haar an meiner Wange ist weich.

»Bist du schon bereit für die Abendessen-Frage?«, frage ich sie.

»Du meinst, wen ich einladen würde?«

»Jep.«

»Äh, nein. Du zuerst«, sagt sie.

»Ist doch leicht«, sage ich. »Gott.«

Sie hebt den Kopf und schaut mich an. »Du glaubst also wirklich an Gott?«

»Ja, tue ich.«

»Ein Kerl? Im Himmel? Mit Superkräften?« Ihre Ungläubigkeit ist nicht spöttisch, sondern nur forschend.

»Nicht so ganz«, sage ich.

»Was dann?«

Ich drücke ihre Hand. »Die Art, wie wir uns jetzt gerade fühlen? Diese Verbindung zwischen uns beiden, die wir nicht begreifen, auf die wir aber nicht verzichten wollen? Das ist Gott.«

»Heilige Scheiße!«, ruft sie aus. »Ihr Dichtertypen seid echt gefährlich.«

Sie zieht meine Hand in ihren Schoß und umschließt sie mit beiden Händen. Ich lege den Kopf in den Nacken, betrachte den Himmel und versuche, Figuren in den Wolkenformationen zu erkennen. »Ich sag dir, was ich glaube«, sage ich. »Ich glaube, dass wir alle miteinander verbunden sind, alle Menschen auf der Erde.«

Sie fährt mit den Fingerspitzen über meine Fingerknöchel. »Auch die schlechten?«

»Ja. Denn jeder hat zumindest *etwas* Gutes in sich.«

»Stimmt nicht«, erwidert sie.

»Okay«, lenke ich ein. »Aber zumindest hat jeder *eine* gute Sache in seinem Leben gemacht. Stimmst du mir da zu?«

Sie denkt darüber nach und nickt langsam.

»Ich glaube, dass alle guten Seiten von uns auf einer bestimmten Ebene miteinander verbunden sind«, fahre ich fort. »Der Teil, der den letzten Schokoladenkeks teilt oder an eine Wohltätigkeitsorganisation spendet oder einem Straßenmusiker einen Dollar schenkt. Der ehrenamtlich im Krankenhaus arbeitet oder bei einem Apple-Werbespot heulen muss oder ›Ich liebe dich‹ sagt oder ›Ich verzeih dir‹. Ich glaube, das ist Gott. Gott ist die Verbindung unserer besten Seiten.«

»Glaubst du, dass diese Verbindung ein Bewusstsein hat?«, fragt sie

»Ja, und wir nennen es Gott.«

Sie lacht leise. »Bist du immer so …«

»Gelehrt?«, unterbreche ich sie.

Jetzt lacht sie lauter. »Ich wollte eigentlich kitschig sagen.«

»Ja. Ich bin weit und breit für meinen Hang zum Kitsch bekannt.«

»Das war ein Witz«, sagt sie und stupst mich wie vorhin mit der Schulter an. »Es gefällt mir wirklich, dass du darüber nachdenkst.«

Und das habe ich tatsächlich. Es ist nicht das erste Mal, dass ich diese Art von Gedanken habe, aber zum ersten Mal konnte ich sie in Worte fassen. Mit ihr zusammen zu sein, bringt das Beste in mir zum Vorschein.

Ich lege ihre Hand an meine Lippen und küsse ihre Finger. »Was ist mit dir?«, frage ich. »Du glaubst nicht an Gott?«

»Mir gefällt deine Vorstellung von ihm. Ganz bestimmt glaube ich nicht an die rachsüchtige Feuer-und-Schwefel-Version.«

»Aber du glaubst an etwas?«

Unsicher runzelt sie die Stirn. »Ich weiß es wirklich nicht. Ich glaube, mich interessiert viel mehr, *warum* die Leute das Gefühl haben, sie müssten an Gott glauben. Warum reicht ihnen die Natur nicht? Die Natur ist atemberaubend. Der Sternenhimmel? Wundervoll. Das Innere einer menschlichen Zelle? Unglaublich. Aber an etwas zu glauben, das uns einredet, wir seien als Sünder geboren worden? Was die Leute dazu benutzen, um sich für ihre ganzen kleinkarierten Vorurteile und ihre Abscheulichkeit zu rechtfertigen? Ich weiß nicht. Ich glaube wohl eher an die Wissenschaft. Wissenschaft reicht mir.«

»Aha«, entgegne ich. Das Sonnenlicht spiegelt sich in den umliegenden Hochhäusern und der Himmel um uns herum färbt sich leicht orange. Obwohl wir uns auf einer freien Fläche befinden, fühle ich mich geborgen.

»Wusstest du, dass das Universum zu fast 27 Prozent aus Dunkler Materie besteht?«

Wusste ich nicht, aber sie natürlich schon.

»Was ist Dunkle Materie?«

Ihre Miene lässt sich nur mit einem Wort beschreiben: Entzücken. Sie entzieht mir ihre Hand, reibt die Handflächen aneinander und bereitet sich auf die Erklärung vor.

»Also, ganz sicher sind sich die Wissenschaftler nicht, aber es ist der Unterschied zwischen der Masse eines Körpers und der Masse, die sich aus seiner Gravitationswirkung errechnet.« Sie zieht erwartungsvoll die Augenbrauen hoch, als hätte sie etwas Tiefgreifendes und Weltbewegendes gesagt.

Ich bin zutiefst unbewegt.

Sie seufzt. Dramatisch.

»Dichter«, brummt sie lächelnd. »Die beiden Massen müssten eigentlich gleich groß sein.« Sie reckt erklärend den Zeigefinger in die Luft. »Sie *müssten* gleich groß sein, sind sie bei sehr großen Körpern wie Planeten aber nicht.«

»Ach, das ist ja interessant«, sage ich und meine es auch so.

»Ist es, oder?« Sie strahlt mich an. Ich bin echt rettungslos in dieses Mädchen verknallt. »Außerdem hat sich herausgestellt, dass die sichtbare Materie einer Galaxie nicht ausreichend Schwerkraft hat, um erklären zu können, warum sie nicht auseinanderfliegt.«

Ich schüttle den Kopf, damit sie weiß, dass ich nichts kapiere.

»Wenn wir die Gravitationskräfte aller sichtbaren Objekte berechnen, reicht das nicht aus, um Galaxien und Sterne im Orbit zusammenzuhalten. Es muss also mehr Materie geben. Materie, die wir nicht sehen können. Dunkle Materie.«

»Okay, ich hab's kapiert«, sage ich.

Sie wirft mir einen skeptischen Blick zu.

»Nein, ehrlich«, beteuere ich, »ich hab's kapiert. 27 Prozent des Universums bestehen aus Dunkler Materie, hast du gesagt?«

»Ungefähr.«

»Und das ist der Grund, warum die Himmelskörper nicht in die dunklen Tiefen des Weltalls davonsausen? Das ist es, was uns zusammenhält?«

Ihre Skepsis verwandelt sich in Misstrauen. »Worauf will dein verwirrtes Dichterhirn hinaus?«

»Du wirst mich hassen.«

»Kann schon sein«, stimmt sie zu.

»Die Dunkle Materie ist die Liebe. Sie ist die Anziehungskraft.«

»Oh mein Gott, ich fass es nicht. Würg. Kotz. Du bist echt furchtbar.«

»Nein, ich bin gut«, sage ich und muss laut lachen.

»Absolut furchtbar bist du«, sagt sie, beugt sich aber zu mir und stimmt in mein Lachen ein.

»Ich hab so was von recht«, sage ich triumphierend und erobere ihre Hand zurück.

Wieder stöhnt sie, aber ich sehe ihr an, dass sie darüber nachdenkt. Vielleicht findet sie meinen Gedanken gar nicht so abwegig, wie sie eigentlich glaubt.

Ich scrolle auf meinem Handy durch die übrigen Fragen. »Na schön, hier kommt noch eine: Mache drei wahre »Wir«-Aussagen.

Zum Beispiel: Wir befinden uns beide in diesem Raum und fühlen uns …«

»… als müsste ich pinkeln«, sagt sie lächelnd.

»Du redest wirklich nicht gern über ernsthafte Sachen, oder?«

»Musstest du schon jemals ganz dringend aufs Klo?«, will sie wissen. »Das ist eine ernste Sache. Du kannst deiner Blase echten Schaden zufügen, wenn du …«

»Musst du wirklich pinkeln?«, frage ich.

»Nein.«

»Dann beantworte die Frage.« Ich werde nicht zulassen, dass sie sich wieder mit einem Witz aus der Affäre zieht.

»Du zuerst«, sagt sie seufzend.

»Glücklich, geil, galaktisch.«

»Alliteration. Nett.«

»Du bist dran und du musst eine ernsthafte Antwort geben«, befehle ich ihr.

Sie streckt mir die Zunge raus. »Verwirrt. Ängstlich.«

Ich ziehe ihre Hand in meinen Schoß. »Wovor hast du Angst?«

»Es ist ein langer Tag gewesen. Heute Morgen dachte ich noch, ich würde heute Abend abgeschoben. Seit drei Monaten bereite ich mich seelisch darauf vor. Und jetzt sieht es so aus, als könnte ich bleiben.«

Sie dreht sich zu mir. »Und dann bist da noch du. Heute Morgen kannte ich dich noch nicht mal, und jetzt weiß ich nicht mehr, wie es war, dich nicht zu kennen. Das ist alles ein bisschen viel. Ich fühle mich, als hätte ich die Kontrolle verloren.«

»Was ist so schlecht daran?«, frage ich.

»Ich weiß gern, was auf mich zukommt. Ich mag es, vorauszuplanen.«

Das verstehe ich nur zu gut. Wir sind darauf programmiert, vorauszuplanen. Es entspricht unserem Lebensrhythmus. So, wie die Sonne jeden Tag aufgeht und am Abend vom Mond abgelöst wird. »Es ist aber trotzdem so, wie der Wachmann gesagt hat – Pläne gehen nicht immer auf.«

»Glaubst du wirklich, dass das stimmt? Ich denke, das meiste lässt sich planen. Die meisten Dinge kommen nicht einfach so aus dem Nichts und hauen dich um.«

»Das haben die Dinosaurier wahrscheinlich auch geglaubt, und schau dir an, was mit ihnen passiert ist«, ziehe ich sie auf.

Ihr Lächeln ist so breit, dass ich ihr Gesicht berühren muss. Sie schmiegt ihr Gesicht in meine Handfläche und küsst sie. »Mal abgesehen vom Massenaussterben glaube ich schon, dass man vorausplanen kann«, entgegnet sie.

»Ich hab dich umgehauen«, erinnere ich sie, und sie leugnet es nicht.

»Aber egal«, sage ich. »Bisher hast du nur zwei Dinge genannt – verwirrt und ängstlich.«

»Na gut, na gut. Du sollst deinen Willen haben: glücklich.«

Ich seufze theatralisch. »Das hättest du ruhig als Erstes aufzählen können.«

»Ich mach es gern spannend«, sagt sie.

»Nein, tust du nicht.«

»Du hast recht. Ich hasse Spannung.«

»Glücklich meinetwegen?«, frage ich.

»Und weil ich nicht abgeschoben werde. Aber hauptsächlich deinetwegen.«

Sie hebt unsere beiden ineinander verschlungenen Hände an ihre Lippen und küsst meine. Ich könnte für immer hier sitzen und unser Gespräche durch Küsse unterbrechen und unsere Küsse durch Gespräche.

»Wann machen wir das mit dem Sich-in-die-Augen-sehen?«, will ich wissen.

Sie verdreht eben jene Augen, in die ich gerne blicken würde. »Später. Nach deinem Vorstellungsgespräch«, sagt sie.

»Du brauchst keine Angst zu haben«, ziehe ich sie auf.

»Wovor sollte ich Angst haben? Du wirst nichts weiter sehen als Iris und Pupille.«

»Augen sind die Fenster zur Seele«, widerspreche ich.

»Albernes Gewäsch«, gibt sie zurück.

Ich hole mein Telefon heraus und sehe unnötigerweise auf die Uhr. Ich weiß, dass es bald Zeit wird für das Vorstellungsgespräch, aber ich möchte noch ein bisschen hier in Himmelsstadt verweilen. »Komm, wir ziehen noch ein paar Fragen durch«, schlage ich vor. »Blitz-Fragerunde: Was ist deine schönste Erinnerung?«

»Als ich zum ersten Mal Eis in der Waffel statt im Becher gegessen habe«, sagt sie, ohne zu zögern.

»Wie alt warst du da?«

»Vier. Es war Schokoladeneis und ich hatte ein weißes Ostersonntagskleid an.«

»Und wessen Idee war das?«, frage ich.

»Die von meinem Vater«, sagt sie lächelnd. »Früher war ich das Allergrößte für ihn.«

»Und jetzt nicht mehr?«

»Nein«, antwortet sie.

Ich warte darauf, dass sie weiterredet, aber sie geht wieder zu den Fragen über: »Und deine schönste Erinnerung?«

»Als ich fünf war, sind wir mit der ganzen Familie nach Disneyworld gefahren. Charlie wollte unbedingt mit der *Space-Mountain*-Dunkelachterbahn fahren, aber meine Mom fand die für mich zu gruselig, und allein durfte er nicht. Und von meinen Eltern wollte auch keiner mit.«

Ihr Griff wird fester, was süß ist, da ich die Sache ja eindeutig überlebt habe. »Und was ist dann passiert?«

»Ich hab meine Mom davon überzeugt, dass ich keine Angst hätte. Ich hab gesagt, ich hätte mir schon immer gewünscht, mit der Dunkelachterbahn zu fahren.«

»Aber das war gelogen?«, fragt sie.

»Ja. Ich hab mir vor Angst fast in die Hosen gemacht. Ich hab es nur für Charlie getan.«

Wieder rempelt sie mich leicht an der Schulter an. »Ich mag dich doch schon. Du musst mich nicht davon überzeugen, dass du ein Heiliger bist.«

»Das ist es ja gerade, ich war eben kein Heiliger. Ich glaube, ich hab das Ende unseres guten Verhältnisses schon vorausgeahnt. Also wollte ich Charlie davon überzeugen, dass ich es wert war. Es hat auch funktioniert. Er meinte, ich sei mutig, und ich durfte sein ganzes Popcorn aufessen.«

Ich lege den Kopf in den Nacken und blicke hinauf in die Wolken. Sie bewegen sich kaum.

»Findest du es nicht auch seltsam, dass bei uns beiden die schönste Erinnerung mit Menschen zu tun hat, die wir jetzt überhaupt nicht mehr mögen?«, frage ich sie.

»Vielleicht ist das ja der Grund, warum wir sie jetzt nicht mehr mögen«, sagt sie. »So wie sie mal waren und wie sie jetzt sind, liegt so weit auseinander, dass wir keine Hoffnung mehr haben, ihr altes Ich zurückzubekommen.«

»Kann sein«, entgegne ich. »Weißt du, was das Schlimmste an der Geschichte ist?«

»Was?«

»Wegen dieses Ausflugs hasse ich bis heute Achterbahnfahren.«

Sie lacht und ich stimme mit ein.

Augen

Eine Evolutionsgeschichte

WISSENSCHAFTLER VERMUTEN, dass die ersten »Augen« nicht mehr waren als ein pigmentierter, lichtempfindlicher Fleck auf der Haut irgendeines Urzeittiers. Mithilfe des Flecks konnte es hell und dunkel voneinander unterscheiden – ein Vorteil, weil die Dunkelheit möglicherweise signalisierte, dass ein Fressfeind nah genug herangekommen war, um einen Schatten zu werfen. Dadurch überlebten diese Tiere häufiger, konnten sich stärker vermehren und gaben diese Eigenschaft an ihre Nachkommen weiter. Zufällige Mutationen ließen eine Wölbung in dem lichtempfindlichen Fleck entstehen. Dank dieser Wölbung konnten die Tiere noch ein wenig besser sehen – und in noch größerer Zahl überleben. Im Laufe der Zeit entwickelte sich aus dem lichtempfindlichen Fleck das menschliche Auge.

Aber wie ist man von den Augen als Überlebensmechanismus zur Vorstellung von der Liebe auf den ersten Blick gekommen? Oder zu der Vorstellung, dass die Augen das Fenster zur Seele sind? Oder zu dem Klischee, dass Verliebte einander stundenlang in die Augen sehen?

Studien haben gezeigt, dass sich die Pupillen von Menschen,

die sich voneinander angezogen fühlen, durch Ausschüttung von Dopamin weiten. Andere Studien besagen, dass das Muster der Iris Rückschlüsse auf die Persönlichkeit eines Menschen zulässt und dass somit die Augen vielleicht doch eine Art Fenster zur Seele sind.

Und was ist mit den Verliebten, die einander stundenlang in die Augen sehen? Ist das vielleicht ein Vertrauensbeweis? *Ich lasse dich ganz nah heran und vertraue darauf, dass du mir in diesem schutzlosen Zustand nicht wehtust.* Und wenn Vertrauen einer der Grundpfeiler der Liebe ist, ist das Sich-in-die-Augen-Schauen vielleicht ein Weg, dieses Vertrauen aufzubauen oder zu stärken. Oder vielleicht ist es auch noch einfacher als das.

Die schlichte Suche nach einer Verbindung.

Sehen.

Und gesehen werden.

Daniel

MR FITZGERALDS BÜRO liegt am Ende eines langen grauen und eher nichtssagenden Korridors. Ich versuche (vergeblich), dies nicht als Zeichen für meine Zukunft zu deuten. An der Tür steht kein Name, nur eine Nummer. Als ich anklopfe, reagiert niemand. Vielleicht hat er das Büro schon verlassen? Das wäre absolut ideal. Dann wäre es nicht meine Schuld, dass ich es nicht nach Yale geschafft habe und daher auch kein Arzt werde. Mir doch egal, dass ich wegen der ganzen Küsserei zehn Minuten zu spät gekommen bin. Ich bereue nichts. Ich drücke die Klinke herunter und stehe direkt vor einer schluchzenden Frau.

Sie weint nicht hinter vorgehaltenen Händen, wie es die meisten Menschen tun. Sie steht mitten im Zimmer, holt schluchzend Luft und die Tränen strömen ihr übers Gesicht. Ihre Wimperntusche läuft ihre Wangen hinab, und ihre Augen sind geschwollen und rot, als weine sie schon lange Zeit.

Als sie mich bemerkt, hört sie auf zu weinen und wischt sich das Gesicht mit den Handrücken ab. Das Wischen macht alles noch schlimmer, denn jetzt hat sie die Wimperntusche auch noch auf der Nase.

»Ist alles in Ordnung mit Ihnen?«, frage ich und stelle damit die dämlichste aller möglichen Fragen. Ganz eindeutig ist *nicht* alles in Ordnung mit ihr.

»Alles gut«, sagt sie, kaut auf ihrer Unterlippe und versucht, ihre Haare glatt zu streichen, doch das macht es nur noch schlimmer.

»Sie müssen Daniel Bae sein«, stellt sie fest. »Sie sind wegen des Aufnahmegesprächs für Yale hier.«

Ich trete einen Schritt auf sie zu. »Darf ich Ihnen ein Glas Wasser oder ein Taschentuch oder so holen?« Ich erspähe eine leere Kleenexschachtel auf ihrem Schreibtisch und daneben einen Becher mit der Aufschrift: »Rechtsanwaltsgehilfen machen es billiger«.

»Mir geht es gut. Er ist da drin«, sagt sie und deutet auf die Tür hinter sich.

»Sind Sie sich wirklich sicher …«, fange ich an, aber sie schneidet mir das Wort ab.

»Ich muss jetzt los. Richten Sie ihm aus, dass er der wundervollste Mensch ist, den ich je getroffen habe, aber dass ich jetzt gehen muss.«

Ich sage »Okay«, obwohl ich ihm das garantiert nicht ausrichten werde. Außerdem ist es ein ziemlich kleines Büro. Er hat ihre Liebeserklärung wahrscheinlich eh schon gehört.

Sie geht zurück zu ihrem Schreibtisch und schnappt sich den »Rechtsanwaltsgehilfen«-Becher. »Und sagen Sie ihm auch, dass ich gern geblieben wäre, es aber nicht kann. Es ist besser so für uns beide.«

Und dann fängt sie wieder an zu weinen. Und ich merke, wie mir selbst die Tränen in die Augen steigen. Echt dämlich.

Ihre Tränen versiegen sofort und sie starrt mich an. »Weinen Sie etwa?«, fragt sie.

Ich wische mir über die Augen. »Es ist dumm, aber ich kann nichts dagegen machen. Wenn ich andere Leute weinen sehe, muss ich selbst weinen.«

»Das ist wirklich liebenswert.« Jetzt, wo sie nicht mehr so tränenerstickt klingt, ist ihre Stimme richtig melodiös.

»Ich finde es eigentlich ziemlich scheiße.«

»Achten Sie bitte auf Ihre Ausdrucksweise«, sagt sie mit gerunzelter Stirn.

»Tut mir leid.« Was ist das für ein Mensch, der gegen ein harmloses Wort wie »Scheiße« etwas einzuwenden hat?

Sie akzeptiert meine Entschuldigung mit einem leichten Nicken. »Wir sind gerade erst eingezogen und jetzt werde ich dieses Büro nie mehr wiedersehen.« Sie schnieft und wischt sich über die Nase. »Wenn ich gewusst hätte, wie es endet, hätte ich es nie angefangen.«

»Jeder würde gern wissen, was die Zukunft bringt«, entgegne ich. Und wieder füllen sich ihre Augen mit Tränen, selbst als sie zustimmend nickt.

»Als ich klein war, habe ich am liebsten Märchenbücher gelesen. Schon bevor man sie aufgeschlagen hat, wusste man, wie sie enden würden. ›Und sie lebten glücklich bis ans Ende ihrer Tage.‹« Sie wirft einen Blick auf die Bürotür hinter sich, schließt die Augen und öffnet sie wieder. »Im Märchen tut die Prinzessin nie das Falsche.«

Die Tür geht auf. Ich bin neugierig, wie der wundervollste Mensch auf Erden aussieht. Bis auf das Pflaster über seinem rechten Auge sieht er ziemlich normal aus.

»Daniel Bae?«, fragt er und schaut nur mich an. Seine Augen wandern nicht mal für eine Sekunde zu ihr.

Ich strecke ihm die Hand entgegen. »Mr Fitzgerald. Schön, Sie kennenzulernen.«

Er schüttelt mir nicht die Hand. »Du bist zu spät«, sagt er und geht zurück in sein Büro.

Ich drehe mich um, weil ich mich von der Sekretärin verabschieden will, aber sie ist bereits verschwunden.

Natasha

ICH ZIEHE MEIN TELEFON aus dem Rucksack. Immer noch kein Rückruf und auch keine Nachricht von Bev. Vielleicht schaut sie sich noch ein anderes College an. Mir fällt ein, dass sie gesagt hat, sie wolle sich auch die University of California in San Francisco ansehen.

Ich sollte meine Mom anrufen. Ich hätte mich heute wahrscheinlich schon öfter bei ihr melden sollen. Als Daniel und ich auf dem Dach waren, hat sie allein drei Mal angerufen.

Ich schreibe ihr: komme bald nach hause.

Mein Handy vibriert fast augenblicklich. Sicher hat sie auf eine Nachricht von mir gewartet.

versuch seit 2 h dich zu erreichen.

sorry!, schreibe ich zurück.

Sie muss immer das letzte Wort haben, deshalb warte ich schon auf ihre unvermeidliche Antwort:

dann gibt's nix neues? hoffe, du has nich zu viel erwartet.

Ich werfe das Telefon zurück in den Rucksack, ohne zu antworten.

Manchmal glaube ich, enttäuscht zu werden, ist für meine Mutter das Allerschlimmste. Deshalb setzt sie alles daran, sich nie zu viel Hoffnung zu machen. Und sie drängt uns dazu, uns genauso zu verhalten.

Es gelingt ihr aber nicht immer. Einmal ist sie mit uns zu einer öffentlichen Wohnungsbesichtigung gegangen, obwohl wir uns die Wohnung nie hätten leisten können. Und ein anderes Mal hat sie meinem Vater einen Anmeldebogen für ein Vorsprechen bei einem Off-off-off-Broadway-Theaterstück mitgebracht. Keine Ahnung, wo sie ihn herhatte oder um welche Rolle es überhaupt ging. Dad nahm den Flyer und bedankte sich sogar, aber ich bin mir ziemlich sicher, dass er sich nie angemeldet hat.

Ich beschließe, den entscheidenden Anruf von Mr Fitzgerald abzuwarten, bevor ich mich bei ihr melde. Meine Mom musste bereits mit zu vielen Enttäuschungen klarkommen.

Das ist das Problem an zu hochgesteckten Erwartungen: Man stürzt dann umso tiefer.

Samuel Kingsley

Eine Geschichte der Reue, Teil 4

MANCHE MENSCHEN SIND zu was Großem geboren. Gott schenkt ein paar Glücklichen von uns viel Talent und schickt uns dann auf die Welt, um was draus zu machen.

Nur zweimal in meinem Leben hab ich was draus gemacht. Vor zwei Monaten, als ich *Ein Fleck in der Sonne* in Manhattan gespielt hab, und vor zehn Jahren, als ich dasselbe Stück in Montego Bay gespielt hab.

Da is was zwischen diesem Bühnenstück und mir, das sollte so sein, so was wie 'ne Bestimmung. Auf Jamaika stand in der Zeitung, mein Auftritt wär »nicht von dieser Welt« gewesen. Ich bekam Standing Ovations.

Ich. Nich die anderen Schauspieler. Ich allein.

Es ist seltsam. Das Stück schickt mich nach Amerika, jetzt schickt es mich zurück nach Jamaika.

Patricia hat mich gefragt, warum ich dem Polizisten alles erzählt hab. »Er is nich kein Priester«, sagt sie. »Is nich keine Beichte«, sagt sie.

Ich sag ihr, dass ich es gar nich wollte. Und es is wahr, was ich ihr sag. Aber das Gegenteil is auch wahr. Vielleicht mach ich es mit Absicht. Das hier is nich keine Beichte. Ich sag nur, dass der Gedanke in meinem Kopf is. Vielleicht mach ich es mit Absicht. Wir konnten nich mal das kleine Theater füllen.

Amerika is fertig mit mir und ich bin fertig mit ihm. Das hat mir der Abend klargemacht. Auf Jamaika krieg ich Standing Ovations. In Amerika hab ich nich mal Zuschauer.

Ich weiß nich. Vielleicht mach ich es mit Absicht. Du kannst dich in deinen Gedanken verlieren, als ob du in ein anderes Land verschwindest. Deine ganzen Gedanken sind in einer anderen Sprache, und du kannst die Zeichen nich lesen, obwohl sie überall um dich rum sind.

Daniel

DAS ERSTE, WAS ICH auf seinem Schreibtisch sehe, ist ein Aktenordner, auf dem Natashas Name steht. Das muss sie doch sein, oder? Wie viele Natashas kann es wohl geben, die heute einen Termin in diesem Gebäude hatten? Kann es tatsächlich sein, dass ihr Anwalt und mein Interviewer ein und dieselbe Person sind? Die Wahrscheinlichkeit für so was ist bestimmt astronomisch klein. Ich kann es kaum erwarten, ihren Gesichtsausdruck zu sehen, wenn ich ihr das erzähle. Ich schaue Mr Fitzgerald an und blicke mich dann im Büro nach anderen Zeichen um. »Sind Sie Fachanwalt für Einwanderungsrecht?«, frage ich.

Er sieht von einem Dokument hoch, wahrscheinlich meine Bewerbung. »Bin ich. Warum?«

»Ich glaube, ich kenne eine Mandantin von Ihnen«, sage ich und greife nach Natashas Akte.

Er reißt sie mir aus der Hand.

»Finger weg. Das ist vertraulich.« Er schiebt sie so weit wie möglich von mir weg.

Ich grinse ihn an und er runzelt die Stirn. »Klar, tut mir leid«, sage ich. »Es ist nur so, dass Sie mein Leben gerettet haben.«

»Was redest du da?« Er dehnt das rechte Handgelenk, und mir fällt auf, dass seine Hand verbunden ist. Und dann erinnere ich mich daran, dass seine Sekretärin meinte, er sei in einen Autounfall verwickelt gewesen.

Ich deute auf die Akte. »Ich habe sie – Natasha – heute kennengelernt.«

Er sieht mich noch immer mit gerunzelter Stirn an und kapiert gar nichts. »Als ich sie traf, stand sie kurz davor, abgeschoben zu werden, doch dann hat sie sich mit Ihnen getroffen, Sie haben in Ihre anwaltliche Trickkiste gegriffen, und jetzt kann sie bleiben.«

Er legt die verbundene Hand auf den Schreibtisch. »Und wieso hat das dein Leben gerettet?«

»Sie Ist Die Richtige«, antwortete ich.

Seine Miene ist nach wie vor verständnislos. »Hast du nicht gesagt, du hättest sie erst heute kennengelernt?«

»Jep.« Ich kann nichts gegen das breite Grinsen in meinem Gesicht tun.

»Und sie ist die Richtige?« Als er »die Richtige« sagt, malt er zwar keine Gänsefüßchen in die Luft, aber ich höre sie in seiner Stimme. Klangliche Gänsefüßchen (auch nicht besser als in die Luft gemalte).

Er drückt die Fingerspitzen aneinander und sieht mich eine Weile an. »Warum bist du hier?«, will er wissen.

Ist das eine Fangfrage? »Wegen meines Aufnahmegesprächs für Yale?«

Er mustert mich ostentativ. »Nein, wirklich. Warum bist du jetzt gerade in meinem Büro? Denn das Aufnahmegespräch ist dir offensichtlich vollkommen egal. Du tauchst hier auf und siehst so aus, als seist du in eine Schlägerei geraten. Ich meine diese Frage ernst: Warum bist du hergekommen?«

Ich sehe keine andere Möglichkeit, als seine Frage ehrlich zu beantworten. »Meine Eltern haben mich dazu gezwungen.«

»Wie alt bist du?«

»Siebzehn.«

Er schaut auf meine Unterlagen. »Hier steht, dass du dich für den Bachelorstudiengang in Medizin interessierst. Ist das so?«

»Eigentlich nicht«, sage ich.

»Eigentlich nicht oder nein?« Anwälte haben es wirklich gern genau.

»Nein.«

»Jetzt kommen wir allmählich voran«, sagt Mr Fitzgerald. »Willst du nach Yale?«

»Ich weiß nicht mal, ob ich überhaupt studieren will.«

Er beugt sich in seinem Stuhl vor. Ich fühle mich, als würde ich ins Kreuzverhör genommen. »Wovon träumst du dann?«

»Gedichte zu schreiben.«

»Oh, gut«, sagt er. »Etwas Praktisches.«

»Ob Sie's glauben oder nicht, den hab ich schon mal gehört.«

Er beugt sich noch weiter vor. »Ich werde dich jetzt noch mal fragen: Warum bist du hier?«

»Weil ich muss.«

»Nein, musst du nicht«, schießt er zurück. »Du kannst einfach aufstehen und zur Tür hinausgehen.«

»Ich schulde es meinen Eltern.«

»Warum?«

»Das würden Sie nicht verstehen.«

»Wetten, dass?«

Ich seufze (die lange, leidende Variante). »Meine Eltern sind Immigranten. Sie sind in dieses Land gekommen, um sich ein besseres Leben aufzubauen. Sie arbeiten rund um die Uhr, damit mein Bruder und ich den amerikanischen Traum leben können. Und wenn vom amerikanischen Traum die Rede ist, heißt es nie, dass man das College auslassen und ein hungerleidender Künstler werden kann.«

»Der amerikanische Traum ist, was immer man sich darunter vorstellt.«

»In meiner Familie nicht«, schnaube ich. »Wenn ich nicht Medizin studiere, drehen sie mir den Geldhahn ab. Keine Unterstützung fürs College. Gar nichts.«

Dieses Geständnis beendet zumindest sein Trommelfeuer aus Fragen. Er lehnt sich zurück. »Würden deine Eltern das wirklich tun?«, fragt er.

Ich kenne die Antwort, bringe sie aber noch nicht über die Lippen. Ich denke an den Gesichtsausdruck meines Vaters bei unserem Gespräch im Laden. Er ist wild entschlossen, dass Charlie und ich es einmal besser haben sollen als er, und er wird alles tun, um das sicherzustellen.

»Ja«, erwidere ich. »Würden sie.« Aber nicht, weil mein Vater fies ist. Und auch nicht, weil er ein typischer koreanischer Vater ist. Sondern weil ihn seine Geschichte daran hindert, uns unser eigenes Leben leben zu lassen. Eine Menge Leute sind so.

Mr Fitzgerald pfeift leise. »Dann musst du dir also sehr sicher sein, dass die Sache mit den Gedichten es auch wert ist, nehme ich an.«

Jetzt bin ich es, der sich vorbeugt. »Haben Sie noch nie etwas getan, nur weil Sie sich dazu verpflichtet fühlten? Weil Sie ein Versprechen gegeben haben?«

Er wendet den Blick ab. Aus irgendeinem Grund verändert diese Frage die Dynamik zwischen uns. Plötzlich habe ich das Gefühl, als säßen wir im selben Boot.

»Verpflichtungen zu erfüllen, ist die Definition des Erwachsenenlebens, Junge. Wenn du Fehler machen und Versprechen brechen willst, dann ist jetzt der richtige Zeitpunkt dafür.«

Er verstummt, bewegt wieder sein Handgelenk und verzieht das Gesicht. »Wenn du was vermasseln willst, dann jetzt, wo die Konsequenzen noch nicht so schlimm sind. Vertrau mir. Später wird es viel schwerer.«

Manchmal sagen dir Menschen etwas, indem sie eben nichts sagen. Ich schaue auf seine linke Hand und sehe seinen Ehering.

»Ist Ihnen das passiert?«, frage ich.

Er dreht den Ring an seinem Finger. »Ich bin ein verheirateter Mann mit zwei Kindern.«

»Und Sie haben ein Verhältnis mit Ihrer Sekretärin.«

Er reibt über das Pflaster an seinem Kopf. »Erst seit heute.« Er schaut hinüber zu der geschlossenen Tür, als hoffe er, dass sie dort steht. »Und es ist auch seit heute vorbei«, sagt er leise.

Ich habe nicht wirklich mit einem Geständnis wie diesem gerechnet, und weiß jetzt nicht, was ich sagen soll.

»Du hältst mich für einen schlechten Menschen«, sagt er.

»Ich halte Sie für meinen Interviewer«, antworte ich. Vielleicht ist es besser für uns beide, dieses Gespräch wieder auf Kurs zu bringen.

Er schlägt die Hände vors Gesicht. »Ich bin ihr zu spät begegnet. Ich hatte schon immer ein schlechtes Timing.«

Keine Ahnung, was ich dazu sagen soll. Nicht, dass er mich Rat suchend ansieht. Normalerweise würde ich sagen: »Folgen Sie Ihrem Herzen.« Aber er ist ein verheirateter Mann. *Sein* Herz ist nicht das einzige, das hier betroffen ist.

»Was werden Sie tun? Sie aufgeben?«, frage ich.

Er schaut mich lange Zeit nachdenklich an. »Du wirst dasselbe tun müssen«, sagt er schließlich.

Er zieht Natashas Akte unter seinem Ellbogen hervor. »Ich habe es nicht geschafft. Ich dachte, ich könnte es, aber so war es leider nicht.«

»Was haben Sie nicht geschafft?«, frage ich.

»Ihre Abschiebung rückgängig zu machen.«

Er wird es mir buchstabieren müssen, denn ich begreife nicht, was er da sagt.

»Deine Natasha wird doch heute Abend abgeschoben. Ich konnte es nicht mehr verhindern. Der Richter hat die freiwillige Ausreise nicht ausgesetzt.«

Ich weiß nicht, was eine freiwillige Ausreise ist, aber mir fällt nichts weiter ein, als dass ein Irrtum vorliegen muss. Es ist ganz bestimmt ein Irrtum. Jetzt hoffe ich, dass es wirklich eine andere Natasha Kingsley ist.

»Es tut mir leid, Junge«, sagt er. Er schiebt mir die Akte hin, als würde es irgendwas nützen, wenn ich sie mir ansehe. Aber ich kann nicht anders, als den Ordner aufzuklappen. Darin ist irgendein offizielles Formular. Ich sehe nur ihren Namen: Natasha Ann Kingsley. Bisher kannte ich ihren Zweitnamen nicht. Ann. Er passt zu ihr.

Ich klappe den Ordner wieder zu und schiebe ihn zurück zu ihm. »Es muss etwas geben, was Sie tun können.«

Wieder die aneinandergelegten Fingerspitzen und ein Achselzucken. »Ich habe bereits alles versucht.«

Das Achselzucken macht mich wütend. Das ist keine kleine Sache. Das ist kein: *Oh, Sie haben Ihren Termin verpasst. Kommen Sie morgen wieder.* Es ist Natashas Leben. Und meins.

Ich stehe auf. »Sie haben sich nicht genug angestrengt«, sage ich anklagend. Ich könnte wetten, dass die Affäre mit seiner Sekretärin was damit zu tun hat. Ich wette, er hat den Tag damit verbracht, seine Versprechen gegenüber Frau und Kindern zu brechen. Und auch gegenüber Natasha.

»Hör mal, ich verstehe, dass du sauer bist.« Sein Tonfall ist behutsam, als versuche er, mich zu beruhigen.

Aber ich möchte mich nicht beruhigen. Ich presse beide Hände auf seinen Schreibtisch und beuge mich vor. »Es muss etwas geben, das Sie tun können. Es ist nicht Natashas Schuld, dass ihr Vater so ein Loser ist.«

Er rollt mit seinem Stuhl vom Schreibtisch weg. »Tut mir leid. Die Einwanderungs- und Zollbehörde schätzt es nicht, wenn man sein Visum überzieht.«

»Aber damals war sie doch noch ein Kind. Sie hatte doch gar keine Wahl. Es ist doch nicht so, als hätte sie sagen können: ›Mom, Dad, unsere Visa sind abgelaufen. Wir sollten nach Jamaika zurückkehren.‹«

»Das interessiert leider niemanden. Irgendwo muss es vom Gesetz her eine Grenze geben. Ihr letztes Gesuch wurde abgelehnt. Der Richter war die einzige Hoffnung. Wenn sie heute Abend alle zusammen das Land verlassen, gibt es eine kleine Chance, dass deine Natasha sich in ein paar Jahren wieder für ein Visum bewerben kann.«

»Aber Amerika ist ihre Heimat«, brülle ich. »Es ist doch ganz egal, wo sie geboren wurde.« Den Rest sage ich nicht. Nämlich, dass sie zu mir gehört.

»Ich wünschte, es gäbe etwas, das ich tun kann«, sagt er. Wieder berührt er das Pflaster an seinem Kopf und scheint ehrlich zerknirscht zu sein. Vielleicht habe ich mich in ihm getäuscht. Vielleicht hat er es wirklich versucht.

»Ich habe vor, sie anzurufen, wenn du und ich hier fertig sind«, sagt er.

Wenn wir hier fertig sind. Ich habe vollkommen vergessen, dass es bei diesem Treffen eigentlich um meine Bewerbung für Yale gehen sollte.

»Sie wollen sie einfach nur anrufen und es ihr am Telefon sagen?«

»Spielt es denn eine Rolle, wie sie es erfährt?«, fragt er mit zusammengezogenen Brauen.

»Natürlich spielt es eine Rolle.« Ich möchte nicht, dass sie die schlimmste Nachricht ihres Lebens am Telefon erfährt – überbracht von jemandem, den sie kaum kennt.

»Ich mache es«, sage ich. »Ich sage es ihr.«

Er schüttelt den Kopf. »Das kann ich nicht zulassen. Es ist mein Job.«

Ich sitze da und weiß nicht, was ich tun soll. Meine Lippe pocht. Die Stelle, an der Charlie mich in den Bauch geboxt hat, tut weh. Der Platz in meinem Herzen, der von Natasha besetzt ist, tut auch weh.

»Tut mir leid, Junge«, sagt er noch einmal.

»Was ist, wenn sie nicht ins Flugzeug steigt? Was ist, wenn sie einfach hierbleibt?« Ich bin verzweifelt. Gegen das Gesetz zu verstoßen, scheint mir ein kleiner Preis zu sein, wenn sie nur hierbleibt.

Wieder Kopfschütteln. »Das empfehle ich nicht. Als Anwalt und auch sonst nicht.«

Ich muss zu ihr und es ihr als Erster sagen. Ich will nicht, dass sie allein ist, wenn sie die Nachricht bekommt.

Ich verlasse sein Büro und betrete den leeren Empfangsraum. Die Rechtsanwaltsgehilfin ist nicht zurückgekommen.

Er folgt mir. »Das war's dann also?«, fragt er. »Das Gespräch ist beendet?«

Ich bleibe nicht stehen. »Sie haben es ja selbst gesagt. Yale ist mir eigentlich egal.«

Er legt mir die Hand auf den Arm, sodass ich mich umdrehen und ihn ansehen muss. »Hör mal, ich weiß, ich habe gesagt, wenn du was vermasseln willst, dann jetzt, doch Yale ist eine große Chance. Wenn du dort studierst, könnte dir das eine Menge Türen öffnen. Für mich war es so.«

Und vielleicht hat er recht. Vielleicht verhalte ich mich nicht vorausschauend. Ich sehe mich in seinem Büro um. Wie lange wird es dauern, bis die Bauarbeiten abgeschlossen sind?, frage ich mich. Wie lange wird er brauchen, um eine neue Sekretärin einzustellen?

Ich deute mit dem Kinn auf ihren Schreibtisch. »Sie haben all die Dinge getan, die von Ihnen erwartet wurden, und sind trotzdem nicht glücklich.«

Er reibt sich die Schläfen und blickt nicht hinüber zu ihrem Schreibtisch. Er ist müde, aber es ist nicht die Art von Müdigkeit, die man mit Schlaf kurieren kann.

»Wenn ich jetzt nicht gehe, werde ich es immer bereuen«, sage ich zu ihm.

»Was ist denn schon eine weitere halbe Stunde, damit wir das Aufnahmegespräch zu Ende bringen können?«, beharrt er.

Muss ich ihm wirklich erklären, dass jede Sekunde zählt? Dass unser Universum innerhalb eines Atemzugs in einer gewaltigen Explosion entstanden ist?

»Zeit ist sehr wichtig, Mr Fitzgerald.«

Endlich dreht er mir den Rücken zu und blickt auf den leeren Schreibtisch.

»Aber das wissen Sie ja bereits«, füge ich hinzu.

Jeremy Fitzgerald

Eine märchenhafte Geschichte, Teil 2

JEREMY FITZGERALD HAT DANIEL nicht die Wahrheit gesagt. Er konnte Natashas Abschiebung nicht verhindern, weil er den Termin mit dem Richter verpasst hat, der die freiwillige Ausreise hätte aussetzen können. Er hat ihn verpasst, weil er in Hannah Winter verliebt ist und den Nachmittag mit ihr in einem Hotel verbracht hat, anstatt mit dem Richter zu sprechen.

Allein in seinem halb fertigen Büro sitzend, wird Jeremy in der folgenden Woche unablässig an Daniel Bae denken. Er wird sich daran erinnern, was Daniel über die Bedeutung der Zeit gesagt hat. Er wird sich an Daniels aufgeplatzte Lippe und den Blutfleck auf seinem Hemd erinnern. Er wird sich daran erinnern, wie unbedeutend das alles war im Vergleich zu dem Ausdruck totalen Entsetzens in Daniels Gesicht, als er die Neuigkeiten über Natasha erfuhr. Als ob ihm jemand eine Granate in die Hand gedrückt und sein Leben in die Luft gesprengt hätte.

Irgendwann im kommenden Monat wird Jeremy seiner Frau sagen, dass er sie nicht mehr liebt. Dass es das Beste für sie und die Kinder ist, wenn er auszieht. Er wird Hannah Winter anrufen und ihr Versprechungen machen und er wird sie alle halten.

Sein Sohn wird nie ein geregeltes Leben führen, wird weder heiraten noch Kinder haben noch seinem Vater je vergeben, dass er die Familie verlassen hat. Seine Tochter wird ihre erste Freundin heiraten, Marie. Sie wird die meiste Zeit in dieser ersten Ehe damit verbringen, sich deren Ende auszumalen, und dieses dann auch herbeiführen. Nach Marie wird niemand sie je wieder so lieben. Und obwohl sie noch zweimal heiraten wird, wird auch sie nie wieder jemanden so sehr lieben, wie sie Marie geliebt hat.

Jeremys und Hannahs Kinder werden aufwachsen und andere auf die einfache und unkomplizierte Art lieben, wie Menschen es tun, die sich der Liebe immer sicher sein konnten und keine Angst haben mussten, sie zu verlieren.

All das soll nichts darüber aussagen, ob Jeremy Fitzgerald das Richtige getan hat oder das Falsche. Es soll lediglich aussagen: Liebe verändert immer alles.

Hannah Winter

Eine märchenhafte Geschichte, Teil 2

Und sie lebten glücklich bis ans Ende ihrer Tage.

Natasha

JETZT, WO DIE SONNE untergegangen ist, ist die Luft deutlich kühler. Es fällt jetzt leicht, sich vorzustellen, dass der Winter bereits vor der Tür steht. Ich werde meinen dicken schwarzen Mantel und meine Stiefel hervorkramen müssen.

Ich ziehe meine Jacke fester um mich und beschließe, in die Eingangshalle zu gehen, wo es warm ist. Gerade als ich hineingehen will, tritt Daniel durch die auseinandergleitenden Glasschiebetüren.

Er sieht mich, und ich erwarte ein Lächeln, aber seine Miene ist düster. Ist das Gespräch wirklich so schlecht gelaufen?

»Was ist passiert?«, frage ich. Ich stelle mir das Schlimmste vor, zum Beispiel, dass er sich mit seinem Interviewer geprügelt hat und sich jetzt bei überhaupt keinem College mehr bewerben darf. Und dass seine Zukunft ruiniert ist.

Es legt eine Hand an mein Gesicht. »Ich liebe dich wirklich«, sagt er. Und das ist nicht als Witz gemeint. Es hat nichts mit unserer albernen Wette zu tun. Er sagt es so, wie man es zu jemandem sagen würde, der im Sterben liegt oder den man wohl nie mehr wiedersehen wird.

»Daniel, was ist denn los?« Ich ziehe seine Hand von meinem Gesicht, halte sie aber fest.

»Ich liebe dich«, sagt er wieder und erobert mein Gesicht mit der anderen Hand zurück. »Es ist mir egal, ob du es auch zu mir sagst. Ich will nur, dass du es weißt.«

Mein Telefon klingelt. Es ist das Büro des Rechtsanwalts.

»Geh nicht ran«, sagt er.

Natürlich werde ich rangehen.

Er berührt meine Hand, um mich aufzuhalten. »Bitte nicht«, sagt er noch einmal.

Jetzt bin ich alarmiert. Ich drücke auf »Anruf ablehnen«. »Was ist da drin mit dir passiert?«

Er kneift die Augen zusammen, und als er sie wieder öffnet, sind sie voller Tränen. »Du kannst nicht hierbleiben«, sagt er.

Zuerst kapiere ich es nicht. »Warum? Wird das Gebäude über Nacht geschlossen?«

Ich blicke mich nach Wachleuten um, die uns zum Gehen auffordern könnten.

Tränen laufen ihm über die Wangen. Eine bestimmte, unerwünschte Erkenntnis keimt in mir auf. Ich ziehe meine Hand weg.

»Wie hieß dein Interviewer?«, flüstere ich.

Jetzt nickt er. »Mein Interviewer war dein Anwalt.«

»Fitzgerald?«

»Ja«, antwortet er.

Ich hole mein Telefon hervor und überprüfe noch einmal die Nummer. Ich weigere mich, weiterhin zu kapieren, was Daniel mir sagen will. »Ich habe auf seinen Anruf gewartet. Hat er von mir gesprochen?«

Ich kenne die Antwort bereits. Ich kenne sie.

Daniel braucht drei Anläufe, um die Worte herauszubringen. »Er hat gesagt, er konnte den Abschiebebescheid nicht aufheben.«

»Aber er hat gesagt, er könnte es«, beharre ich.

Daniel drückt meine Hand und versucht, mich an sich zu ziehen, aber ich sträube mich. Ich will nicht getröstet werden. Ich will es verstehen.

Ich weiche vor ihm zurück. »Bist du sicher? Warum habt ihr überhaupt über mich gesprochen?«

Daniel fährt sich mit der Hand übers Gesicht. »Da war diese schräge Sache zwischen ihm und seiner Sekretärin und deine Akte lag mitten auf seinem Schreibtisch.«

»Das erklärt immer noch nicht …«

Wieder greift er nach meiner Hand. Diesmal reiße ich sie mit Gewalt weg.

»Stopp. Kein Wort mehr!«, brülle ich.

»Tut mir leid«, sagt Daniel und lässt los.

Ich trete noch einen Schritt zurück. »Sag mir nur, was er genau gesagt hat.«

»Er meinte, der Abschiebebescheid sei gültig und dass es deshalb für dich und deine Familie besser ist, heute Abend das Land zu verlassen.«

Ich drehe ihm den Rücken zu und höre meine Mobilbox ab. Er ist es – Mr Fitzgerald. Er bittet um Rückruf. Und sagt, dass er schlechte Neuigkeiten hat.

Ich lege auf und sehe Daniel wortlos an. Er will etwas sagen, aber ich will einfach nur, dass er die Klappe hält. Ich will, dass die ganze Welt anhält. Es gibt zu viele sich bewegende Teile, die sich meiner Kontrolle entziehen. Ich fühle mich, als befände ich mich in einer ausgeklügelten Rube-Goldberg-Kettenreaktionsmaschine, die jemand anderes gebaut hat. Und ich kenne den Mechanismus nicht, mit dem man sie steuern kann. Ich weiß nicht, was als Nächstes geschieht. Ich weiß nur, dass alles nacheinander umfällt und nicht mehr aufzuhalten ist, wenn es erst einmal begonnen hat.

Daniel

Herzen brechen nicht.
Das ist nur das, was Dichter sagen.
Herzen bestehen nicht
Aus Glas
Oder Knochen
Oder einem anderen Material, das
Zersplittern könnte
Oder Zerbröckeln
Oder Zerspringen
Sie Zerbersten
Nicht in Stücke
Sie Fallen
Nicht auseinander
Herzen brechen nicht.
Sie hören einfach auf zu schlagen.
Eine alte Uhr aus einer anderen Zeit und keine Teile,
Um sie wieder ganz zu machen.

Natasha

WIR SITZEN JETZT NEBEN dem Springbrunnen und Daniel hält meine Hand. Sein Jackett liegt um meine Schultern.

Er ist wirklich fürsorglich. Nur wird er in Zukunft nicht für *mich* sorgen können.

»Ich muss nach Hause«, sage ich zu ihm. Es ist das Erste, was ich seit einer halben Stunde gesagt habe.

Er zieht mich ganz nah zu sich heran. Und ich bin endlich bereit, es geschehen zu lassen. Seine Schultern sind so breit und zuverlässig. Ich lehne meinen Kopf daran. Es passt genau. Ich wusste es schon heute Morgen und jetzt gerade weiß ich es auch.

»Was sollen wir bloß tun?«, flüstert er.

Es gibt Mails und Skype und SMS und MMS und vielleicht sogar Besuche auf Jamaika. Doch noch während ich darüber nachdenke, weiß ich, dass ich das nicht zulassen werde. Jeder von uns muss sein eigenes Leben führen. Ich kann mein Herz nicht hier zurücklassen, während mein Leben auf Jamaika stattfindet. Und ich kann sein Herz nicht mitnehmen, wenn sich seine gesamte Zukunft hier abspielt.

Ich nehme meinen Kopf von seiner Schulter. »Und wie ist der Rest des Gesprächs gelaufen?«

Er berührt meine Wange und drückt meinen Kopf dann wieder sanft auf seine Schulter. »Er meinte, er würde mich empfehlen.«

»Das ist ja toll«, sage ich ohne jede Begeisterung.

»Ja«, stimmt er zu und sein Maß an Enthusiasmus passt zu meinem.

Mir ist kalt, aber ich will mich nicht bewegen. Wenn ich mich von diesem Fleck wegbewege, setze ich die Kettenreaktion in Gang, die damit endet, dass ich in einem Flugzeug sitze.

Weitere fünf Minuten verstreichen.

»Ich sollte wirklich nach Hause gehen«, sage ich. »Der Flug geht um zehn.«

Er sieht auf seinem Telefon nach, wie spät es ist. »Noch drei Stunden. Hast du schon alles gepackt?«

»Nein.«

»Ich werde dich begleiten«, sagt er.

Mein Herz macht einen Satz. Einen verrückten Moment lang denke ich, er meint, dass er mit mir nach Jamaika kommt.

Er erkennt es an meinem Blick. »Ich meine, zu dir nach Hause.«

»Ich weiß, was du gemeint hast«, zische ich. Ich bin gereizt. Ich bin lächerlich. »Ich glaube, das ist keine gute Idee. Meine Eltern sind da und ich habe noch zu viel zu tun. Du wirst nur im Weg sein.«

Er richtet sich auf und streckt seine Hand aus. »Ich sage dir jetzt, was wir nicht tun werden: Wir werden uns nicht streiten. Wir werden nicht so tun, als wäre das nicht die schlimmste Sache der Welt, denn das ist es. Wir werden uns nicht trennen, bevor wir es nicht unbedingt müssen. Ich werde dich zu eurer Wohnung begleiten. Ich werde deine Eltern kennenlernen und sie werden mich mögen und ich werde deinem Vater keine verpassen. Stattdessen werde ich feststellen, ob du mehr wie er oder wie deine Mom aussiehst. Dein kleiner Bruder wird sich wie ein kleiner Bruder aufführen. Vielleicht werde ich endlich diesen jamaikanischen Akzent hören, den du schon den ganzen Tag vor mir verbirgst. Ich werde mir anschauen, wo du schläfst, isst und lebst, und mir wünschen, dass ich ein bisschen früher gewusst hätte, dass du die ganze Zeit hier gewesen bist.«

Ich will ihn unterbrechen, aber er redet einfach weiter. »Ich werde dich nach Hause begleiten, und dann nehmen wir ein Taxi zum Flughafen, nur wir beide. Dann werde ich zusehen, wie du ins Flugzeug steigst, und spüren, wie mir das Herz aus der Brust gerissen wird. Und dann werde ich mich den Rest meines Lebens fragen, was passiert wäre, wenn dieser Tag nicht genau so verlaufen wäre, wie er verlaufen ist.«

Er verstummt, um Luft zu holen. »Bist du damit einverstanden?«, fragt er.

Daniel

NATASHA SAGT JA. Ich bin noch nicht bereit, mich von ihr zu verabschieden. Ich werde nie dazu bereit sein. Ich nehme ihre Hand und wir gehen schweigend Richtung U-Bahn.

Sie hat sich ihren Rucksack über eine Schulter gehängt und ich sehe wieder den *DEUS-EX-MACHINA*-Aufdruck. Haben wir uns wirklich erst heute Morgen kennengelernt? War es derselbe Morgen, an dem ich mich einfach nur treiben lassen wollte? Was würde ich nicht alles dafür geben, wenn es wirklich einen Gott aus der Maschine gäbe.

Schlagzeile: New Yorker Teenager trickst die Einwanderungs- und Zollbehörde aus, lebt glücklich bis ans Ende seiner Tage mit seiner wahren Liebe – dank des einen abstrusen, legalen Schlupflochs, das er erst im letzten Moment entdeckt, wodurch wir eine Verfolgungsjagd erleben, bei der er seine wahre Liebe davon abhalten will, ins Flugzeug zu steigen.

Aber das wird nicht passieren.

Den ganzen Tag über habe ich gedacht, dass wir füreinander bestimmt seien. Dass wir von all den Menschen und Orten, von all den Zufällen dazu gedrängt wurden, für immer zusammen zu sein. Aber vielleicht stimmt das nicht. Was ist, wenn diese Sache zwischen uns überhaupt nur *einen* Tag lang dauern sollte? Was ist, wenn wir nur »Übergangsmenschen« füreinander sind, nur eine Zwischenstation auf dem Weg zu einem anderen Ort?

Was ist, wenn wir nur ein kleiner Diskurs in der Geschichte des anderen sind?

Natasha

»WUSSTEST DU, DASS JAMAIKA die sechsthöchste Mordrate der Welt hat?«, frage ich ihn.

Wir fahren mit der Linie Q nach Brooklyn. Der Zug ist gerammelt voll mit Pendlern auf dem Heimweg, wir müssen stehen und halten uns an einer Stange fest. Daniel hat eine Hand auf meinen Rücken gelegt. Seit wir das Bürogebäude verlassen haben, hält er Körperkontakt zu mir. Vielleicht werde ich nicht davonfliegen, wenn er mich weiter festhält.

»Und welches sind die anderen fünf Länder?«, fragt er.

»Honduras, Venezuela, Belize, El Salvador und Guatemala.«

»Aha«, sagt er.

»Hast du außerdem gewusst, dass Jamaika noch immer Mitglied im Commonwealth of Nations ist?«

Ich warte seine Antwort nicht ab. »Ich bin eine Untertanin der Queen.« Wenn ich Platz genug für einen Knicks hätte, würde ich einen machen.

Die Räder des Zuges kommen kreischend zum Stillstand. Es steigen mehr Menschen ein als aus. »Was kann ich dir noch erzählen? Das Land hat 2,9 Millionen Einwohner. Ein bis zehn Prozent der Bevölkerung sind Rastafaris. Zwanzig Prozent der Jamaikaner leben unterhalb der Armutsgrenze.«

Er rückt noch ein bisschen dichter an mich heran, sodass er mich fast vollständig umfängt. »Erzähl mir eine positive Sache, an die du dich erinnerst«, sagt er. »Nicht nur die Fakten.«

Ich will nicht optimistisch sein. Ich will mich nicht auf diese neue Zukunft einstellen. »Ich war acht, als wir das Land verlassen haben. Ich habe nicht mehr allzu viele Erinnerungen.«

»Nicht mal an deine Familie? Cousins und Cousinen? Freunde?«, bedrängt er mich.

»Ich erinnere mich daran, dass ich welche habe, aber ich *kenne* sie nicht. Meine Mom zwingt uns jedes Weihnachten, mit ihnen zu telefonieren. Sie machen sich über meinen amerikanischen Akzent lustig.«

»Eine positive Sache«, sagte er. Seine Augen haben jetzt einen ganz dunklen Braunton, sind fast schwarz. »Was hast du am meisten vermisst, nachdem du hierhergezogen bist?«

Darüber muss ich nicht lange nachdenken. »Den Strand. Das Meer hier ist komisch. Es hat das falsche Blau. Es ist kalt. Es ist zu rau. Jamaika liegt im Karibischen Meer. Das Wasser hat diese türkisgrüne Farbe und ist sehr ruhig. Du kannst weit hinauswaten und stehst immer nur noch bis zur Taille im Wasser.«

»Das klingt schön«, sagt er. Seine Stimme zittert ein bisschen. Ich habe Angst, zu ihm hochzuschauen, denn dann werden wir beide hier in der U-Bahn losheulen.

»Willst noch die restlichen Fragen aus Kategorie 3 beantworten?«, frage ich.

Er zieht sein Telefon hervor. »Nummer 29: Erzähl deinem Testpartner von einem peinlichen Moment in deinem Leben.«

Wieder hält der Zug und diesmal steigen mehr Leute aus als ein. Wir haben jetzt mehr Platz, aber Daniel bleibt so dicht bei mir, als hätten wir keinen.

»Das heute Morgen im Plattenladen mit Rob war ganz schön peinlich«, sage ich.

»Echt? Es schien dir aber gar nicht peinlich zu sein, du kamst mir eher wütend vor.«

»Ich hab ein gutes Pokerface – im Gegensatz zu einer anderen, mir bekannten Person«, sage ich und versetze ihm einen Stoß in die Rippen.

»Aber warum war dir das denn peinlich?«

»Er hat mich mit ihr betrogen. Jedes Mal, wenn ich sie zusammen sehe, habe ich das Gefühl, als wäre ich vielleicht nicht gut genug gewesen.«

»Der Typ ist einfach einer von der untreuen Sorte. Das hat nichts mit dir zu tun.« Daniel greift nach meiner Hand und hält sie ganz fest. Ich liebe seine Ernsthaftigkeit.

»Ich weiß. Ich habe ihn vorhin angerufen und ihn gefragt, warum er es getan hat.«

Das überrascht ihn. »Hast du echt? Was hat er gesagt?«

»Dass er uns beide wollte.«

»Idiot. Wenn ich den Typen noch mal sehe, trete ich ihm in den Arsch.«

»Jetzt, wo du deinen ersten Kampf hinter dir hast, hast du wohl Blut geleckt, was?«

»I'm a fighter, not a lover«, zitiert er Michael Jackson absichtlich falsch. »Hat es deine Eltern gestört, dass er weiß ist?«

»Sie haben ihn nie kennengelernt.« Ich hatte mir nicht vorstellen können, ihn und meinen Dad zusammenzubringen. Ihnen dabei zuzusehen, wie sie sich unterhalten, wäre eine einzige Qual gewesen. Außerdem sollte er nicht mitkriegen, wie klein unsere Wohnung ist. Letzten Endes wollte ich wohl gar nicht, dass Rob mich richtig kennt.

Mit Daniel ist das irgendwie anders. Er soll alles über mich wissen.

Die Zugbeleuchtung geht aus und gleich wieder an. Daniel drückt meine Finger. »Meine Eltern wollen, dass wir nur mit koreanischen Mädchen ausgehen.«

»Dann bist du kein besonders folgsamer Sohn«, ziehe ich ihn auf.

»Na ja, es ist nicht so, als wäre ich schon haufenweise mit Mädchen ausgegangen. Eigentlich nur mit einer und die war Koreanerin. Aber Charlie? Scheint so, als reagiere er allergisch auf nicht weiße Mädchen.«

Der Zug rüttelt uns durch und ich halte mich mit beiden Händen an der Stange fest. »Willst du wissen, was mit deinem Bruder los ist?«

Er legt seine Hand auf meine. »Was ist mit ihm?«

»Er mag sich selbst nicht besonders.«

»Glaubst du?«, sagt er nachdenklich. Er will, dass es einen Grund dafür gibt, warum Charlie so ist, wie er ist.

»Vertrau mir«, sage ich.

Mit kreischenden Rädern fahren wir eine lang gezogene Kurve. Er stützt mich mit einer Hand am Rücken ab und lässt sie dann dort liegen. »Warum kommen für deine Eltern nur koreanische Mädchen infrage?«, will ich wissen.

»Sie denken, sie wüssten, wie koreanische Mädchen ticken. Selbst die, die hier aufgewachsen sind.«

»Aber diese Mädchen sind beides – Amerikanerinnen und Koreanerinnen.«

»Ich sag ja auch nicht, dass es irgendeinen Sinn ergibt«, sagt er lächelnd. »Und wie ist es bei dir? Interessieren sich deine Eltern dafür, mit wem du zusammen bist?«

Ich zucke mit den Schultern. »Ich habe sie nie gefragt. Wahrscheinlich wäre es ihnen letztendlich am liebsten, wenn ich einen Schwarzen heirate.«

»Warum?«

»Derselbe Grund wie bei dir. Weil sie ihn irgendwie besser verstehen würden. Und er würde sie besser verstehen.«

»Aber es ist ja nicht so, als wären alle Schwarzen gleich«, sagt er.

»Die koreanischen Mädchen sind es ja auch nicht.«

»Eltern sind ganz schön bescheuert«, sagt Daniel nur halb im Scherz.

»Ich nehme an, sie denken, dass sie uns dadurch beschützen«, sage ich.

»Vor was denn? Jetzt mal ehrlich: Wen interessiert denn so was heute noch? Wir sollten es mittlerweile doch besser wissen.«

»Vielleicht werden unsere Kinder es besser wissen«, sage ich und bedaure meine Worte im selben Moment.

Wieder gehen die Lichter im Zug aus und wir kommen zwischen zwei Haltestellen zum Stehen. Ich konzentriere mich auf die orangegelbe Sicherheitsbeleuchtung im Tunnel.

»Ich meinte nicht *unsere* Kinder«, sage ich ins Dunkel. »Ich meinte die nächste Generation von Kindern.«

»Ich weiß, was du gemeint hast«, sagt er leise.

Jetzt, wo ich es gedacht und gesagt habe, kann ich es nicht mehr nicht denken und ungesagt machen. Wie würden unsere Kinder aussehen? Ich spüre den Verlust von etwas, von dem ich nicht mal weiß, ob ich es will.

Wir fahren in die Canal Street ein, die letzte unterirdische Haltestelle, bevor die Bahn die Manhattan Bridge überquert. Die Türen schließen sich und wir wenden uns beide zum Fenster. Als wir aus dem Tunnel herausfahren, sehe ich als Erstes die Brooklyn Bridge. Die Dämmerung ist der Dunkelheit gewichen und die Lichter entlang der Tragseile sind an. Mein Blick folgt ihrem langen Bogen quer über den Himmel. Die Brücke ist wunderschön bei Nacht, aber es ist die Skyline von New York, die mich jedes Mal, wenn ich sie sehe, aufs Neue in Erstaunen versetzt. Sie wirkt wie eine gewaltige Skulptur aus beleuchtetem Glas und Metall, wie ein maschinell gefertigtes Kunstwerk. Von Weitem sieht die Stadt ordentlich und durchgeplant aus, als wäre alles zur selben Zeit für einen bestimmten Zweck erschaffen worden. Aber wenn man mittendrin ist, fühlt es sich wie Chaos an.

Ich denke daran, wie wir vorhin auf dem Dach gesessen haben und ich mir New York und wie es entstanden ist vorgestellt habe. Und nun male ich mir die apokalyptische Zukunft aus. Die Lichter werden trüb, das Glas fällt ab und nur die Metallskelette der Gebäude bleiben übrig. Die schließlich verrosten und zerfallen. Die Straßen sind von Wurzelwerk aufgebrochen, grün überwuchert von Wildpflanzen und von wilden Tieren bevölkert. Die Stadt ist eine Ruine und wunderschön.

Wir tauchen wieder hinab in den Tunnel. Ich bin mir sicher, dass ich die Skyline einer Stadt immer mit der Skyline von New York vergleichen werde. Genau wie ich jeden Jungen immer mit Daniel vergleichen werde.

Daniel

»WAS WAR *DEIN* peinlichster Moment?«, fragt sie, als die Brücke außer Sicht ist.

»Das meinst du nicht ernst, oder? Du warst doch dabei. Mein Dad, der dir sagt, du solltest deine Frisur ändern, und mein Bruder, der Witze über kleine Penisse macht?«

Sie lacht. »Das war echt bitter.«

»Selbst wenn ich tausend Leben hätte, bliebe es trotzdem das Peinlichste, was mir je passiert ist.«

»Vielleicht auch nicht. Womöglich finden dein Dad und Charlie einen Weg, das noch zu toppen.«

Ich stöhne und reibe mir über den Nacken. »Wir sollten alle mit einer Familientauschkarte geboren werden. Mit sechzehn hast du die Möglichkeit, deine Situation zu bewerten, und dann kannst du wählen, ob du in deiner derzeitigen Familie bleiben oder mit einer neuen von vorne anfangen willst.«

Sie zieht meine Hand von meinem Nacken und hält sie fest. »Dürfte man sich diese neue Familie aussuchen?«

»Nope. Du musst es drauf ankommen lassen.«

»Man steht also einfach bei Fremden vor der Tür?«

»Ich hab das noch nicht bis ins Kleinste durchdacht«, erkläre ich. »Vielleicht wird man in der neuen Familie wiedergeboren, sobald man seine Entscheidung getroffen hat?«

»Und denkt deine alte Familie dann, du wärst gestorben?«

»Ja.«

»Aber das ist voll grausam«, sagt sie.

»Okay, okay, vielleicht vergessen sie einfach, dass du je existiert hast. Aber egal, wahrscheinlich würden sich eh kaum Leute für einen Wechsel entscheiden.«

Sie schüttelt den Kopf. »Da bin ich anderer Meinung. Ich glaube, eine Menge Leute würden wechseln. Es gibt ein paar ziemlich üble Familien auf dieser Welt.«

»Würdest du es tun?«, frage ich sie.

Sie schweigt einen Moment lang, und ich lausche dem Rhythmus des fahrenden Zuges, während sie darüber nachdenkt. Noch nie in meinem Leben habe ich mir gewünscht, dass ein Zug langsamer fahren soll. »Dürfte ich meine Karte jemandem schenken, der sie wirklich braucht?«, fragt sie. Sicher denkt sie dabei an ihren Dad.

Ich küsse sie aufs Haar.

»Was ist mit dir? Würdest du in deiner Familie bleiben?«, fragt sie mich.

»Dürfte ich die Karte benutzen, um stattdessen Charlie rauszukicken?«

Wieder lacht sie. »Vielleicht sind diese Karten doch keine so gute Idee. Kannst du dir vorstellen, was passiert, wenn jeder die Macht hätte, das Leben der anderen auf den Kopf zu stellen? Chaos.«

Aber natürlich *ist* genau das das Problem. Wir haben diese Macht übereinander bereits.

Natasha

ES IST KOMISCH, mit Daniel durch mein Viertel zu gehen. Ich versuche, es mit seinen Augen zu sehen. Nach dem relativen Reichtum von Midtown Manhattan kommt einem meine Gegend von Brooklyn noch ärmer vor. Viele sehr ähnliche Läden säumen die sechs Häuserblocks, die ich immer bis nach Hause laufe. Es gibt jamaikanische Jerk-Restaurants, kugelsichere Chinarestaurants, kugelsichere Schnapsläden, Billigklamottenläden und Schönheitssalons. In jeder Straße gibt es mindestens einen Deli, der gleichzeitig auch Lebensmittelgeschäft ist. Die Schaufenster sind fast komplett mit Bier- und Zigarettenwerbung beklebt. In jeder Straße gibt es mindestens eine Wechselstube. Die Läden sind alle dicht zusammengedrängt und streiten um dieselbe Käuferschaft.

Ich bin froh, dass es dunkel ist, weil Daniel dann nicht sehen kann, wie heruntergekommen alles ist. Und sofort schäme ich mich dafür, überhaupt so was zu denken.

Er greift nach meiner Hand und ein paar Minuten lang gehen wir schweigend nebeneinanderher. Ich spüre neugierige Blicke auf uns ruhen, und mir kommt der Gedanke, dass wir uns daran gewöhnen müssten.

»Die Leute starren uns an«, sage ich.

»Weil du so wunderschön bist«, kontert er, ohne zu zögern.

»Dann hast du es also bemerkt?«, will ich wissen.

»Natürlich hab ich es bemerkt.«

Ich halte ihn fest und wir bleiben im beleuchteten Eingang eines Münzwaschsalons stehen. Um uns herum wabert der Geruch von Waschpulver. »Du weißt, warum sie starren, oder?«

»Entweder weil ich nicht schwarz bin oder weil du nicht koreanisch aussiehst.« Sein Gesicht liegt im Schatten, aber ich höre das Lächeln in seiner Stimme.

»Ich meine es ernst«, sage ich frustriert. »Macht dir das denn gar nichts aus?«

Ich weiß nicht genau, warum ich so darauf herumreite. Vielleicht will ich beweisen, dass wir die Last der Blicke aushalten würden, wenn wir nur die Möglichkeit hätten, weiterzumachen.

Er fasst mich an beiden Händen, sodass wir einander gegenüberstehen. »Vielleicht macht es mir was aus«, sagt er, »aber nur ein bisschen. Es ist wie eine summende Fliege, weißt du? Nervig, aber nicht wirklich lebensbedrohlich.«

»Aber was glaubst du, warum sie uns anstarren?« Ich will eine Antwort.

Er zieht mich an sich und umarmt mich. »Ich spüre, wie wichtig das für dich ist, und ich würde dir wirklich gern einen guten Grund nennen. Aber in Wahrheit ist es mir ganz egal, warum. Vielleicht bin ich naiv, aber anderer Leute Meinung über uns interessiert mich einen Dreck. Es ist mir egal, ob wir eine Sensation für sie sind. Es ist mir egal, ob gesellschaftliche Aspekte dahinterstecken. Es ist mir egal, ob deine Eltern damit einverstanden sind, und es ist mir erst recht egal, was meine davon halten. Was mir nicht egal ist, das bist du, und ich bin mir sicher, dass Liebe ausreicht, um mit all diesem ganzen Schwachsinn fertigzuwerden. Denn es *ist* Schwachsinn. Dieses ganze Händeringen. Dieses ganze Gerede über das Aufeinanderprallen von Kulturen oder das Bewahren von Kulturen und was dann mit den Kindern passiert. All das ist hundertprozentiger Schwachsinn in Reinkultur, und ich weigere mich, mir darüber Gedanken zu machen.«

Ich lächle an seiner Brust. Mein Pferdeschwanzdichter. Nie zuvor ist mir der Gedanke gekommen, dass eine Egal-Haltung ein revolutionärer Akt sein könnte.

Wir biegen von der Hauptstraße in eine kleinere Wohnstraße ab. Noch immer versuche ich, die Gegend mit Daniels Augen zu sehen. Wir kommen an einer Reihe aneinandergrenzender Schindelhäuser vorbei. Sie sind klein und alt, aber farbenfroh und liebevoll gepflegt. Auf den Veranden scheinen sich mehr Nippsachen und Hängepflanzen zu befinden als in meiner Erinnerung.

Es gab eine Zeit, als meine Mom unbedingt in einem dieser Häuser wohnen wollte. Anfang dieses Jahres, bevor alles über uns zusammenbrach, ging sie sogar mit Peter und mir zu einer Hausbesichtigung. Das Haus hatte vier Zimmer und eine geräumige Küche. Es besaß einen Keller, den sie untervermieten wollte, um etwas dazuzuverdienen. Weil er unsere Mutter anbetet und wusste, dass wir uns das Haus nie würden leisten können, tat Peter so, als gefalle es ihm nicht, und mäkelte an allem herum.

»Der hintere Garten ist zu klein und die Pflanzen sind alle vertrocknet«, sagte er. Er blieb dicht bei ihr, und als wir gingen, war sie nicht trauriger als zu Beginn der Besichtigung.

Wir gehen an einer weiteren Reihe ähnlicher Häuser vorbei, bis sich die Bebauung wieder verändert und wir hauptsächlich von Mehrfamilienhäusern aus rotem Ziegelstein umgeben sind. Es sind keine Eigentums-, sondern Mietwohnungen.

»Es ist ein einziges Chaos, weil wir schon alles gepackt haben«, warne ich Daniel vor.

»Okay«, sagt er und nickt.

»Und es ist klein.« Ich erwähne nicht, dass es nur zwei Zimmer gibt. Er wird es noch früh genug selbst sehen. Außerdem ist es ja auch nur noch für zwei Stunden mein Zuhause.

Als wir vor unserem Haus stehen, sitzen die beiden kleinen Mädchen aus Apartment 2 C auf der Eingangstreppe. Daniels Anwesenheit macht sie schüchtern. Sie senken die Köpfe und schwätzen nicht auf mich ein, wie sie es sonst immer tun. Ich bleibe vor den Metallbriefkästen stehen, die an der Wand hängen. Wir haben keine Post, nur die Speisekarte eines China-Take-Aways klemmt im Briefschlitz. Sie stammt vom Lieblingschinesen meines Dads, dem, bei dem er bestellt hat, als er uns von dem Theaterstück erzählt hat.

Irgendjemand kocht immer irgendwas und im Hausflur riecht es köstlich: nach Butter, Zwiebeln, Curry und anderen Gewürzen. Unsere Wohnung ist im dritten Stock, also führe ich ihn zur Treppe. Wie immer geht das Treppenhauslicht im Erdgeschoss und im ersten Stock nicht. Schweigend steigen wir im Dunkeln die Treppe hoch, bis wir im dritten sind.

»Hier ist es«, sage ich, als wir endlich vor Apartment 3 A stehen. In mancherlei Hinsicht ist es viel zu früh, um Daniel meine Wohnung zu zeigen und ihn meiner Familie vorzustellen. Wenn wir mehr Zeit hätten, würde er bereits all meine kleinen Anekdoten kennen. Er wüsste vom Vorhang im Wohnzimmer, der Peters »Zimmer« von meinem trennt. Er wüsste, dass meine Sternenkarte mein kostbarster Besitz ist. Er wüsste, dass, wenn meine Mutter ihm etwas zu essen anbietet, er es in jedem Fall annehmen und ganz aufessen muss – egal, wie satt er bereits ist.

Ich weiß nicht, wie ich ihm diese ganzen Geschichten übermitteln soll. Stattdessen sage ich nur noch einmal: »Da drin herrscht das Chaos.«

Es wirkt seltsam unstimmig, ihn vor meiner Wohnungstür stehen zu sehen – er passt und passt zugleich nicht hierhin. Ich habe ihn schon immer gekannt und wir sind uns gerade erst begegnet.

Unsere gemeinsame Geschichte ist so komprimiert. Wir versuchen, ein ganzes Leben in einen Tag zu pressen.

»Soll ich mein Jackett ausziehen?«, fragt er. »Ich komme mir blöd vor in dem Anzug.«

»Du musst nicht nervös sein«, sage ich.

»Ich lerne deine Eltern kennen. Das ist eine gute Gelegenheit, um nervös zu sein.« Er knöpft das Jackett auf, zieht es aber nicht aus.

Ich berühre seine aufgeplatzte Lippe. »Das Gute ist, dass du es nach Herzenslust verbocken kannst. Du wirst sie wahrscheinlich nie wiedersehen.«

Er schenkt mir ein kleines, trauriges Lächeln. Ich versuche, nur das Beste aus unserer Situation zu machen, und das weiß er.

Ich hole den Schlüssel aus dem Rucksack und schließe die Tür auf.

Die Wohnung ist hell erleuchtet und Peter hört viel zu laut Dancehall-Reggae. Ich spüre den Rhythmus in meiner Brust. Drei gepackte Koffer stehen direkt hinter der Wohnungstür. Ein weiterer liegt geöffnet auf dem Boden.

Als Erstes sehe ich meine Mom. »Mach die Musik aus«, sagt sie zu Peter, als sie mich entdeckt. Er schaltet sie aus und die plötzliche Stille ist intensiv.

Meine Mom dreht sich zu mir. »Gott, Tasha. Ich ruf dich seit …«

Sie braucht einen Moment, bis sie Daniel bemerkt. Doch dann hört sie auf zu reden und blickt lange zwischen uns beiden hin und her.

»Wer's das?«, fragt sie.

Daniel

NATASHA STELLT MICH ihrer Mom vor.

»Er ist ein Freund«, sagt sie. Ich bin mir ziemlich sicher, dass ich ein leichtes Zögern vor dem Wort *ein* gehört habe. Ihre Mutter hat es auch gehört, und jetzt betrachtet sie mich, als wäre ich ein außerirdisches Insekt.

»Es tut mir leid, dass wir uns unter diesen Umständen kennenlernen, Mrs Kingsley.« Ich strecke ihr die Hand entgegen.

Sie wirft Natasha einen Blick zu (die Wie-kannst-du-mir-das-nur-antun-Sorte), wischt sich dann jedoch ihre Handfläche an ihrem Kleid ab, schüttelt mir kurz die Hand und lächelt noch kürzer.

Natasha bugsiert uns aus dem kleinen Flur, in dem wir uns gedrängt haben, ins Wohnzimmer. Zumindest halte ich es für ein Wohnzimmer. Ein Stück leuchtend blauer Stoff liegt zusammengeknüllt auf dem Boden und ein dünnes Stahlseil ist in der Mitte des Zimmers gespannt. Und dann merke ich, dass es alles zweimal gibt – Schlafcouch, Kommode, Schreibtisch. Das ist *ihr* Zimmer. Sie teilt es sich mit Peter. Als Natasha sagte, ihre Wohnung sei klein, habe ich nicht kapiert, dass sie damit meinte, dass sie arm sind.

Es gibt noch immer so vieles, was ich nicht über sie weiß.

Ihr Bruder kommt mit ausgestreckter Hand auf mich zu und lächelt. Er hat Dreadlocks und eines der freundlichsten Gesichter, die ich je gesehen habe.

»Tasha hat noch nie einen Jungen mit hergebracht«, sagt er. Sein ansteckendes Lächeln wird noch breiter.

Ich grinse zurück und schüttle ihm die Hand. Natasha und ihre Mutter beobachten uns unverhohlen.

»Tasha, ich muss mit dir reden«, sagt ihre Mutter.

Natasha wendet den Blick nicht von Peter und mir ab. Ich frage mich, ob sie sich eine Zukunft vorstellt, in der er und ich Freunde werden. Ich weiß, dass ich es tue.

Dann dreht sie sich zu ihrer Mutter. »Geht es um Daniel?«, fragt sie.

Die inzwischen geschürzten Lippen ihrer Mutter könnten nicht noch geschürzter sein (ja, geschürzter).

»Tasha …« Selbst ich höre die Gleich-wird-deine-Mutter-richtig-sauer-Warnung in ihrem Tonfall, aber Natasha beachtet sie einfach gar nicht.

»Denn wenn es um Daniel geht, können wir es gleich hier und jetzt besprechen. Ja, er *ist* mein Freund.« Natasha wirft mir einen kurzen, fragenden Blick zu und ich nicke.

Im selben Moment tritt ihr Vater durch die Tür.

Anomalie im Raum-Zeit-Kontinuum sorgt einen Tag lang für ein perfektes Timing aller New Yorker Väter.

»Freund?«, sagt er. »Seit wann has du 'nen Freund?«

Ich betrachte ihn. Jetzt habe ich die Antwort auf meine Frage, wem Natasha ähnlich sieht. Sie ist eine Doppelgängerin ihres Vaters, nur eben in hübscher Mädchengestalt.

Und ohne den finsteren Gesichtsausdruck. Noch nie habe ich einen finstereren Blick gesehen als den finsteren Blick in seinem Gesicht in diesem Augenblick.

»Das has du den ganzen Tag gemacht, statt deinen Leuten beim Packen zu helfen?«, will er wissen und kommt ein paar Schritte auf uns zu. Er spricht mit starkem jamaikanischem Akzent, und ich brauche ein bisschen, bis ich seine Worte verstehe.

Abgesehen von dem wenigen, was Natasha mir erzählt hat, weiß ich kaum etwas über die Beziehung zu ihrem Vater, aber jetzt spiegelt sich das alles in ihrem Gesicht. Da ist Wut, Kränkung und Fassungslosigkeit. Trotzdem will der Friedenswächter in mir nicht zulassen, dass sie sich streiten. Ich lege ihr die Hand auf den Rücken.

»Es ist okay«, sagt sie leise zu mir. Ich sehe ihr an, dass sie sich für etwas wappnet.

Sie strafft die Schultern und wendet sich ihrem Vater zu. »Nein. Was ich den ganzen Tag gemacht habe, war ein Versuch, deine Fehler auszubügeln. Ich hab versucht, unsere Familie davor zu bewahren, aus dem Land geworfen zu werden.«

»So sieht's für mich aber nich aus«, gibt er zurück. Er dreht sich zu mir und schaut jetzt noch finsterer drein. »Du weiß, was los is?«

Ich bin viel zu überrascht, dass er mich anspricht, um zu antworten, deshalb nicke ich nur.

»Dann weiß du auch, dass jetzt nich keine Zeit für Fremde is, um hier zu sein«, sagt er.

Ich spüre, wie Natashas Rücken sich unter meiner Hand versteift. »Er ist kein Fremder«, sagt sie. »Er ist mein Gast.«

»Und das hier is mein Zuhause.« Ihr Vater macht sich ganz gerade, als er das sagt.

»Dein Zuhause?«, sagt Natasha mit lauter, ungläubiger Stimme. Was auch immer sie zuvor zurückgehalten hat, es bremst sie nicht länger. Sie geht in die Mitte des Wohnzimmers, streckt die Arme aus und dreht sich im Kreis.

»Diese Wohnung, in der wir seit neun Jahren leben, weil du glaubst, du könntest jeden Moment den Durchbruch haben, ist *dein* Zuhause?«

»Süße, das is jetzt nich kein guter Zeitpunkt, um alles wieder aufzuwärmen«, sagt ihre Mutter von der Tür aus.

Natasha öffnet den Mund, um etwas zu sagen, schließt ihn aber wieder. Ich kann sehen, wie sie in sich zusammenfällt. »Na gut, Mom«, sagt sie und behält das, was sie sagen wollte, für sich. Ich frage mich, wie oft sie das ihrer Mutter zuliebe schon getan hat.

Damit ist die Sache erledigt, denke ich, aber da habe ich mich geirrt.

»Nein, Mann«, sagt ihr Vater. »Nein, Mann. Ich will hören, was sie mir zu sagen hat.« Er stellt sich breitbeinig hin und verschränkt die Arme vor der Brust.

Natasha macht genau dasselbe, und dann stehen sie sich angriffslustig gegenüber, ein Spiegelbild des jeweils anderen.

Natasha

MOM ZULIEBE HÄTTE ICH ES dabei bewenden lassen. Das mache ich immer so. Erst gestern Abend hat sie gesagt, dass wir vier an einem Strang ziehen müssten.

»Am Anfang wird es schwer sein«, meinte sie. Wir würden bei Moms Mutter wohnen müssen, bis wir genug Geld gespart hätten, um uns selbst was zu mieten. »Ich hätt nie gedacht, dass mein Leben so laufen würde«, sagte Mom, bevor sie zu Bett ging.

Ich hätte es dabei bewenden lassen, wenn ich nicht Daniel begegnet wäre. Wenn die Dinge, die ich heute verliere, durch ihn nicht deutlich an Bedeutung gewonnen hätten. Ich hätte es dabei bewenden lassen, wenn mein Dad nicht wieder mit diesem starken, aufgesetzten jamaikanischen Akzent gesprochen hätte. Das ist auch wieder nur Theater. Wenn man ihn so hört, könnte man glauben, er hätte Jamaika nie verlassen. Als ob die letzten neun Jahre nie stattgefunden hätten. Er denkt wirklich, unser Leben sei eine Illusion. Ich habe es satt, dass er immer so tut, als ob.

»Ich hab gehört, was du nach dem Theaterabend zu Mom gesagt hast. Du hast gesagt, ohne uns wärst du besser dran.«

Er sackt in sich zusammen und die finstere Miene verschwindet. Ich kann den Ausdruck in seinem Gesicht nicht genau benennen, aber er scheint aufrichtig zu sein. Endlich eine echte Reaktion.

Er will etwas sagen, aber ich bin noch nicht fertig. »Es tut mir leid, dass du vom Leben nicht all das bekommen hast, was du dir gewünscht hast.« Während ich es sage, merke ich, wie ernst es mir ist. Ich weiß jetzt, was Enttäuschung ist. Ich verstehe, dass sie ein Leben lang anhalten kann.

»Hab's doch nich so gemeint, Tasha. War nur Gerede. War alles nur ...«

Ich hebe die Hand, um ihn zum Schweigen zu bringen. Eine Entschuldigung ist nicht das, was ich von ihm will. »Ich will, dass du eins weißt: Du warst echt fantastisch in dem Theaterstück. Einfach unglaublich. Überragend.«

Jetzt hat er Tränen in den Augen. Ich bin nicht sicher, ob es wegen meines Kompliments ist oder ob es Reue ist oder irgendein anderer Grund.

»Vielleicht hattest du recht«, fahre ich fort. »Und du hättest uns nicht bekommen dürfen. Vielleicht bist du wirklich betrogen worden.«

Er schüttelt den Kopf und wehrt meine Worte ab. »War nur Gerede, Tasha, Mann. Hab mir nix dabei gedacht.«

Aber natürlich stimmt das nicht. Er hat es so gemeint und auch wieder nicht. Beides. Zur selben Zeit.

»Es spielt keine Rolle, ob du es so gemeint hast oder nicht. Das ist das einzige Leben, das du hast. Es ist nicht vorübergehend und es ist kein Fake und es gibt kein Noch-mal-von-vorne.« Ich klinge wie Daniel.

Das Schlimmste daran, das Gespräch zwischen ihm und meiner Mom belauscht zu haben, war, dass es alle meine guten Erinnerungen an ihn zerstört hat. Hat er meine Existenz auch bereut, als wir uns zusammen Kricketspiele angesehen haben? Was ist mit dem Moment, als er mich am Flughafen ganz fest umarmt hat und wir endlich wieder vereint waren? Was mit dem Tag, an dem ich geboren wurde?

Die Tränen laufen ihm jetzt übers Gesicht. Ihn weinen zu sehen, schmerzt mich mehr, als ich je gedacht hätte. Trotzdem muss ich noch etwas loswerden.

»Dass wir da sind, *darf* dir nicht leidtun.«

Er gibt einen Laut von sich, und jetzt weiß ich, wie lebenslanger Kummer klingt.

Menschen machen dauernd Fehler. Kleine Fehler, zum Beispiel, sich an der falschen Kasse anzustellen. Nämlich an der, an der auch die Dame mit den vielen Coupons und dem großen Geldschein steht.

Manchmal macht man mittelschwere Fehler. Man studiert Medizin, anstatt das zu tun, was man liebt.

Manchmal macht man große Fehler.

Man gibt auf.

Ich setze mich auf meine Schlafcouch. Ich bin erschöpfter, als mir bisher bewusst war, und nicht so wütend, wie ich dachte. »Wenn wir wieder auf Jamaika sind, musst du dich wenigstens bemühen. Geh zu Vorsprechen. Und sei netter zu Mom. Sie hat hier alles gestemmt und sie ist ausgelaugt und du bist es ihr schuldig. Du darfst nicht mehr länger nur in deiner Fantasie leben.«

Meine Mom weint jetzt auch. Peter wirft sich in ihre Arme.

Mein Vater geht zu ihnen, und meine Mom lässt es zu, dass er sie beide umarmt. Wie *eine* Einheit wenden sie sich mir zu, sehen mich an und bedeuten mir, ich solle mich ihnen anschließen. Doch zunächst drehe ich mich zu Daniel. Er nimmt mich so fest in die Arme, als müssten wir uns bereits jetzt voneinander verabschieden.

Daniel und Natasha

DER TAXIFAHRER VERSTAUT Natashas Gepäck im Kofferraum. Peter und ihre Eltern sind mit einem anderen Taxi schon zum Flughafen vorausgefahren.

Auf der Rückbank legt Natasha ihren Kopf auf Daniels Schulter. Ihr Haar kitzelt ihn in der Nase. Er wünscht, ihm wäre mehr Zeit geblieben, um sich an dieses Gefühl zu gewöhnen.

»Glaubst du, es hätte mit uns funktioniert?«, fragt sie ihn.

»Ja.« Er sagt es ohne jedes Zögern. »Und du?«

»Ja.«

»Endlich nimmst du Vernunft an.« In seiner Stimme liegt ein Lächeln.

»Und wie schwer wäre es für deine Eltern gewesen?«, fragt sie.

»Sie hätten ziemlich lange gebraucht. Besonders mein Dad. Ich nehme nicht an, dass sie zu unserer Hochzeit gekommen wären.« In Natashas Gedanken ploppt ein Bild von dieser Zukunft auf. Sie sieht Meer und Strand. Einen gut aussehenden Daniel im Smoking. Ihre Hand, die ihm übers Gesicht streicht, um den Kummer über die Abwesenheit seiner Eltern wegzuwischen. Den

Ausdruck der Freude in seinem Gesicht, als sie schließlich »Ja, ich will« sagt.

»Wie viele Kinder willst du haben?«, fragt sie, nachdem der Schmerz dieser Fantasie abgeklungen ist.

»Zwei. Und du?«

Sie hebt den Kopf von seiner Schulter, zögert, gesteht aber dann doch: »Ich bin mir nicht sicher, ob ich überhaupt welche will. Könntest du damit leben?«

Mit dieser Antwort hat er nicht gerechnet, und er braucht eine Weile, um es zu akzeptieren. »Ich glaube schon. Ich weiß nicht. Vielleicht überlegst du es dir noch anders. Vielleicht aber auch ich.«

»Ich muss dir etwas sagen«, sagt sie und legt ihren Kopf wieder ab.

»Was?«

»Du solltest nicht Arzt werden.«

Er dreht den Kopf und lächelt in ihr Haar. »Und wie steht es damit, dass man das Pragmatische tun sollte?«

»Pragmatismus wird überbewertet«, sagt sie.

»Willst du denn immer noch Datenanalystin werden?«

»Keine Ahnung. Vielleicht nicht. Es wäre schön, was mit echter Begeisterung tun zu können.«

»What a difference a day makes«, singt er leise.

Keiner von ihnen spricht mehr, denn was gibt es noch zu sagen? Es ist ein langer Tag gewesen.

Schließlich bricht Natasha ihr trübsinniges Schweigen. »Und, wie viele Fragen sind noch übrig?«

Daniel zieht sein Telefon hervor. »Noch zwei aus Kategorie 3. Und wir müssen uns noch immer vier Minuten lang in die Augen sehen.«

»Wir könnten das machen oder gleich hier und jetzt rumknutschen.«

Der Taxifahrer, Miguel, dreht sich unwillkürlich auf dem Vordersitz herum. »Ihr beide wisst schon, dass ich euch hören kann, oder?«, unterbricht er sie. Er sieht sie im Rückspiegel an. »Und sehen kann ich euch auch.«

Dann lacht er laut und herzhaft. »Manche Leute steigen ins Taxi und tun so, als wär ich blind und taub, aber das bin ich nicht. Nur damit ihr Bescheid wisst.«

Wieder lacht er herzhaft, und Natasha und Daniel können gar nicht anders, als mit einzustimmen.

Doch ihr Lachen erstirbt, als die Realität sie wieder einholt. Daniel nimmt Natashas Gesicht in beide Hände und sie tauschen sanfte Küsse. Noch immer funkt es zwischen ihnen. Ihnen beiden ist zu warm, und sie wissen nicht, was sie mit ihren Händen tun sollen, die nur dafür da zu sein scheinen, einander zu berühren.

Miguel schweigt. Ihm ist das Herz schon mal gebrochen worden. Er weiß, wie eine solche Verletzung aussieht.

Daniel sagt als Erster etwas. »Frage Nummer 34. Was würdest du aus deinem brennenden Haus retten?«

Natasha überlegt. Es kommt ihr vor, als wäre ihre gesamte Welt zerstört worden. Und das Einzige, was sie retten will, kann sie nicht retten.

»Darauf habe ich noch keine Antwort, aber ich denke darüber nach«, sagt sie zu Daniel.

»Akzeptiert«, sagt er. »Bei mir ist es leicht: mein Notizbuch.«

Er berührt seine Jacketttasche, um sich zu vergewissern, dass es noch immer dort ist.

»Letzte Frage«, sagt er. »Der Tod welches Familienmitglieds würde dich am meisten treffen? Und warum?«

»Der von meinem Dad.«

Daniel fällt auf, dass Natasha ihn zum ersten Mal *Dad* anstatt *Vater* genannt hat.

»Warum?«, fragt er.

»Weil er noch etwas zu erledigen hat. Und was ist mit dir?«

»Deiner«, antwortet Daniel.

»Aber ich gehöre nicht zu deiner Familie.«

»Doch, tust du«, sagt er und denkt dabei daran, was Natasha heute Morgen über das Multiversum gesagt hat. In einem anderen Universum sind sie verheiratet, haben vielleicht zwei Kinder oder auch keins. »Du musst es nicht auch sagen. Ich will nur, dass du es weißt.«

Es gibt Dinge, die sie ihm sagen will, aber Natasha weiß nicht, wo und wie sie anfangen soll. Vielleicht will Daniel deshalb Dichter werden, damit er immer die richtigen Worte findet.

»Ich liebe dich, Daniel«, sagt sie schließlich.

Er grinst sie an. »Ich schätze, die Fragen haben funktioniert.«

Sie lächelt. »Ein Hoch auf die Wissenschaft.«

Ein Augenblick verstreicht.

»Ich weiß«, sagt Daniel schließlich. »Ich weiß es bereits.«

Vier Minuten

Eine Geschichte der Liebe

DANIEL STELLT DEN TIMER seines Handys auf vier Minuten und nimmt Natashas Hände. Dürfen sie während dieses Teils des Experiments überhaupt Händchen halten? Er ist sich nicht sicher. Der Studie zufolge ist das die letzte Stufe, um sich ineinander zu verlieben. Aber was passiert, wenn man sich bereits liebt?

Zunächst kommen sie sich beide ziemlich blöd vor. Natasha möchte gern laut aussprechen, wie albern das hier ist. Ein hilfloses, fast verschämtes Lächeln erscheint auf ihren Gesichtern. Natasha blickt zur Seite, aber Daniel drückt ihre Hände. *Bleib bei mir*, will er ihr damit sagen.

In der zweiten Minute sind sie schon weniger verlegen. Ihr Lächeln verblasst und sie studieren das Gesicht des anderen.

Natasha denkt an ihren Biologie-Leistungskurs und was sie über das Auge und wie es funktioniert weiß. Eine optische Abbildung seines Gesichts wird an ihre Retina gesandt. Ihre Retina wandelt dieses Bild in elektrische Impulse um. Ihr Sehnerv übermittelt diese Impulse an ihren visuellen Kortex. Sie weiß jetzt, dass sie das Bild seines Gesichts nie mehr vergessen wird. Sie wird ganz genau wissen, wann klare braune Augen ihre Lieblingsaugen geworden sind.

Daniel für seinen Teil versucht, die richtigen Worte zur Beschreibung ihrer Augen zu finden. Sie sind hell und dunkel zugleich. Als hätte jemand einen schweren, schwarzen Stoff über einen strahlenden Stern gebreitet.

In der dritten Minute lässt Natasha den Tag und all die Momente, die sie hierhergeführt haben, noch einmal Revue passieren. Sie sieht das Gebäude der Einwanderungsbehörde vor sich und die komische Sicherheitsbeamtin, die Natashas Handycase liebkost. Sie denkt an Lester Barnes' Freundlichkeit, Robs und Kellys Ladendiebstahl, die Begegnung mit Daniel, Daniel, der ihr das Leben rettet, die Begegnung mit Daniels Vater und Bruder, die *Norebang*-Bar, das Küssen, das Museum, das Dach, noch mehr Küsse, Daniels Blick, als er ihr sagt, dass sie nicht bleiben kann, das tränenüberströmte, reuevolle Gesicht ihres Vaters, an diesen Moment jetzt gerade im Taxi.

Daniel denkt nicht an die Vergangenheit, sondern an die Zukunft. Gibt es da noch irgendwas, das sie wieder zusammenführen könnte?

Während der letzten Minute dringt ihnen der Schmerz in die Knochen. Er breitet sich in ihren Körpern aus, in ihrem Gewebe, ihren Muskeln, ihrem Blut und ihren Zellen.

Der Timer brummt. Sie flüstern Versprechen, von denen sie ahnen, dass sie sie nicht werden halten können – Telefonanrufe, E-Mails, SMS und sogar Auslandsflüge, egal, wie teuer die sind.

»Dieser Tag kann nicht alles gewesen sein«, sagt Daniel einmal und dann noch ein zweites Mal.

Natasha sagt nicht, was sie vermutet. Dass *füreinander bestimmt sein* nicht unbedingt *für immer* bedeuten muss.

Sie küssen sich und küssen sich dann noch einmal. Als sie sich endlich voneinander lösen, geschieht dies in einem neuen Bewusstsein. Sie haben jetzt eine Ahnung, dass die Länge eines Tages veränderlich ist und man am Anfang nie das Ende sieht. Sie haben eine Ahnung, dass Liebe ständig alles verändert.

That's what love is for.

Natasha

MEINE MOM HÄLT meine Hand, während ich aus dem Fenster blicke. »Alles wird gut, Tasha«, sagt sie. Wir beide wissen, dass das mehr eine Hoffnung als eine Garantie ist, aber ich gebe mich trotzdem damit zufrieden.

Das Flugzeug hebt ab, und die Welt, wie ich sie gekannt habe, verblasst. Die Lichter der Stadt verkleinern sich zu Lichtpunkten, bis sie wie in der Erde verankerte Sterne aussehen. Einer dieser Sterne ist Daniel. Ich rufe mir in Erinnerung, dass Sterne mehr als nur poetisch sind.

Wenn nötig, können sie einem den Weg weisen.

Daniel

MEIN TELEFON KLINGELT. Zum tausendsten Mal rufen meine Eltern an. Sie werden sauer sein, wenn ich nach Hause komme, und das ist mir gerade recht.

Nächstes Jahr um diese Zeit werde ich woanders sein. Ich weiß nicht, wo, aber jedenfalls nicht hier. Ich bin mir nicht sicher, ob die Uni das Richtige für mich ist. Zumindest nicht Yale. Zumindest jetzt noch nicht.

Mache ich gerade einen Fehler? Vielleicht. Aber es ist mein Fehler.

Ich blicke hoch in den Himmel und stelle mir vor, dass ich Natashas Flugzeug sehen kann.

New York hat zu viel Lichtverschmutzung. Sie macht uns blind für die Sterne, die Satelliten, die Asteroiden. Wenn wir nach oben blicken, sehen wir manchmal gar nichts.

Eines aber ist trotzdem wahr: Fast alles am Nachthimmel strahlt Licht ab. Selbst wenn wir es nicht sehen können, das Licht ist trotzdem da.

Zeit und Entfernung

Eine Maßstabsgeschichte

NATASHA UND DANIEL versuchen, in Verbindung zu bleiben, und eine Weile lang gelingt ihnen das auch. Sie schreiben E-Mails und SMS und telefonieren.

Aber Zeit und Entfernung sind die natürlichen Feinde der Liebe.

Und die Tage sind gut gefüllt.

Natasha geht in Kingston zur Schule. Was in Amerika die zwölfte Klasse war, heißt hier Oberstufe. Um studieren zu können, muss sie für den hiesigen CAPE-Abschluss und ihre Abiturprüfungen lernen. Das Geld ist knapp, deshalb kellnert sie, um ihre Familie zu unterstützen. Sie redet mit gefaktem jamaikanischem Akzent, bis sie wirklich so spricht. Sie findet neue Freunde. Sie lernt das Land, in dem sie geboren wurde, erst zu mögen und dann zu lieben.

Es ist nicht so, dass Natasha Daniel aufgeben will, es ist so, dass sie es muss. Wie erwartet, schafft sie es nicht, in zwei Welten gleichzeitig zu leben, das Herz an einem Ort, den Körper an einem anderen. Sie gibt Daniel auf, damit sie nicht auseinandergerissen wird.

Daniel schließt die Highschool ab, entscheidet sich aber gegen Yale. Er zieht zu Hause aus, arbeitet in zwei verschiedenen Jobs und studiert in Teilzeit am Hunter College. Sein Hauptfach ist Englisch und er schreibt kleine, traurige Gedichte. Und selbst die, die nicht von Natasha handeln, handeln trotzdem von ihr.

Es ist nicht so, dass Daniel Natasha aufgeben will. Er hält so lange an ihr fest, wie er kann. Aber er hört die Anstrengung in ihrer Stimme über die Entfernung hinweg. In ihrem neuen Akzent hört er den Takt, in dem sie sich von ihm entfernt.

Jahre vergehen. Natasha und Daniel treten in das Erwachsenenleben mit seinen Pragmatismen und Verantwortlichkeiten ein.

Fünf Jahre nach ihrer Rückkehr wird Natashas Mutter krank. Sie stirbt noch vor Ablauf des Jahres. Ein paar Monate nach der Beerdigung überlegt Natasha, Daniel anzurufen, aber es ist viel zu viel Zeit vergangen. Sie traut ihrer Erinnerung an ihn nicht mehr.

Ihrem Bruder Peter geht es prächtig auf Jamaika. Er findet Freunde und endlich einen Ort, an den er passt. Irgendwann in der Zukunft, lange nachdem seine Mutter gestorben ist, wird er sich in eine jamaikanische Frau verlieben und sie heiraten. Sie werden eine Tochter bekommen und sie Patricia Marley Kingsley nennen.

Samuel Kingsley zieht von Kingston nach Montego Bay. Er tritt im örtlichen Stadttheater auf. Nach Patricias Tod wird ihm endlich klar, dass er sich damals in dem Bekleidungsgeschäft richtig entschieden hat.

Daniels Eltern verkaufen ihren Laden an ein afroamerikanisches Paar. Sie kaufen sich eine Wohnung in Südkorea und verbringen die eine Hälfte des Jahres dort und die andere Hälfte in New York. Irgendwann erwarten sie von ihren Söhnen nicht länger, sich ausschließlich wie Koreaner zu verhalten. Schließlich sind sie in Amerika geboren worden.

Charlie verbessert seine Noten und schließt Harvard mit *summa cum laude* ab. Nach seiner Promotion spricht er kaum mehr mit jemandem aus seiner Familie. Daniel füllt die Leere in den Herzen seiner Eltern, so gut er es eben vermag. Er vermisst Charlie eigentlich nicht besonders.

Noch mehr Jahre vergehen, und Natasha weiß nicht länger, was dieser Tag in New York bedeutet. Sie kommt zu dem Schluss, dass sie sich den Zauber des Zusammenseins mit Daniel nur eingebildet hat. Wenn sie an diesen Tag zurückdenkt, ist sie sich sicher, dass sie ihn romantisiert, wie es typisch für die erste Liebe ist.

Ein Gutes hat die Zeit bewirkt, die sie mit Daniel verbracht hat, bewirkt: Natasha sucht nach etwas, das sie mit Leidenschaft erfüllt, und findet es im Studium der Physik. In manchen Nächten, in den leisen, schutzlosen Momenten, kurz bevor der Schlaf kommt, denkt sie an das Gespräch mit Daniel auf dem Dach, das Gespräch über Liebe und die Dunkle Materie. Damals hatte er gesagt, sie seien ein und dasselbe – das Einzige, was das Universum davon abhielte, auseinanderzufliegen. Jedes Mal, wenn Natasha daran denkt, beschleunigt sich ihr Herzschlag. Dann lächelt sie im Dunkeln und verstaut ihre Erinnerung in dem Regal für alte, sentimentale und unmögliche Dinge.

Und selbst Daniel weiß nicht länger, was dieser Tag bedeutet, dieser Tag, der einst alles bedeutet hat. Er erinnert sich an die vielen kleinen Zufälle, die nötig waren, damit sie einander begegnet sind und sich ineinander verliebt haben. Der missionarische

Zugführer. Natasha im Dialog mit ihrer Musik. Die *DEUS-EX-MACHINA*-Jacke. Der diebische Exfreund. Der fehlgeleitete BMW-Fahrer. Der rauchende Wachmann auf dem Dach.

Wenn Natasha seine Erinnerungen hören könnte, würde sie natürlich behaupten, dass sie letztendlich ja gar nicht zusammengekommen sind und dass die Dinge einerseits richtig und andererseits falsch gelaufen sind.

Er erinnert sich auch noch an einen anderen Augenblick: Sie hatten sich nach ihrem Streit gerade erst wiedergefunden. Natasha hatte über die Vielzahl von Ereignissen gesprochen, die absolut glattlaufen mussten, damit unser Sonnensystem, unsere Galaxie und das Universum überhaupt entstehen konnten. Sie hatte gesagt, der Prozess des sich Verliebens könne damit nicht konkurrieren.

Er fand immer, dass sie sich da geirrt hat.

Denn von Nahem sieht alles wie Chaos aus. Daniel glaubt, es ist eine Frage des Maßstabs. Wenn man weit genug weg ist und lange genug wartet, dann wird eine Ordnung erkennbar.

Vielleicht braucht *ihr* Universum einfach nur länger, um zu entstehen.

Epilog

Irene, eine Geschichte der Veränderung

ES IST JETZT ZEHN JAHRE HER, aber Irene hat den Moment, oder das Mädchen, das ihr Leben gerettet hat, nie vergessen. Sie hatte als Sicherheitsbeamtin bei der USCIS in New York gearbeitet. Einer der Sachbearbeiter, Lester Barnes, war bei ihr vorbeigekommen. Er erzählte ihr, dass ein Mädchen auf seiner Mobilbox eine Nachricht für sie hinterlassen hätte. Das Mädchen hätte sich bedankt. Irene hat nie erfahren, wofür sich das Mädchen bei ihr bedankt hat, aber das Dankeschön kam gerade rechtzeitig. Denn Irene hatte beschlossen, am Ende des Tages Selbstmord zu begehen.

In der Mittagspause hatte sie ihren Abschiedsbrief geschrieben. Und im Geiste war sie schon den Weg aufs Dach ihres Mietshauses durchgegangen.

Aber dann kam dieses Dankeschön.

Die Tatsache, dass jemand sie wahrgenommen hatte, war der Anfang.

An diesem Abend hörte sie sich noch einmal das Nirvana-Album an. In Kurt Cobains Stimme hörte Irene einen perfekten und wunderschönen Schmerz. Seine Stimme war von Einsamkeit und Sehnsucht so dünn gescheuert, dass sie eigentlich hätte brechen müssen. Aber seine Stimme brach nicht und irgendwie lag auch eine Art Freude darin.

Sie dachte an das Mädchen, das sich die Mühe gemacht hatte, anzurufen und eine Nachricht nur für sie zu hinterlassen. Das bewegte etwas in Irene. Es reichte nicht aus, um sie zu heilen, aber es reichte aus, dass sie die Telefonseelsorge anrief. Das Telefongespräch führte zu einer Therapie. Die Therapie führte zu Medikamenten, die ihr Tag für Tag das Leben retten.

Zwei Jahre nach diesem Abend kündigt Irene ihren Job bei der USCIS. Sie erinnert sich daran, dass sie als Kind davon geträumt hat, als Flugbegleiterin zu arbeiten. Jetzt ist ihr Leben einfach und glücklich und sie verbringt es in Flugzeugen. Und weil sie weiß, dass Flugzeuge einsame Orte sein können, und weil sie weiß, welche Verzweiflung Einsamkeit auslösen kann, behandelt sie die Passagiere mit besonderer Aufmerksamkeit. Sie kümmert sich mit einer Ernsthaftigkeit um sie, wie es keine andere Flugbegleiterin tut. Sie tröstet diejenigen, die wegen einer Beerdigung nach Hause fliegen und denen die Traurigkeit aus jeder Pore sickert. Sie hält den Akrophobikern und Agoraphobikern die Hand. Irene sieht sich selbst als Schutzengel mit metallenen Flügeln.

Und deshalb hält sie – während sie vor dem Start die letzten Checks durchführt – jetzt gerade nach Passagieren Ausschau, die ein bisschen Sonderbetreuung nötig haben werden. Der junge Mann auf Platz 7 A schreibt in ein kleines schwarzes Notizbuch. Er ist Asiate mit kurzen schwarzen Haaren und freundlichen, aber ernsten Augen. Er kaut an der Spitze seines Stifts, denkt nach, schreibt und kaut dann weiter. Irene bewundert seine Unbefangenheit. Er verhält sich, als wäre er ganz allein auf der Welt.

Ihr Blick wandert weiter und streift eine junge schwarze Frau auf Platz 8 C. Sie hat Kopfhörerstöpsel im Ohr und ihr üppiger Afro ist an den Spitzen pink gefärbt. Irene erstarrt. Sie kennt dieses Gesicht. Den warmen Hautton der Frau. Die langen Wimpern. Die vollen rosa Lippen. Dieses Intensive. Das kann doch wohl nicht dasselbe Mädchen sein? Das Mädchen, das ihr Leben gerettet hat? Das Mädchen, dem sie seit zehn Jahren danken will?

Der Flugkapitän kündigt den Start an und Irene muss sich hinsetzen. Von ihrem Klappsitz aus sieht sie die Frau so lange an, bis kein Zweifel mehr besteht.

Sobald das Flugzeug seine normale Flughöhe erreicht hat, geht sie zu der Frau und kniet sich im Gang neben ihr hin.

»Miss«, sagt sie und kann nichts dagegen tun, dass ihre Stimme zittert.

Die Frau zieht ihre Kopfhörerstöpsel aus den Ohren und schenkt ihr ein zögerliches Lächeln.

»Das klingt jetzt sicher sehr komisch«, fängt Irene an. Und sie erzählt der Frau von dem Tag in New York, der grauen Kiste, dem Nirvana-Handycase und davon, wie sie ihr vorher schon jeden Tag aufgefallen war.

Die Frau sieht sie misstrauisch an und schweigt. Etwas wie Schmerz flackert kurz über ihr Gesicht. Es gibt da eine Geschichte.

Trotzdem redet Irene weiter: »Sie haben mir das Leben gerettet.«

»Aber ich verstehe das nicht«, sagt die Frau. Sie spricht mit Akzent, karibisch und noch etwas anderes.

Irene ergreift die Hand der Frau. Die Frau versteift sich, lässt es aber zu. Überall um sie herum neugierige Blicke.

»Sie haben mir eine Nachricht hinterlassen, um mir zu danken. Ich weiß nicht einmal, wofür Sie mir gedankt haben.«

Der junge Mann auf Platz 7 A späht zwischen den Sitzen hindurch. Irene sieht ihn an und runzelt die Stirn. Er zieht sich zurück und sie wendet sich wieder der Frau zu.

»Erinnern Sie sich an mich?«, fragt Irene. Plötzlich ist es ihr sehr wichtig, dass dieses Mädchen, das jetzt eine Frau ist, sich an sie erinnert. Als sie die Frage ausspricht, wird sie wieder zu der alten Irene – einsam und ängstlich. Betroffen, ohne selbst etwas bewirken zu können.

Die Zeit gerät aus dem Takt und Irene fühlt sich zwischen zwei Universen hin- und hergerissen. Sie stellt sich vor, dass sich das Flugzeug auflöst, erst der Boden, dann die Sitze und dann die metallene Außenhülle. Sie und die Passagiere hängen in der Luft – mit nichts, das sie oben hält, außer der Hoffnung. Als Nächstes fangen die Passagiere an zu flimmern und sich zu dematerialisieren. Einer nach dem anderen flackert und verschwindet, Phantome einer anderen Geschichte.

Alles, was zurückbleibt, sind Irene und die Frau.

»Ich erinnere mich an Sie«, sagt die Frau. »Mein Name ist Natasha und ich erinnere mich an Sie.«

Der junge Mann auf Platz 7 A späht jetzt oben über den Sitz.

»Natasha«, sagt er. Sein Gesicht ist vollkommen offen und seine Welt ist voller Liebe.

Natasha blickt auf.

Die Zeit springt zurück in die Spur. Das Flugzeug und die Sitze nehmen wieder Gestalt an. Die Passagiere verfestigen sich in Fleisch. Und Blut. Und Knochen. Und Herzen.

»Daniel«, sagt sie. Und dann noch einmal: »Daniel.«

Danksagung

In ein anderes Land auszuwandern, ist ein Akt der Hoffnung, des Mutes und manchmal auch der Verzweiflung. Ich möchte all jenen ein großes Dankeschön übermitteln, die aus den unterschiedlichsten Gründen die lange Reise zu neuen Ufern auf sich genommen haben. Hoffentlich findet ihr, wonach ihr gesucht habt. Seid euch immer bewusst, dass euer erwähltes Land durch euch zu einem besseren Land wird.

Außerdem möchte ich auch meinen eigenen Einwanderer-Eltern danken. Sie sind Träumer, alle beide. Alles, was ich erreicht habe, verdanke ich ihnen.

Mein Dank geht weiterhin an die Mitarbeiter von Alloy Entertainment und Random House Children's Books: weil sie an dieses unmögliche Buch glauben. Weil sie mit mir dieses Risiko eingehen. Wendy Loggia, Joelle Hobeika, Sara Shandler, Josh Bank und Jillian Vandall: Ihr seid mein Dreamteam! Ich bin die glücklichste Autorin der Welt, weil ich euch an meiner Seite weiß. Ein Riesendankeschön auch an John Adamo, Elaine Damasco, Felicia Frazier, Romy Golan, Beverly Horowitz, Alison Impey, Kim Lauber, Barbara Marcus, Les Morgenstein, Tamar Schwartz, Tim

Terhune, Adrienne Waintraub und Krista Vitola. Ohne euch geht gar nichts.

Eine der besten Sachen am Leben einer Autorin ist die Begegnung mit den eigenen Lesern. Deshalb möchte ich jedem, der meine Bücher gelesen hat, zu Signierstunden gekommen ist, mir eine Mail geschrieben oder mich über Social-Media-Plattformen angesprochen hat; allen Bibliothekaren, Lehrern, Buchhändlern / Buchhandlungsbesitzern und Bloggern DANKE, DANKE, DANKE sagen! Ihr seid der Grund, warum ich meinen Traumjob ausüben kann. Danke für all eure Liebe und Unterstützung.

Während der letzten beiden Jahre habe ich einige wundervolle Schriftsteller kennengelernt, die zu wundervollen Freunden geworden sind: David Arnold, Anna Carey, Charlotte Huang, Caroline Kepnes, Kerry Kletter, Adam Silvera und Sabaa Tahir. Ich danke euch für eure großzügige Unterstützung und eure Freundschaft. Ohne euch hätte ich diese verrückte Reise nicht überlebt. Mein Dank geht auch an die LA Writer Crew und die Fearless Fifteeners Debütgruppe. 2015 war ein absolut verrücktes Jahr! Es ist fantastisch gewesen, euch alle kennenzulernen. Auf viele weitere Jahre des Bücherschreibens!

Mein besonderer und sehr herzlicher Dank geht an Yoon Ho Bai, Jung Kim, Ellen Oh und David Yoon für die Beantwortung meiner nicht enden wollenden Fragen über Korea und die koreanisch-amerikanische Kultur. Eure Gedanken und eure Hilfe waren von unschätzbarem Wert.

Und dann möchte ich noch meinen beiden Supersüßen danken, David und Penny. Ihr seid mein kleines Universum. Ihr seid mein Lebensinhalt. Ich liebe euch über alles.

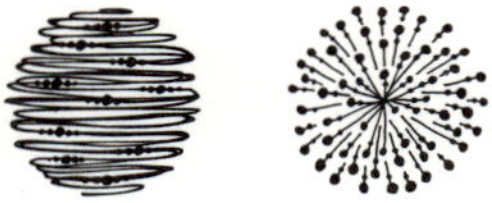